Dr. Quinn – Ärztin aus Leidenschaft

Was ist Liebe?

Dorothy Laudan

Dr. Quinn
Ärztin aus Leidenschaft

Was ist Liebe?

Aus dem Amerikanischen
von Dorothee Haentjes

Das Buch »Dr. Quinn – Ärztin aus Leidenschaft. Was ist Liebe?«
entstand nach der gleichnamigen Fernsehserie
(Orig.: *Dr. Quinn – Medicine Woman*),
ausgestrahlt bei RTL2.

Die Geschichten dieses Buches basieren auf
Drehbüchern von Carl Binder, Sara Davidson, Toni Graphia,
William Schmidt und Beth Sullivan.

Die Deutsche Bibliothek – CIP-Einheitsaufnahme
Laudan, Dorothy:
Dr. Quinn, Ärztin aus Leidenschaft / Dorothy Laudan. Aus dem
Amerikan. von Dorothee Haentjes. – Köln : vgs.

Was ist Liebe? – 1996
ISBN 3-8025-2430-6

5. Auflage 1997
© 1996 CBS, Inc. All rights reserved.
© der Buchausgabe: vgs verlagsgesellschaft, Köln 1996
Alle Rechte vorbehalten
Lektorat: Astrid Frank, Köln
Umschlaggestaltung: Papen Werbeagentur, Köln
Titelfoto: © CBS 1996
Satz: Typo Forum, Singhofen
Druck: Clausen & Bosse, Leck
Printed in Germany
ISBN 3-8025-2430-6

Inhalt

1 Von Mann zu Mann 7

2 Die Erbschaft 27

3 In der Weite der Prärie 43

4 Glückliche Heimkehr 56

5 Das liebe Geld 70

6 Frauenfragen 88

7 Der Lauf der Zeit 104

8 Im Dienste der Gerechtigkeit 122

9 Die Stimme des Blutes 144

10 Das Auge des Gesetzes 160

11 Durchgebrannt 181

12 Was ist Liebe? 204

1

Von Mann zu Mann

Ein lauer, sommerlicher Morgen verbreitete sein Licht über der Wiese neben der kleinen Kirche. Die Menschen der kleinen Stadt Colorado Springs drängten sich bereits in den Straßen, während sich über den Graten der nahegelegenen Berge noch der blasse Umriß des Mondes abzeichnete. Heute sollte die große Pferdeauktion stattfinden, zu der eigens ein Auktionator aus Denver einmal jährlich anreiste, und wo auch die Farmer der weiteren Umgebung Gelegenheit fanden, mit Interessenten ins Geschäft zu kommen.

Dr. Michaela Quinn gähnte verhalten. Dann lächelte sie wie bei einer freundlichen Erinnerung. Vor etwas mehr als zwei Jahren hätte sie sich kaum träumen lassen, daß sie, eine studierte Ärztin und wohlhabende Bürgerstochter aus Boston, in aller Herrgottsfrühe auf einem klapperigen alten Wagen saß und Pferde begutachtete – wobei hier vom rassigen Hengst bis zur alten Schindmähre alles vertreten war. In Boston hatte sich stets der Stallmeister der Familie um derartige Anschaffungen gekümmert.

Die sanfte Brise, die ihr eine blonde Haarsträhne aus der Stirn wehte, holte ihre Gedanken in die Gegenwart zurück. Diesen friedlichen Morgen im Freien, das Schmeicheln des Windes und die Gesellschaft der Farmer und einfachen Bürger des Städtchens »am Rande der Zivilisation«, wie ihre Familie es nannte, hatte sie aus freien Stücken gegen das Leben in Boston eingetauscht, und mit jedem Tag, den sie hier verbrachte, wurde sie sicherer, die richtige Wahl getroffen zu haben.

Es war nicht gerade ein Herzenswunsch der Ärztin, an der Auktion teilzunehmen, aber die wenigen öffentlichen Ereignisse, die Colorado Springs zu bieten hatte, durfte sie nicht verpassen. Die Bürger des Städtchens sollten nicht den Eindruck vermittelt bekommen, daß sie sich nicht voll und ganz zu ihnen zählte. Dafür hatte der Kampf zu lange gedauert, bis die Einwohner sie als Ärztin akzeptiert hatten.

Michaela blickte zur Seite und betrachtete Sully, der neben ihr auf dem Kutschbock des Wagens saß. Interessiert beobachtete er das Geschehen rund um das Pult des Auktionators. Die Haltung seines Körpers verriet gespannte Erwartung. Dr. Mike wußte, wie intensiv und rückhaltlos sich Sully einer Sache hingeben konnte; nicht zuletzt auch seiner Liebe zu ihr, gegen die sich die Ärztin lange genug gewehrt hatte. Die Frage, warum sie diese Liebe so lange nicht zugelassen hatte, konnte sie mit jedem Tag weniger beantworten. Denn Michaela fühlte, wie sehr ihr Herz für diesen außergewöhnlichen Mann schlug.

Sie griff nach ihrer Tasche und holte ihr Portemonnaie heraus. »Brian«, wandte sie sich dabei über die Schulter an ihren jüngsten Pflegesohn, der auf der Ladefläche des Wagens hockte, »würdest du uns wohl etwas zu trinken besorgen? Brian?«

»Wa... was?« antwortete der Junge überrascht.

»Du träumst wohl noch?« antwortete Michaela lachend. »Ich habe dich gefragt, ob du uns bei Grace eine Limonade holen kannst.«

»Laß nur, ich gehe schon.« Sully löste sich aus seiner Konzentration und richtete sich auf.

»Aber Brian kann das doch erledigen. Er will schließlich kein Pferd kaufen – und vielleicht verpaßt du noch ein besonders schönes Tier«, versuchte Michaela ihn aufzuhalten.

»Ich will auch kein Pferd kaufen«, entgegnete Sully, während er bereits vom Wagen sprang. »Darum verpaßt Brian vielleicht viel mehr als ich, wenn er jetzt Limonade holen geht.« Er warf dem Jungen einen komplizenhaften Blick zu, bevor er verschwand.

Dr. Mike wandte sich ratlos zu Brian um. In diesem Moment kletterte der Junge plötzlich über die Lehne des Kutschbocks und drängte sich in den Schatten seiner Pflegemutter. »Hallo, Ma«, sagte er und grinste Dr. Mike verlegen an.

Die Ärztin drehte unwillkürlich ihren Kopf zur anderen Seite. Dort stand ein Mädchen, das ungefähr in Brians Alter sein mußte. Und Michaela fand, daß das Lächeln auf dem Gesicht des Mädchens, das unverwandt in Brians Richtung sah, wohl am treffendsten als kokett zu beschreiben war.

»Und nun ein besonderes Prachtexemplar«, lenkte in diesem Moment der Auktionator die Aufmerksamkeit der Ärztin auf sich. »Ein wunderschöner schwarzer Hengst, gesund und kräftig. Der ist was für echte Männer! Fünfundzwanzig Dollar, siebenundzwanzig«, zählte der Auktionator die Angebote, »dreißig, Gentlemen. Also, was ist? Dreißig, fünfunddreißig, vierzig. Wer bietet mehr?«

»Fünfundvierzig!« ertönte es hinter Michaela. Als sie sich umsah, erkannte sie den Bieter. Es war der Kaufmann Loren Bray, der mit seiner Schwägerin Dorothy Jennings unter einem Dach lebte, seit sie beide verwitwet waren.

»Loren!« Dorothy konnte ihre Überraschung über den

unerwarteteten Schritt ihres Schwagers nicht unterdrükken.

Doch der Hammer des Auktionators fiel bereits. »Zum ersten, zum zweiten und zum dritten. Der Hengst geht an den Gentleman mit den grauen Haaren. Herzlichen Glückwunsch, Sir.«

»Bist du sicher, daß du das richtige Pferd ersteigert hast, Loren?« Der Barbier Jake Slicker stemmte die Hände in die Hüften und betrachtete den ältlichen Kaufmann. »Ist der nicht ein bißchen zu kräftig für dich?«

»Du hättest dir besser mal die Stuten da hinten genauer angesehen«, stimmte Hank, der Besitzer des Saloons, zu.

Loren Bray zog seine Jacke gerade und streckte die Brust heraus. »Dieser Hengst ist genau das Pferd, das ich brauche«, antwortete er den beiden wesentlich jüngeren Männern. Dann holte er ein Bündel Dollarnoten aus seiner Westentasche und ging erhobenen Hauptes auf das Pult des Auktionators zu.

»Herzlichen Glückwunsch«, begrüßte der den Käufer, »da haben Sie wirklich einen guten Fang gemacht.«

Loren lächelte stolz und ergriff sein neues Eigentum am Zügel. Er zögerte nur einen Augenblick, dann schwang er sich auf den Rücken des Pferdes.

Ein paar Schritte weit ließ sich das Tier von seinem neuen Besitzer willig führen, doch dann blieb der Hengst abrupt stehen. Er wieherte und schlug nach vorne und nach hinten aus.

Dr. Mike war alles andere als eine versierte Pferdekennerin; aber das war auch nicht nötig, um zu sehen, daß hier Gefahr im Verzug war und sich das Tier jeden Moment aufbäumen würde. Alarmiert sprang sie von ihrem Kutschbock auf.

»Gleich geht er durch!«

»Mehr Zügel, Loren!«

»Nicht so viel, sonst wirft er dich ab!«

Die umstehenden Männer übertrafen sich gegenseitig mit guten Ratschlägen, die sie dem Kaufmann zuriefen. Doch Michaelas Eindruck nach bedurfte es hier mehr als leerer Worte. Was Loren jetzt brauchte, war handfeste Hilfe.

In diesem Moment traf Sully wieder bei Michaelas Wagen ein. Mit einem knappen »Hier!« drückte er ihr zwei Becher Limonade in die Hände. Dann drehte er sich um, schwang sich auf das nächstbeste Pferd und ritt hinter Lorens neuem Hengst her, der mittlerweile auf die Wiese hinausgelaufen war. Sobald Sully den Kaufmann eingeholt hatte, versetzte er ihm einen kräftigen Hieb, der Loren aus dem Sattel stieß. Erst dann ergriff er die Zügel des widerspenstigen Gauls. Er hatte keine andere Wahl gehabt: Mit dem ungeübten Reiter im Sattel wäre das Tier möglicherweise vollkommen durchgegangen.

Loren lag reglos am Boden, als Dr. Mike neben ihm niederkniete und ihn behutsam an der Schulter berührte. »Loren«, fragte sie, »ist alles in Ordnung?«

»Ja«, antwortete der Kaufmann mühsam. »Wo ist mein Pferd?«

Doch Michaela hörte nicht auf ihn. »Bringt ihn in meine Klinik!« forderte sie die Umstehenden auf, die sich inzwischen bei dem Verunglückten eingefunden hatten.

»Nein!« Lorens Stimme klang scharf. »Wenn überhaupt, dann gehe ich selbst dorthin.« Er richtete sich langsam auf, wies alle Hilfe zurück und entfernte sich unter den mitleidigen Blicken der anderen humpelnd vom Ort seiner Niederlage.

Der Patient, den Dr. Mike an diesem Vormittag behandelte, war alles andere als ein leichter Fall. Obwohl sich Lorens Blessuren schon jetzt deutlich auf seinem Körper abzeichneten, leugnete er standhaft, irgendwelche Schmerzen zu verspüren.

»Loren, meinen Sie nicht, daß ein weniger temperamentvolles Pferd vielleicht geeigneter für Sie wäre?« fragte Michaela vorsichtig, während sie eine Salbe für den Kaufmann anrührte.

»Ich wüßte nicht, warum.«

»Weil Sie mit einem so wilden Tier nicht nur sich selbst, sondern auch andere in Gefahr bringen«, wich die Ärztin aus, um Lorens Kräfte nicht zu deutlich in Frage zu stellen. »Bedenken Sie doch, was heute morgen alles hätte passieren können.«

»Es ist aber nichts passiert«, antwortete Loren knapp. Dann wandte er sich ohne Dank zum Gehen.

»Ihre Salbe!« Michaela eilte ihm zur Tür hinterher. Der Kaufmann ergriff wortlos den Tiegel und humpelte davon.

Bis auf wenige Ausnahmen zeigten die Einwohner von Colorado Springs genügend Taktgefühl, um Loren nicht weiter an seinen peinlichen Auftritt bei der Auktion zu erinnern. Dennoch schien mit dem Kaufmann seit jenem Tag eine Veränderung vor sich zu gehen. Eines der auffälligsten Anzeichen dafür war, daß er eines Tages mit einem neuen Anzug hinter seiner Ladentheke stand, dessen rotes Samtrevers zu seiner ebenfalls neuen, gestreiften Satinweste paßte. Darüber hinaus verließ er wenige Tage später Jake Slickers Salon mit dem dunklen Haarschopf eines Mannes in den besten Jahren.

Michaela war sich nicht sicher, ob Dorothy Jennings,

die bekanntermaßen ein paar Jahre jünger als ihr Schwager war, die Veränderungen zur Kenntnis nahm. Als Dr. Mike den Laden zu ein paar Einkäufen betrat, stellte sie jedoch fest, daß sich Mrs. Jennings auf die Anspielungen der Kunden mit keinem Wort einließ.

Brian und sein Freund Steven nutzten neuerdings immer öfter die Zeit, in der Dr. Mike wegen Besorgungen oder Hausbesuchen die Praxis verließ, um in einem großen Buch aus Michaelas medizinischer Bibliothek zu blättern. Auch jetzt stand Brian am Fenster und hielt die Passanten vor der Klinik im Auge, während Steven mit gespannter Miene in das Buch starrte.

»Das ist ja unglaublich«, hauchte der Junge atemlos.

»Beeil dich, ich will auch mal!« trieb Brian seinen Freund ungeduldig an.

»Dr. Mike?« ertönte in diesem Moment vom Flur her eine Stimme. Und schon im nächsten Augenblick öffnete Sully die Tür. »Dr. Mike, bist du hier?«

Hastig stellte sich Brian neben Steven und versuchte mit seinem Rücken das Buch, in dem die beiden Jungen gerade gestöbert hatten, vor Sullys Blicken zu schützen. »Ma ist nicht da!« rief er schnell.

Sully bemerkte, daß der Junge bis zu den Haarspitzen rot anlief. »Und was macht ihr dann hier?« fragte er.

»Gar nichts. Wir wollten gerade gehen!« rief Brian. Und schon drängten sich die beiden Jungen an Sully vorbei aus der Praxis heraus.

Sully sah ihnen überrascht nach. Dann trat er an den Tisch heran und nahm das große Buch, dessen Deckel Brian im letzten Moment noch zugeschlagen haben mußte, in die Hand. Es war ein Atlas der weiblichen Anatomie.

Das war es also, was Brian das Blut in die Wangen getrieben hatte! Er und Steven hatten sich anhand der Abbildungen über etwas informiert, das normalerweise von ihren Augen ferngehalten wurde. Amüsiert blätterte Sully einige Seiten um.

Unvermittelt wurde die Tür geöffnet. Sully blickte auf. »Oh, Sully, ich hätte nicht gedacht, daß du hier sein könntest...« Michaela war offenbar angenehm überrascht, daß sie ihren Verlobten so unvermutet antraf. Dann fiel ihr Blick auf das Buch, das er in den Händen hielt. Sie stutzte, suchte einen Moment lang nach den richtigen Worten. »Sully«, begann sie dann unsicher, »wenn du... wenn du Fragen hast... du weißt, ich bin Ärztin, und ich werde dir gerne...« Sie verstummte hilflos.

Ein Lächeln glitt über Sullys Gesicht. »Nein, Michaela, ich habe keine Fragen. Aber ich glaube, Brian hat welche. Ich habe ihn gerade überrascht, als er in diesem Buch blätterte.«

»Ach ja?« Dr. Mike lachte ein wenig nervös, während sie ihre Tasche abstellte.

Sully zögerte einen Moment. »Er möchte vermutlich wissen, was zwischen einem Mann und einer Frau vorgeht, wenn sie sich verlieben, wenn sie heiraten und einander ganz angehören wollen.«

Jetzt war es Michaela, die rot wurde. Sully war bei seinen Worten näher an sie herangetreten. Aber Michaela wandte sich von ihm ab und durchstöberte eifrig ihre Tasche. »Du meinst... äh, wie die Menschen sich fortpflanzen.«

Sully lachte leise, dann ergriff er Michaela sanft an der Schulter. Er drehte sie zu sich herum und umfaßte ihr Gesicht zärtlich mit seinen Händen. »Man könnte es auch anders sagen: Brian möchte wissen, wo die Babys herkommen. Er ist jetzt zehn Jahre alt, und er beginnt zu ahnen, daß es einen wunderbaren Zusammenhang zwischen der Liebe und einem neuem Leben gibt.«

Michaela biß sich auf die Lippen und entwand sich Sullys Zärtlichkeit. »Ich habe da ein sehr gutes Buch, das werde ich ihm geben.«

Sully blickte sie mit freundlicher Skepsis an. »Ich wüßte zu dem Thema eine ganze Menge zu sagen, das überhaupt nicht in Büchern steht. Wenn du möchtest, kann ich mit Brian reden; sozusagen von Mann zu Mann.«

»Nein!« rief Michaela lauter, als sie selbst es gewollt hatte. »Ich meine, das möchte ich mir erst noch überlegen«, setzte sie dann eilig hinterher.

Sully nickte. »Aber warte besser nicht zu lange. Ich habe das Gefühl, Brian hat es eilig.« Dann ließ er Michaela allein.

Das kleine Holzhaus, das Michaela mit ihren Pflegekindern bewohnte, hatte sich seit dem Einzug der Ärztin beträchtlich verwandelt. Immer wieder hatte Sully, der nach wie vor der Eigentümer des Hauses war, die nötigen Ausbesserungen unternommen.

Seit Colleen heranwuchs, war es notwendig geworden, dem Mädchen einen eigenen Raum zur Verfügung zu stellen, wo es sich von den Brüdern unbeobachtet fühlen konnte. Matthew und Brian schliefen mittlerweile gemeinsam in der Scheune.

Michaela hatte es mit Wehmut vermerkt, daß Brian eines Tages zu seinem älteren Bruder gezogen war. Und so wie der Kleinere dem Größeren gefolgt war und sich damit ein Stück weit von seiner Pflegemutter entfernt hatte, würde auch der Tag nicht mehr lange auf sich warten lassen, an dem Matthew seine Verlobte Ingrid heiraten und ein eigenes Haus beziehen würde.

Colleen hatte an diesem Morgen bereits ihre Unterwäsche angezogen. Jetzt stand sie vor dem kleinen Handspiegel, den ihr Dr. Mikes Mutter bei ihrem ersten Besuch geschenkt hatte, und bürstete ihre Haare. Plötzlich fiel ihr Blick auf ein Astloch in der Wand des Hauses. Sie erstarrte einen Moment, dann warf sie sich hastig ihr Kleid über.

»Ma!« rief sie, während sie aus dem Zimmer stürzte. »Brian hat mir beim Anziehen zugesehen.«

Michaela, die gerade das Frühstück zubereitete, fuhr herum. »Was?« Entgeistert starrte sie Colleen an. »Brian!« rief sie dann laut. »Du kommst sofort hierher!«

Augenblicklich erschien Brian mit bedrückter Miene im Türrahmen. »Was ist?«

»Das weißt du sehr genau, mein Sohn!« schimpfte Michaela. »Hast du deine Schwester beobachtet, oder hast du das nicht?«

»Na ja... aber sie war doch schon angezogen. Es war doch gar nicht so wie neulich am Teich, wo Colleen und Becky...«

Ein schriller Schrei unterbrach den Jungen. »Er hat uns beim Baden zugesehen!« Colleen war außer sich. »Becky und Cathy und mir! Er hat uns beobachtet!«

Michaela erbleichte. »Brian«, sagte sie dann so ruhig wie möglich. »Nach der Schule kommst du zu mir in die Praxis. Wir werden uns ein wenig unterhalten – über alles, was du wissen möchtest.«

Schon gegen Mittag stand Michaela hinter dem Fenster ihrer Praxis und erwartete Brian. Sie hatte den Vormittag genutzt, um sich auf die Fragen ihres Pflegesohnes vorzubereiten. Nun hoffte sie, alles korrekt und angemessen beantworten zu können.

Mit einem Mal bemerkte sie, daß die Menschen auf der Straße in einem gemeinschaftlichen Strom auf den kleinen Platz vor Loren Brays Laden zu eilten, wo üblicherweise die Postkutsche hielt. Allerdings sollte heute überhaupt keine Postkutsche kommen. Was konnte also so Wichtiges dort stattfinden? Dr. Mike nahm die Schürze ab, eilte hinaus und schloß sich der Menschenmenge an.

Vor seinem Laden stieg der Kaufmann Loren Bray gerade auf sein unlängst erworbenes Pferd. Er trug Kleidungsstücke, die die Ärztin noch nie an ihm gesehen hatte: Jeans, eine schwere Lederjacke und einen Cowboyhut, den er tief in die Stirn gezogen hatte. Von Ferne sah er nun wirklich zwanzig Jahre jünger aus. Nur seine steifen Bewegungen ließen sein wahres Alter ahnen.

»Loren!« rief Dorothy Jennings und stürzte aus dem Laden. »Ich kenne dich nicht wieder! Was ist bloß in dich gefahren?«

»Das kann ich dir sagen«, entgegnete der Kaufmann. »Ich habe heute morgen bei Horace telegrafisch eine Schiffspassage von Los Angeles nach Bolivien reserviert. Und jetzt mache ich mich auf den Weg dorthin.«

»Aber was willst du denn in Bolivien?« Dorothys Gesicht spiegelte eine Mischung aus Leid und Unverständnis wider.

»Etwas erleben«, antwortete Mr. Bray knapp. »Keine Bange, ich bringe dir auch eine Kleinigkeit von meiner Reise mit.«

»Aber Sie können Dorothy doch nicht einfach mit dem Laden allein lassen«, mischte sich jetzt Michaela ein.

»Wer sagt denn, daß ich das tue?« widersprach der Kaufmann. »Sie muß den Laden nicht führen, während ich fort bin. Wenn sie will, kann sie ihn schließen, bis ich wiederkomme. Schließlich kann doch jeder machen, was er will. Sie und ich auch.«

»Kommen Sie denn wirklich wieder?« Es war Brian, der diese Frage gestellt hatte, und sich nun durch die Reihen der Menschen nach vorne schob.

»Ja, ich weiß nur noch nicht wann. Also erst einmal auf Wiedersehen, alle miteinander!« Der Kaufmann schwenkte mit einer betont jugendlichen Geste seinen Hut. Dann gab er seinem Pferd die Sporen und ritt die Straße entlang und aus der Stadt heraus.

Den ganzen Nachmittag verbrachte Michaela damit, Brian die menschliche Entwicklung von der Eizelle bis zum Erwachsenen zu erklären. Und sie stellte fest, daß ihr diese kleine Auffrischung des Stoffes auch ganz gut tat, nachdem sie sich in den letzten zwei Jahren fast nur noch um einen höchst praktischen Aspekt dieser Angelegenheit gekümmert hatte: den neuen Erdenbürgern in Colorado Springs auf die Welt zu helfen.

Als Michaela ihren Vortrag nach einigen Stunden beendete, rutschte Brian vom Stuhl. »Kann ich jetzt gehen? Steven wartet schon auf mich.«

Auf Michaelas Stirn zeichneten sich unwillkürlich einige Falten ab. »Was habt ihr denn noch vor?« fragte sie mißtrauisch. Doch dann besann sie sich. »Ja, du kannst gehen. Aber sei bitte pünktlich zum Abendessen zuhause. Brian?« rief sie den Jungen zurück, als er bereits die Türklinke in der Hand hielt. Sie lächelte ihn an. »Ich bin froh, daß wir uns über alles einmal so richtig aussprechen konnten.«

Dr. Mike bemerkte, daß Brian an diesem Abend außerordentlich schweigsam war. Immer wieder versuchte sie seinen Blick aufzufangen, doch er wich ihr regelmäßig aus. Michaela war darüber leicht amüsiert. Offenbar beschäftigte den jungen Mann das Gespräch des heutigen Nachmittags mehr, als sie zunächst angenommen hatte. Allerdings handelte es sich bei dem Thema ja auch um einen sehr komplexen Stoff.

»Was hast du denn noch mit Steven unternommen?« versuchte sie ein unverfängliches Gespräch anzufangen.

Colleen verzog das Gesicht. »Das möchte ich lieber gar nicht wissen.«

Michaela warf ihr einen strafenden Blick zu. »Ihr habt ja sehr lange mit Horace auf der Veranda gesessen«, versuchte sie es weiter.

»Bei Hank und Jake Slicker waren sie auch«, fügte Colleen hinzu. Sie funkelte ihren jüngeren Bruder wütend an.

»Colleen, du bist im Moment nicht gefragt!« maßregelte Dr. Mike ihre Pflegetochter. Dann wandte sie sich wieder an Brian. »Was habt ihr denn bei Jake und Hank gemacht? Du weißt, ich möchte nicht, daß du dich bei diesen Männern herumtreibst.«

Brians Miene verdüsterte sich. Er verschränkte die Arme und heftete den Blick auf die Tischplatte. »Ich bin müde. Ich möchte jetzt ins Bett.«

Michaela war klar, daß sie nun kein Wort mehr aus ihrem Jüngsten herausbringen würde. Sie hatte es ungeschickt angefangen, allerdings hatte wohl auch Colleen dazu beigetragen, daß diese Unterhaltung gescheitert war.

Der Junge stand auf. Ohne sich noch einmal umzudrehen, verließ er das kleine Wohnzimmer.

Dr. Mike und Colleen warfen sich gegenseitig vorwurfsvolle Blicke zu. Auf Matthews Gesicht hingegen lag ein feines Lächeln. Aber Michaela fragte nicht nach dem Grund. Ihre Bemühungen um Fürsorge standen an diesem Abend sowieso unter keinem guten Stern.

Wie an jedem Morgen versorgte die Ärztin kurz nach Sonnenaufgang als erstes die Hühner. Die Kinder schliefen noch, und Michaela genoß diese tägliche halbe Stunde, die sie ganz für sich hatte.

Doch mit ihrer Ruhe war es unvermittelt vorbei, als das Tor der Scheune aufgestoßen wurde und Matthew herausstürzte. »Dr. Mike! Brian ist weg!« rief er aufgebracht.

Michaela stellte den Korb mit den Körnern auf den Deckel der Regentonne. »Was? Seit wann?«

»Das weiß ich nicht«, antwortete Matthew. »Möglicherweise ist er schon in der Nacht aufgebrochen. Jedenfalls hat er seine Decken mitgenommen.«

Ohne auch nur eine weitere Sekunde zu verlieren, lief Michaela die Treppe zum Haus hinauf, um ihren Mantel und ihre Tasche zu holen. »Mach die Pferde fertig, Matthew, wir müssen ihn suchen.«

»Nein, Dr. Mike«, entgegnete Matthew. »Du solltest nicht mitkommen. Ich werde zu Sully reiten und ihn bitten, mir bei der Suche nach Brian zu helfen.«

»Aber Brian braucht vielleicht einen Arzt!«

»Ich glaube, er braucht etwas ganz anderes.«

Michaela stutzte. »Und was?«

Matthew sah seiner Pflegemutter fest und bestimmt in die Augen. »Er braucht ein offenes Ohr und jemanden, der ihm etwas erklären kann.«

Michaela verschränkte die Arme. »Matthew, was weißt du von Brian, das ich nicht weiß?«

Der junge Mann nestelte ein wenig verlegen an seinem Halstuch. »Steven und Brian waren gestern nachmittag nicht nur bei Horace, Hank und Jake, sondern auch bei mir. Sie wollten etwas wissen.«

»Was denn?« fragte Michaela argwöhnisch.

»Etwas über Frauen.«

Michaela rang einen Augenblick nach Luft. »Und was... was hast du ihnen sagen können?« fragte sie so unverfänglich wie möglich. »Ich meine, ich... ich hatte Brian doch schon alles erklärt.«

»Es gibt Dinge, die nur ein Mann einem Mann erklären kann«, antwortete Matthew.

»Aber Brian ist doch kein Mann!« rief Michaela aus.

Matthew sah sie an. Sein Blick war ein wenig spöttisch. »Er wird aber einer«, sagte er dann. »Und das kann noch nicht einmal seine Ma verhindern.«

Das vielstimmige Zwitschern der Vögel weckte Brian auf. Er rieb sich die Augen. Dann brachte er sich vorsichtig in eine etwas bequemere Position, was nicht einfach war; denn er saß auf dem Ast eines mächtigen Baumes. Weit war er nicht gekommen, nachdem er in der Nacht heimlich aus der Scheune geschlichen und in den Wald gelaufen war. Ein junger Bär, der sich aus den Bergen ins Tal verirrt haben mußte, hatte ihm plötzlich gegenübergestanden, und Brian hatte sich nur retten können, indem er so schnell wie möglich auf den nächstbesten Baum geklettert war.

Dieser Vorfall hatte ihm einen gehörigen Schrecken eingejagt – dem jungen Bären allerdings auch, denn er hatte sich schnell vom Ort der Begegnung entfernt. Jetzt, im Licht der Morgensonne, war Brian dem Tier fast dankbar, da er auf diese Weise einem guten Bekannten begegnet war:

Auf einem der benachbarten Bäume saß Loren Bray, der sich ebenfalls auf einen Baum gerettet hatte, nachdem sein Pferd angesichts des verirrten Bärs durchgegangen war.

Nun erwachte auch der Kaufmann. »Oh«, ächzte er und hielt sich mit einer Hand den Rücken. »Man ist ja doch nicht mehr der Jüngste.«

»Warten Sie's ab, Mr. Bray, wenn wir erst in Bolivien sind, haben wir auch wieder richtige Betten«, rief Brian dem Kaufmann zu.

Loren sah skeptisch zu dem Jungen hinüber. »Wieso *wir*?«

»Weil ich mit Ihnen komme«, erklärte Brian. »Ich bin doch weggelaufen.«

Der Kaufmann verzog das Gesicht. »Ich kann dich in Bolivien aber nicht gebrauchen«, entgegnete er. »Wovor läufst du denn überhaupt weg?« versuchte er das Thema zu wechseln.

»Vor der Puberzität«, antwortete Brian, »das ist so eine Art Krankheit.«

»Was? Eine Krankheit?« Loren Bray gab sich alle Mühe, sein Lachen zu verbergen und dabei nicht vom Baum zu fallen. »Nein, nein, Brian, das ist keine Krankheit. Außerdem heißt es Pubertät.« Damit kletterte er vorsichtig vom Baum herab.

Auch Brian bewegte sich jetzt abwärts. »Aber ich will das nicht kriegen.«

Mr. Bray setzte seinen Fuß auf die Erde. »Denkst du gerne an Mädchen, Brian?« fragte er.

»Hmmh«, machte Brian bestätigend und sprang vom letzten Ast herab.

»Siehst du, dann hast du es schon«, konstatierte der Kaufmann. »Du wirst bald ein Mann. Nur noch wenige

Jahre, dann bist du erwachsen. Du wirst arbeiten und eine schöne Frau heiraten. Und davor kannst du noch so weit weglaufen – die Zeit läßt sich nicht...« Der Kaufmann unterbrach sich plötzlich. »Sie läßt sich nicht aufhalten. Und dann...« Er verstummte.

»Was dann?« fragte Brian.

»Genauso schnell wie du ein Mann geworden bist, bist du plötzlich ein alter Knacker.«

In diesem Moment ließ ein tiefes Brummen und das Knacken von trockenen Ästen auf dem Waldboden die beiden aufhorchen.

»Schnell, Brian, kletter wieder rauf!« rief Mr. Bray.

»Der Bär!« erkannte auch Brian in diesem Moment die Gefahr. »Schnell, Mr. Bray, kommen Sie.« Er erklomm bereits die ersten Äste.

Das Brummen wurde lauter, und schon erschien die Gestalt des halbwüchsigen Schwarzbären zwischen den Bäumen. Er hatte sich drohend aufgerichtet und lief zielstrebig auf den Kaufmann zu.

Einen Moment lang schien der Mann von Panik ergriffen zu werden. Dann hob er schnell seine Pfanne und seinen Blechbecher auf, die noch von der Flucht am vorangegangenen Abend auf dem Boden unter dem Baum lagen, und schlug mit den Gerätschaften aneinander. Dazu schrie und brüllte er so laut, wie Brian es noch nie von ihm gehört hatte. Der Bär, der im Moment vorher noch zielstrebig auf sein Opfer zugelaufen war, zauderte unsicher. Dann ließ er sich auf seine Pfoten fallen, drehte sich um und verschwand im dichten Gestrüpp.

Atemlos ließ Loren Bray die Pfanne und den Becher sinken.

»Mr. Bray!« Brian meldete sich aus seinem luftigen

Platz zu Wort. »Das haben Sie aber toll gemacht. Es war zwar ein junger Bär, aber trotzdem! Ein alter Knacker hätte ihn bestimmt nicht in die Flucht geschlagen. Ich glaube, ich kann viel von Ihnen lernen.« Er kletterte wieder vom Baum herab.

Der Kaufmann ließ sich erschöpft auf einen umgestürzten Baum sinken und stützte den Kopf in die Hände. »Ach, was willst du von mir noch lernen? Ich bin ein alter Mann.«

»Aber Sie kennen das Leben. Sie haben Erfahrung.« Brian setzte sich neben den Kaufmann. »Und jetzt erzählen Sie mir bitte alles!«

»Worüber denn?«

»Über die Frauen!«

»Über die Frauen? Ach, Brian«, der Kaufmann lachte, »die Frauen! Um die zu verstehen, reicht ein ganzes Leben nicht aus!«

Die Sonne senkte sich bereits dem Horizont entgegen. Den ganzen Tag über hatten Sully und Matthew vergebens nach Brian gesucht. Sie waren weit geritten und befanden sich bereits wieder auf dem Rückweg, als Stimmen sie aufhorchen ließen.

Sie zügelten die Pferde, stiegen ab und liefen einige Schritte in das Gebüsch hinein. Im goldenen Schein der späten Nachmittagssonne saßen Brian und Loren Bray noch immer einträchtig auf dem umgestürzten Baum und unterhielten sich angeregt.

»Brian! Da bist du ja!« rief Matthew erleichtert, während er sich mit Sully durch das Gestrüpp einen Weg zu dem ungleichen Paar bahnte.

»Ja, aber eigentlich wollte ich schon viel weiter sein«, antwortete der Junge.

»Und was ist mit Ihnen, Loren?« fragte Sully erstaunt.

»Für mich gilt das gleiche«, antwortete der Kaufmann. »Ich wollte ja eigentlich nach Bolivien. Aber ich glaube fast, ich habe es mir anders überlegt. Du doch auch, nicht wahr, Brian?« fragte er.

Brian nickte. »Ich will auch nicht mehr nach Bolivien. Es funktioniert ja sowieso nicht. Und jetzt weiß ich ja auch alles.«

»Was weißt du alles?« fragte Matthew.

»Alles, was er wissen muß«, antwortete Loren für ihn. »Wir haben uns nämlich mal so richtig von Mann zu Mann unterhalten.«

»Und jetzt weiß ich, was die Frauen haben, und was die Männer dringend brauchen. Ungefähr jeden Tag«, bestätigte Brian.

Matthews Augen wurden groß. »Meinst du, daß Ma...«

Aber Sully unterbrach ihn, indem er ihn leicht an der Schulter faßte. »Und was ist das?« fragte er freundlich an Brian gewandt.

Der Junge grinste den Kaufmann komplizenhaft an. Dann lief er zu Sully. »Ich sag's dir ins Ohr.«

Sully hörte aufmerksam auf das eine Wort, das Brian ihm zuflüsterte. Dann warf er Matthew einen zufriedenen Blick zu. »Ja«, nickte er bestätigend. »Genau das ist es, was die Männer brauchen.«

Loren Bray erhob sich. »Tja, ich glaube, dann wird es jetzt langsam Zeit, nach Hause zurückzukehren.«

Matthew blickte den ältlichen Mann an. »Sind Sie sicher, daß Sie mit uns zurückreiten wollen?«

Der Kaufmann nickte. »Ganz sicher. Denn ich habe heute durch Brian etwas gelernt.«

Der Junge blickte auf. »Durch mich? Was denn?«

»Daß alles seine Zeit hat«, antwortete Loren. »Daß es eine Zeit gibt, Kind zu sein, daß es eine Zeit gibt, erwachsen zu werden, und daß es eine Zeit gibt, um zu altern. Und es gibt keinen Ort auf der Welt, an dem man sich davor verstecken kann.« Er sah in den Himmel. »Die Sonne geht langsam unter. Und das ist gut so, so lange man jeden Tag so lebt, als wäre er ein ganzes Leben.«

2

Die Erbschaft

Loren Brays überraschende Rückkehr nach Colorado Springs war für einige Tage das Hauptgesprächsthema des Ortes. Doch die Sticheleien, denen der Kaufmann deswegen ausgesetzt war, verliefen bald im Sande, da der Angesprochene ihnen gegenüber eine bemerkenswerte Gleichmütigkeit und Heiterkeit an den Tag legte. Er ließ selbst die eine oder andere Bemerkung darüber fallen, wie es sei, wenn man nach einem halben Tag im Sattel seinen Rücken drei Tage lang schmerzhaft spürte.

»Wenn das Herz jung ist, kann man heiter alt werden«, sagte er sogar, faßte Dorothy Jennings um die Hüften und wirbelte mit ihr im Walzerschritt durch den Laden.

So schnell, wie sich die dunkle Farbe aus seinen Haaren herauswusch, war schließlich auch die ganze Episode vergessen. Nur Dr. Mike dachte noch zuweilen darüber nach, was genau zwischen dem Kaufmann und Brian vorgefallen war. Auch wenn Sully ihr schon mehrfach versichert hatte, daß alles in bester Ordnung war und der Kaufmann dem Jungen nichts Unanständiges eingeflüstert hatte.

Michaela machte gerade einige Besorgungen im Laden, als Horace, der baumlange Postbeamte, hereinstürzte. Sein Gesicht war ernst. »Mr. ... Mr. Bray«, stotterte er, »gerade ist ein Telegramm für Sie gekommen.« Er schob einen Zettel über die Theke.

Loren Bray las das Telegramm. Dann griff er hinter sich, zog einen Stuhl heran und ließ sich darauf fallen.

»Loren, was ist passiert?« fragte Michaela besorgt.

Der Kaufmann holte tief Luft. »Meine Schwester... Olive... sie ist krank... sehr krank.« Er schob der Ärztin das Telegramm entgegen.

Mrs. Olive Davis auf dem Weg nach Colorado Springs an Fleckfieber erkrankt. Erwarten dringend Hilfe auf dem Goodnight-Trail, fünfzig Meilen südlich von Trinidad am Purgatoire River. Paco Romero, Vormann.

Michaela sah einen Augenblick hilfesuchend zu Horace. Doch der Postbeamte schien ebenso konsterniert wie die Ärztin.

»Oh, Olive, ich wußte, daß es böse ausgehen würde.« Loren Bray sank förmlich in sich zusammen. »Sie hat sich in der letzten Zeit immer wieder übernommen; schließlich ist sie auch nicht mehr die Jüngste. Eine Viehherde von New Mexico nach Colorado Springs zu treiben! Das ist in ihrem Alter der reine Wahnsinn! Und wie soll ich ihr denn jetzt helfen? Ich habe doch gar keine Ahnung von Viehherden.«

»Mr. Bray«, appellierte Michaela an den Verstand des Kaufmanns. »Es ist jetzt keine Zeit, um zu klagen. Ihre Schwester ist schwer krank. Sie müssen handeln.«

Loren Bray sah die Ärztin aus verzweifelten Augen an. »Aber... ich bin... ich bin doch nur ein Kaufmann«, entgegnete er hilflos.

»Matthew und ich werden Sie begleiten. Ich denke, ich werde Ihrer Schwester helfen können«, versuchte Michaela Loren zu trösten. »Wir holen Sie bei Sonnenaufgang ab.«

Die Gruppe, die am nächsten Mittag, als die Sonne schon hoch am Himmel stand, bereits eine beträchtliche Strecke auf dem Goodnight-Trail zurückgelegt hatte, bestand aus wesentlich mehr Mitgliedern, als Michaela sich dies gewünscht hatte. Die Nachricht von Mrs. Davis' Krankheit hatte sich wie ein Lauffeuer in der kleinen Stadt verbreitet. Die dunkelhäutige Grace, die nur mit Olives Anteilen das kleine Café in Colorado Springs betreiben konnte, hatte bereits in New Mexico auf ihrer Ranch gearbeitet und ließ es sich nicht nehmen mitzufahren. Wenn Mrs. Olive Hilfe benötigte, dann wollte sie bei den ersten sein, die sie ihr brachten. Auch ihr Mann Robert E. zögerte keinen Augenblick und schloß sich seiner Frau an.

Nachdem Michaela Sully von dem Vorfall berichtet hatte, bestand er darauf, sie und Matthew zu begleiten. Allerdings bedeutete dies, daß sie auch Colleen und Brian mitnehmen mußte, denn sie wollte Colleen zur Zeit nicht die Verantwortung für ihren jüngeren Bruder aufbürden.

Dr. Mike hatte das Anwachsen des Zuges mit größter Skepsis betrachtet. Je größer die Anzahl der Reisenden war, um so länger würde die Fahrt dauern. Fünfzig Meilen südlich von Trinidad wartete der Treck auf sie. Wieviel Zeit blieb ihnen für diese Strecke? Und wie stand es in der Zwischenzeit um Mrs. Davis' Gesundheit?

Dr. Mikes Augen wanderten zum Himmel. Die Sonne brannte unablässig. Michaela spürte, wie erschöpft sie bereits war. Mr. Bray hatte recht: ein Treck von New Mexico bis hierher mußte selbst für die resolute Mrs. Olive zuviel sein.

Am Nachmittag des dritten Tages war immer noch keine Spur des Trecks zu sehen.

Sully, der voranritt, ließ sein Pferd ein wenig zurückfallen, bis es neben Michaelas Stute »Flash in the sky« lief. »Der Beschreibung nach hätten wir heute auf Mrs. Olive treffen müssen. Ich mache mir Sorgen. Vielleicht sollte ich bis zum nächsten Hügel vorausreiten?«

Michaela nickte. Sully trieb sein Pferd an, und die Ärztin beobachtete, wie sich die kleine Staubwolke, die die Hufe aufwirbelten, den Hügel hinaufschob.

Auf der Kuppe des Hügels blieb Sully stehen. Er blickte einen Augenblick suchend um sich, dann winkte er der Ärztin zu und gab ihr damit das Zeichen, ihm zu folgen. Auf Michaelas müdem Gesicht zeichnete sich ein Lächeln ab. Sie hatten es offenbar geschafft.

Der Anblick der Herde bot ein Bild der Ruhe: Die Rinder grasten friedlich, zwei Cowboys und zwei mexikanische Viehtreiber hielten die Herde zusammen.

Sobald sie nahe genug herangekommen waren, sprang Sully aus dem Sattel und richtete das Wort an einen der Männer. »Ist das die Herde von Olive Davis?«

Ein Mann mit den typischen dunklen Augen eines Mexikaners und einem Schnurrbart trat ihm entgegen. »Sí, Señor. Das ist ihre Herde.«

»Und wo ist sie?« fragte Dr. Mike und saß nun ebenfalls erleichtert von ihrer Stute ab.

Der Mann wirkte unsicher. »Sie ... sie ist nicht hier.«

»Aber das kann nicht sein.« Loren ritt heran. »Im Telegramm stand, daß meine Schwester krank sei und wir erwartet werden.«

»Sind Sie Mr. Bray?« Die Miene des Mexikaners wurde zunehmend angespannter. Doch dann schien er Grace wiederzuerkennen, die, begleitet von Colleen, als letzte mit ihrem Wagen heranrollte. Einen Moment lang glomm ein Leuchten in seinem Gesicht auf.

»Ja, der bin ich«, antwortete Loren ungeduldig, während er vom Pferd stieg. »Also, wo ist meine Schwester? Dr. Mike wird sich um sie kümmern.«

»Señor, sie ... sie ist vorgestern gestorben«, brachte der Mexikaner mühsam hervor. »Ich ... ich bin Paco, ich habe Ihnen das Telegramm geschickt. Danach ging alles sehr schnell.«

In diesem Moment wußte niemand ein Wort zu sagen. Vor Michaelas geistigem Auge entstanden grauenvolle Bilder, wie sehr die Kranke gelitten haben mußte, hier in der Wildnis, unter der unbarmherzigen Sonne, wo niemand ihr helfen konnte. Und noch dazu fern von denen, die sie liebte und von denen sie geliebt wurde. Michaela erinnerte sich an die energische Frau, die der jungen Ärztin den Beginn in der fremden Stadt nicht gerade erleichtert hatte. Doch zuletzt hatten sie einander respektieren und schätzen gelernt, ja, im Lauf der Zeit war sogar eine tiefe Freundschaft zwischen ihnen entstanden.

Paco zog ein verknittertes Stück Papier aus der Tasche und reichte es dem Kaufmann. »Sie hat mit letzter Kraft etwas aufgeschrieben.«

Doch Mr. Bray schüttelte nur den Kopf. Sein Blick war starr. »Ich will das nicht lesen. Es ist mir egal, was drin steht.«

»Loren, ich verstehe Ihren Schmerz. Aber was Ihre Schwester geschrieben hat, geht möglicherweise nicht nur Sie etwas an.« Michaela blickte zu Paco hinüber. Aus Olives Erzählungen wußte sie, wie lange der Mann schon in ihren Diensten gestanden hatte.

Der Kaufmann wandte sich zur Ärztin um. Er kam ihr plötzlich alt, schwach und zerbrechlich vor. »Dann... bitte, Dr. Mike...«

Michaela nahm ihm den Brief aus den zitternden Händen. Sie faltete das Papier auseinander und erkannte Olives Handschrift, die zwar durch die Krankheit kraftlos war, aber dennoch einen energischen und entschlossenen Strich erkennen ließ.

»*Dies ist mein letzter Wille*«, las Dr. Mike vor. »*Ich möchte hier, auf dem Goodnight-Trail, beerdigt werden. Niemand, auch nicht mein Bruder Loren, soll meinen Körper tagelang durch das Land zerren, um mich in Colorado Springs beizusetzen. Die Natur ist meine Heimat, und in sie will ich eingehen.*

Meine Ranch in Mexico vermache ich Paco Romero, der vierzehn Jahre lang mein treuester Gehilfe war. Er soll sie nach meinem Vorbild weiterführen. Meine Ranch in Colorado und mein Anteil am Laden gehen in den Besitz meines Bruders Loren über. Ich hoffe, daß auf diese Weise sein Lebensabend gesichert ist.

Matthew Cooper, mein Patensohn, den ich wie ein eigenes Kind geliebt habe, erhält meine Viehherde. Wenn er es vernünftig anstellt, ist sie ein Grundstock für seinen eigenen Hausstand mit Ingrid. Für Colleen und Brian liegt Geld für ihre Ausbildung bereit. Loren soll es verwalten, bis sie erwachsen sind. Brian bekommt meinen silberbeschlagenen Sattel, und Colleen soll meine goldene Taschenuhr immer bei sich tragen.

Mein Anteil an Graces Café geht in ihren alleinigen Besitz über. Sie soll es so gut weiterführen wie bisher. Dr. Mike schließlich erhält meine Brosche. Ich habe sie von meiner Mutter geerbt und die hatte sie wiederum von ihrer Mutter, meiner Großmutter. Ich möchte, daß sie weiterhin von einer klugen Frau am Herzen getragen wird.

Südlich von Trinidad, am 3. Juni 1870, Olive Davis.«

Michaela ließ das Blatt sinken. Für einen Augenblick huschte ein wehmütiges Lächeln über ihr Gesicht. Durch ihr Testament war es Olive gelungen, ihre bisweilen rauhe Freundlichkeit noch im Tod beizubehalten.

»Wo habt ihr sie begraben?« Loren war es, der als erster die Sprache wiederfand.

Paco drehte sich um und deutete auf einen kleinen Hügel, auf dessen Kuppe sich vor der untergehenden Sonne die Silhouette eines Kruzifixes abzeichnete.

»Ja, Olive«, flüsterte Loren, »das ist dein Platz. Allein unter dem freien Himmel, im Einklang mit dir selbst und dem weiten Land.«

Nachdem sie Olives Grab auf dem Hügel besucht und Abschied von der Verstorbenen genommen hatten, kochte Grace am Abend ein Festmahl. Es war ein Essen zu Ehren einer außergewöhnlichen Frau, und jeder nahm es in Erinnerungen an seine Beziehung zu Mrs. Davis ein. Nur Loren Bray brachte keinen Bissen herunter. Er starrte auf seinen Teller, auf dem das Essen längst kalt geworden war, und schwieg. Schon oben auf dem Hügel war er der einzige gewesen, der nicht noch ein paar letzte Worte an Olive gerichtet hatte.

Seitdem hatte Brian den Kaufmann nicht mehr aus den Augen gelassen. Als jetzt Colleen die Teller wieder einsammelte und Paco sich mit seinen Kollegen zum Kartenspielen zurückzog, rückte er vorsichtig an seinen alten Freund heran. »Mr. Bray, warum haben Sie oben beim Grab Mrs. Olive denn nicht einfach etwas auf Ihrer Mundharmonika vorgespielt?«

Der Kaufmann sah den Jungen an. Dann lächelte er gequält. »Damit hätte ich mir wohl ihren Zorn bis zum

Jüngsten Tag zugezogen. Olive fand es immer schrecklich, wenn ich Mundharmonika gespielt habe.«

Brian blinzelte kurz. »Ich glaube aber, jetzt würde es ihr gefallen«, antwortete er. »Sie lieben doch nichts mehr, als Mundharmonika zu spielen. Und wenn man jemanden liebt, gibt man ihm von dem, was man selbst am meisten liebt. Das haben Sie mir jedenfalls so erklärt.«

Der Kaufmann sah den blonden Jungen an und in seinen Augen standen Tränen. »Ach, Brian«, sagte er dann und zog den Knaben an sich heran.

Unterdessen half Colleen Grace, die Töpfe und Pfannen zu säubern und wieder im Wagen zu verstauen. Sie bemerkte sehr wohl, daß einer der beiden Viehtreiber immer wieder von seinen Karten aufblickte und zu ihr herübersah. Sie spürte, daß sie errötete und wandte sich beschäftigt ab.

»Sie sind Colleen, nicht wahr?« hörte sie plötzlich eine Stimme unmittelbar hinter sich.

Sie fuhr herum. Vor ihr stand der Cowboy, der sie zuvor beobachtet hatte. Er lächelte sie an, und seine strahlendweißen Zähne bildeten einen reizvollen Kontrast zu seiner sonnengebräunten Haut. Colleen nickte nur.

»Ich bin Jesse«, stellte sich der junge Mann vor. »Werden Sie morgen wieder für uns kochen?«

Colleen zuckte verlegen die Schultern. »Das hängt von Grace ab.« Wieder überzog eine plötzliche Röte ihr Gesicht.

In diesem Augenblick näherte sich Michaela dem Wagen. Als sie den jungen Mann bei ihrer Pflegetochter bemerkte, stutzte sie ein wenig.

Doch Jesse schob bereits zwei Finger unter seine Hutkrempe, grüßte Michaela und ging davon.

Die Ärztin sah ihm nach. Irgend etwas in seinem Gesicht machte ihn ihr unsympatisch, sie konnte nur nicht sagen, was es war.

Die Stimmung beim Frühstück war gedrückt. Matthew saß neben Paco und rührte in seinem Kaffee. »Ich hatte fest damit gerechnet, daß Sie die Herde bis nach Colorado Springs begleiten würden«, sagte er.

Paco zuckte die Schultern. »Ich war immer Mrs. Olives Vormann, und ich habe jede Herde an ihr Ziel geführt. Aber jetzt hat Mrs. Olive mir ihre Ranch vermacht, und ich muß mich darum kümmern.«

Matthew seufzte. »Aber ich habe keine Ahnung, wie wir die Herde nach Hause treiben sollen.«

Paco strich sich über seinen Schnurrbart. Er seufzte ebenfalls. »Ich kann dir nur ein Angebot machen, Matthew. Verkauf mir die Herde. Ich biete dir acht Dollar pro Stück.«

»Ich habe gehört, in Chicago zahlt man vierzig Dollar pro Stück.« Sully stand plötzlich hinter den beiden.

»Das mag sein, Señor, aber Chicago ist weit weg«, erwiderte Paco. »Und der Weg und die Arbeit erhöhen den Preis. Hier sind die Rinder eben nur acht Dollar wert.«

Matthew starrte einen Moment lang vor sich hin. Dann stand er entschlossen auf. »Ich verkaufe nicht.«

»Aber Matthew, wie stellst du dir das vor?« Dr. Mike hatte die letzten Worte der Unterhaltung mitbekommen. »Wie willst du ohne einen erfahrenen Vormann zurechtkommen?«

»Ich muß es eben selbst in die Hand nehmen«, entgegnete Matthew. »Und wir werden nicht allein reiten.« Er ging zu den Viehtreibern hinüber, denen Colleen soeben

Kaffee einschenkte. »Ich brauche ein paar Männer, die mit mir die Herde nach Colorado Springs treiben«, begann er. »Ich kann euch zwar kein Geld geben, aber jeder, der mitkommt, erhält in Colorado Springs zwei Rinder.«

Jesse betrachtete einen Moment Colleen. Dann warf er seinem Kollegen Ned einen fragenden Blick zu. Als der nickte, antwortete er: »Für mich gibt es genügend Gründe, das Angebot anzunehmen. Ned und ich kommen mit.« Er sprach auf spanisch mit den mexikanischen Viehtreibern und fuhr anschließend fort: »Die Jungs sind auch dabei.«

Matthew kehrte zufrieden zu den anderen zurück. »Die Viehtreiber helfen mir.«

Michaela wechselte ein paar stumme Blicke mit Sully. »Dann werden wir es auch tun«, sagte sie schließlich.

Matthew, der nun der neue Chef des Trecks war, hatte beschlossen, daß sie sicherheitshalber noch einen Tag am Lager verbringen sollten, um den Umgang mit den Rindern zu üben, bevor sie sich auf den Weg nach Hause machten.

Tatsächlich stellte sich heraus, daß dies eine kluge Entscheidung war. Sie alle hatten die größten Schwierigkeiten, die Pferde so zu lenken, daß sie die Rinder im richtigen Winkel anliefen. Mehr als einmal geriet ein Rind in Panik und entfernte sich weiter von der Herde, anstatt sich ihr wieder einzugliedern. Auch das richtige Schwingen des Lassos stellte sich als eine Kunst für sich heraus, die einiger Übung bedurfte. Dr. Mike fing mit ihrem Lasso mindestens ebensooft Sully ein wie eines der Tiere. Brian schließlich, der darauf bestand, auf seinem Pferd »Taffy« als vollwertiger Cowboy eingesetzt zu werden, beherrschte zwar sein Lasso, aber ihm drohte ständig die Gefahr, von dem davongaloppierenden Rind aus dem Sattel gerissen zu werden.

Als der Abend heraufzog, hatten sich jedoch alle die nötigsten Kenntnisse angeeignet. Im Schein des Lagerfeuers saßen sie beisammen, während Jesse, Ned und die mexikanischen Viehtreiber wie gewohnt ein wenig abseits Karten spielten.

»Wie lange werden wir brauchen, bis wir wieder in Colorado Springs sind?« fragte Michaela.

»Wir werden uns Zeit lassen müssen«, antwortete Robert E., der unter ihnen über die meiste Erfahrung mit Rindern verfügte. »Wir müssen den Tieren Zeit zum Fressen lassen. Sonst sind sie abgemagert und entkräftet, noch bevor wir wieder daheim sind.«

»Ja«, stimmte Matthew zu, »und es ist wichtig, daß wir sie ruhig halten. Wenn sich ein Tier erschrickt, kann uns die ganze Herde plötzlich durchgehen.«

»Aber wie hält man sie denn ruhig?« wollte Brian wissen.

»Die Cowboys singen den Kühen etwas vor. Wußtest du das nicht?« Und Robert E. stimmte ein Lied an, das nicht nur unter Cowboys gut bekannt war.

Nach und nach sangen alle mit. Lediglich Sully blieb still.

»Warum singst du nicht?« flüsterte Dr. Mike ihm zu.

»Besser nicht. Man darf die Herde nicht erschrecken«, antwortete Sully, und im Schein des Feuers erkannte Michaela das Lächeln auf seinen Lippen und den Glanz in seinen Augen.

Am nächsten Morgen begannen sie in aller Frühe mit den Vorbereitungen für den Aufbruch.

Michaela sattelte bereits ihre Stute, als Colleen an sie

herantrat. »Ma, Jesse hat mich gefragt, ob ich mit ihm auf seinem Pferd reiten will. Darf ich?«

Die Ärztin konnte ihr Erstaunen, vor allem aber ihr Mißfallen über dieses Angebot kaum verbergen. »Colleen, du weißt, daß du keine gute Reiterin bist.«

»Ja, um so mehr ist das eine gute Gelegenheit, es zu lernen«, argumentierte das Mädchen.

Michaela sah ihre Pflegetochter einen Augenblick überlegend an. »Wenn du willst, kannst du mit Sully reiten.«

»Was hast du gegen Jesse?« fragte Colleen, und in ihrer Stimme schwang ihre Verärgerung deutlich mit.

»Ich habe nichts gegen ihn, aber ich möchte nicht, daß du mit ihm reitest«, beendete Michaela die Diskussion.

»Jesse und Ned, ihr reitet an der Spitze«, rief Matthew den Cowboys zu und kündigte damit den bevorstehenden Aufbruch an. »Dr. Mike, Robert E. und Brian übernehmen die Flanken. Sully und die beiden Mexikaner bilden den Schluß. Ich selbst reite voraus.«

»Matthew«, fragte Sully vorsichtig. »Du weißt, daß ich das Gebiet hier gut kenne. Wäre es da nicht besser, wenn ich vorausreiten würde?«

Doch Matthew schüttelte den Kopf. »Nein, Sully, ich brauche gerade am Schluß jemanden, dem ich vertrauen kann.«

Sully zögerte einen Moment. »Gut. Welchen Weg willst du nehmen?«

»Wir reiten durch die Schlucht und ziehen dann zum Wasserloch bei Sandy Flats. Das müßten wir bis morgen schaffen.«

»Du solltest besser den Weg nehmen, den wir gekommen sind. Bei Battle Rock haben wir Wasser gesehen«, entgegnete Sully.

Während er sprach, hatten sich Matthews Augenbrauen unwillig zusammengezogen. »Hör zu, Sully, es kann nur einen Boß geben, und der bin ich.« Er wandte sich ab. »Seid ihr soweit?« rief er dann den anderen zu. »Wo ist Loren?«

Loren Bray stand auf der Kuppe des kleinen Hügels vor dem Grab seiner Schwester. Von Zeit zu Zeit wehte der Wind in die Ebene ein paar Takte der Melodie, die der Kaufmann auf seiner Mundharmonika hervorbrachte.

Eine kleine Hand schob sich plötzlich unter den Arm des Mannes. »Mr. Bray«, sagte Brian vorsichtig, »wir müssen jetzt gehen.«

Loren spielte die Melodie zu Ende, dann setzte er das Instrument ab und griff nach der Hand seines kleinen Freundes. »Ja, Brian«, sagte er leise. »Du hast recht. Wir müssen jetzt gehen.«

Schon im Lauf des ersten Tages stellte sich heraus, wie weitaus beschwerlicher ihr Vorhaben war, als die selbsternannten Cowboys sich das vorgestellt hatten. Die Sonne schickte um die Mittagszeit unerbittlich ihre glühende Hitze auf den Treck herunter. Es war kaum möglich, die Rinder voranzutreiben.

Matthew ordnete eine Pause an. Jeder versuchte, ein Fleckchen Schatten zu finden, in das er sich verkriechen konnte. Nur Brian stand unweit von Loren Bray mitten in der prallen Sonne und zielte mit einer Steinschleuder auf selbstgewählte Ziele. Allerdings mit wenig Erfolg.

»Mr. Bray, ich schaffe es einfach nicht. Können Sie mir nicht helfen?«

»Ein anderes Mal, Brian, mir ist im Moment einfach nicht danach«, antwortete der Kaufmann.

Brian zielte wieder. »Aber es funktioniert nicht. Bitte, Mr. Bray, zeigen Sie mir es noch einmal.«

»Also gut.« Der Kaufmann erhob sich seufzend. Er stellte sich hinter den Jungen und führte seine Hände. »Du hältst die Schleuder mit dem ausgestreckten Arm auf Augenhöhe, spannst die Sehne und fixierst dein Ziel. Dann läßt du die Sehne los.« Der Stein zischte durch die Luft und köpfte den Grashalm, den Brian anvisiert hatte.

»Oh, Mr. Bray! Es hat geklappt!« rief der Junge begeistert. »Wie haben Sie das gemacht?«

Der Kaufmann lächelte, als sei er selbst von seinem Erfolg überrascht. »Tja«, machte er, »es kommt wohl darauf an, daß man sein Ziel nie aus den Augen läßt.«

»Wir reiten weiter«, gab Matthew in diesem Moment das Kommando.

Michaela und Sully warfen sich vielsagende Blicke zu. Es war noch zu heiß, um schon wieder aufzubrechen. Doch zur Zeit empfand Matthew jeden gutgemeinten Rat als einen Angriff auf seine Autorität als Anführer des Zuges. Sie konnten nur hoffen, daß er von sich aus bald die nächste Pause vorschlug. Langsam erhoben sie sich, gingen zu ihren Pferden und saßen auf. Der Treck setzte sich wieder in Bewegung.

Über einem der vorausliegenden Hügel kreisten Raubvögel. Seit der letzten Rast ritt Matthew nicht mehr voraus, sondern mit Jesse und Ned an der Spitze des Zuges. Jetzt winkte er Sully nach vorne.

»Was bedeutet das?« fragte er.

»Nichts Gutes.« Sullys Miene verdüsterte sich. Dann gab er seinem Pferd die Sporen und ritt mit Matthew voraus.

Als Michaela und die übrigen bei dem Hügel ankamen,

entdeckten auch sie die Leichen der zwei Cowboys, aus deren Rücken ihnen Indianerpfeile entgegenragten.

»Indianer«, stieß Jesse zwischen den Zähnen hervor. »Diese verdammten Apachen. Sie lauern allen Weißen auf und massakrieren sie. Sie sind die reinsten Bestien, diese Wilden. Wir sollten sehen, daß wir schnellstens von hier verschwinden. Sonst geht es uns genauso wie diesen Männern.«

Sullys Stirn zog sich zusammen. »Wir sollten sehen, daß wir diese Männer schnellstens begraben.«

»Ja«, stimmte Michaela zu, »holt die Schaufeln. Sie sollen ein ordentliches Begräbnis bekommen.«

Jesse verschränkte demonstrativ die Arme. »Wieviel Zeit wir hier verlieren, hat immer noch der Boß zu entscheiden.« Er sah Matthew erwartungsvoll an.

Der blickte einen Moment lang zu Sully und Dr. Mike. »Wir werden sie begraben«, entschied er dann.

Die unerwartete Verzögerung wirkte sich nachteilig auf den Zeitplan aus, den Matthew für diese Etappe veranschlagt hatte. Nachdem sie die Männer beerdigt hatten, verkündete Matthew, daß sie der Karte zufolge die Wasserstelle in etwa zwei Stunden erreichen mußten. Trotz dieses greifbar nahen Zieles ließen Müdigkeit und Hunger die Stimmung immer weiter sinken. Und obwohl die Reise durch die allmählich untergehende Sonne erträglicher wurde, schien die Erschöpfung um so spürbarer zu werden. Die Schlucht vor der Wasserstelle durchquerte der Treck mit letzter Kraft.

Matthew hatte erwartet, daß unmittelbar jenseits der Felsen die Rinder das Wasser wittern und zu laufen beginnen würden. Doch die Herde blieb ruhig. Vor ihnen lag eine weite, sandige Ebene.

Matthew starrte auf die Karte. »Ich verstehe das nicht«, sagte er verzweifelt. »Wir sind am Ziel. Das hier ist Sandy Flats. Aber wo ist das Wasser?«

»In den letzten Jahren hat sich offenbar das eine oder andere hier verändert.« Jesse stand plötzlich neben Matthew und sah über seine Schulter auf die Karte. Seine Augen blitzten wütend, und sein spöttisches Lächeln erinnerte an die gebleckten Zähne einer Hyäne. »Was jetzt, *Boß*?«

3

In der Weite der Prärie

Matthews Augen wanderten zu Sully. Doch der erwiderte den Blick des jungen Mannes nicht. Seine Miene spiegelte den Ärger, den er empfand, wider.

Jetzt räusperte sich Matthew. »Wir... wir werden hier unser Lager aufschlagen. Morgen ziehen wir weiter nach Battle Rock. Das ist zwei Tage von hier entfernt.«

»Und woher bekommen wir Wasser?« Jesses Augen blitzten noch immer gefährlich.

»Wir werden das Wasser, das wir noch haben, rationieren«, antwortete Matthew knapp. »Jeder wird sich einschränken müssen.«

»Und wenn es dort auch kein Wasser mehr gibt?«

»Dort gibt es Wasser«, erwiderte Sully, und seine Stimme duldete keinen Widerspruch. »Wir haben es auf dem Hinweg gesehen.«

Matthew saß von seinem Pferd ab. »Wir werden erst essen, dann gehen wir alle schlafen. Wir müssen unsere Kräfte sparen. Ich gehe Präriekohle für das Feuer sammeln.« Er konnte kaum verbergen, wie beschämt er war. Gleichzeitig fühlte er eine unbestimmte Wut gegen Sully. Nicht nur, weil er nun doch noch seinem Vorschlag folgen mußte, sondern auch, weil Sully ihm gegen Jesse beigesprungen war, als sei er selbst nicht Mann genug, sich gegen den Viehtreiber zu behaupten.

»Ich helfe dir, Matthew!« Brian lief hinter seinem großen Bruder her. »Soviel getrockneten Mist, wie wir für unser Feuer brauchen, kannst du allein gar nicht tragen.«

Auch die anderen stiegen nun von den Pferden. Sully sattelte ab, dann setzte er sich ein wenig abseits von der Gruppe ins Gras.

Michaela folgte ihm nach wenigen Augenblicken. »Du bist ärgerlich, weil Matthew nicht auf dich gehört hat.«

Sully kaute auf einem Grashalm. »Nein, das stimmt so nicht. Ich bin nicht ärgerlich, weil er nicht auf mich gehört hat, sondern weil er sich um jeden Preis durchsetzen will. Aber ihm fehlen einige Erfahrungen. Und durch sein stures Verhalten bringt er uns alle in Gefahr.«

»Aber er muß diese Erfahrungen eben erst einmal machen. Davor kannst ihn nicht bewahren«, erwiderte Michaela.

»Das habe ich auch nicht vor.« Sully wandte sein Gesicht der untergehenden Sonne zu. »Aber ich möchte auf unsere Sicherheit achten.«

»Dr. Mike!« Matthews Stimme drang durch den stillen Abend zu ihnen herüber. Er lief so schnell er konnte. Auf seinen Armen trug er Brian.

»Was ist passiert?« Michaela sprang auf.

»Ein Skorpion hat ihn gestochen«, erklärte Matthew atemlos, während Brian auf seinen Armen wimmerte.

»Nicht anfassen, das tut weh«, jammerte er und verbarg den Zeigefinger der rechten Hand unter seinem Arm. »Muß ich jetzt sterben?«

Dr. Mike griff behutsam nach dem verletzten Finger und betrachtete ihn. Innerhalb der kurzen Zeit war der Stich bereits beträchtlich angeschwollen. »Nein, du mußt nicht sterben«, antwortete sie beruhigend. »Trotzdem sollten wir uns um die Sache kümmern. Leg ihn auf den

Boden, Matthew«, wandte sie sich dann an den älteren Bruder, »ich hole meine Tasche.«

Als Michaela zurückkam, zitterte Brian am ganzen Körper. »Er bekommt Schüttelfrost«, stellte sie fest. »Deckt ihn gut zu. Sully, bitte hol mir etwas Erde. Matthew?« sie blickte den jungen Mann fest an. »Ich brauche Wasser.«

Matthew zögerte einen Augenblick, dann ging er, um etwas von dem rationierten Wasser für Brian zu holen.

Noch vor Sonnenaufgang brach der Treck wieder auf. Brian hatte die Nacht so verbracht, wie Michaela das erwartet hatte: mit Schüttelfrost, Übelkeit und starken Kreislaufproblemen. Es schien jedoch, daß auf die kühlende Wirkung der Erde, die sie auf die Wunde aufgetragen hatte, Verlaß war: Die Entzündung hatte sich nicht weiter ausgebreitet.

Auch wenn der Stich des Skorpions an sich nicht tödlich war, so hätte es die Ärztin doch lieber gesehen, wenn Brian nicht in einem schüttelnden Wagen über die Prärie hätte ziehen müssen, auf die über Mittag die Sonne brennend heiß herabschien und in der es noch nicht einmal genügend Wasser gab. Denn welche Komplikationen eine solche Reise mit sich bringen konnte, war auch bei dieser verhältnismäßig harmlosen Erkrankung nicht abzusehen. Gleichzeitig wußte Michaela, daß ihnen ohnehin keine andere Wahl blieb, als ihren Weg fortzusetzen.

Sie waren bereits einige Stunden in dem schaukelnden Gefährt unterwegs. Brian lag fiebrig und kraftlos in den Armen seiner Pflegemutter. Immer wieder legte Dr. Mike ihm das Tuch, das mittlerweile kaum noch feucht war und keinerlei Kühlung mehr leisten konnte, auf die schweißüberströmte Stirn.

»Dr. Mike«, erklang die Stimme von Loren Bray hinter der Plane des Wagens, »soll ich Sie ablösen?« Die Plane wurde zur Seite gezogen und Michaela sah in das Antlitz des Kaufmanns, das tiefe Sorge ausdrückte.

Michaela lächelte den Mann an. »Das ist sehr nett von Ihnen, Loren.«

Gleichzeitig drehte sich Grace, die neben Colleen auf dem Kutschbock des Gespanns saß, um. »Sie können solange meinen Platz haben, Dr. Mike«, bot sie an.

»Das beste wäre, wenn wir Pause machen könnten. Brian sollte sich dringend ein wenig erholen«, antwortete die Ärztin und fixierte Matthew, der mittlerweile ebenfalls herangeritten war. »Wir müssen Rast machen«, sagte sie mit Nachdruck.

Matthew zögerte einen Moment. »Die Rinder brauchen Wasser. Wenn wir nicht bald an die Wasserstelle kommen, gehen sie uns durch.«

»Aber Brian...« Weiter kam Michaela nicht mit ihrem Protest.

»Wird er sterben, wenn wir nicht anhalten?« unterbrach Matthew die Ärztin.

»Nein, aber es ist eine Qual für ihn, in diesem Zustand weiterzureisen«, antwortete Michaela.

»Brian, es tut mir leid«, sprach Matthew, ohne seine Pflegemutter dabei anzusehen, »aber wir müssen weiter. Du mußt einfach durchhalten.« Damit setzte er sich wieder an die Spitze des Zugs.

Dr. Mike nahm das Angebot des Kaufmanns gerne an. Nun hielt Loren Brian im Arm. Seine Blicke glitten vom blassen Gesicht des Jungen über das weite Land der Prärie. Er seufzte.

»Was haben Sie denn, Mr. Bray?« fragte Brian matt.

»Sind Sie traurig? Das dürfen Sie nicht sein. Mrs. Davis ist doch jetzt im Himmel.«

Die Hand des Kaufmanns streichelte zitternd über das Haar des Jungen. »Ja«, flüsterte er. »Sie ist gut aufgehoben. Aber du... du sollst durchhalten. Und dir werde ich jetzt etwas sagen, was ich Olive nie sagen konnte.« Seine Stimme wurde zunehmend dünner. »Wie schön es ist, einen Menschen zu haben, den man liebt.« Er schlang seine Arme fester um Brian und drückte ihn an seine Brust, so daß er den Herzschlag des Jungen spüren konnte.

Schon am Mittag des folgenden Tages ergriff eine seltsame Unruhe von der Herde Besitz. Immer wieder warfen ein paar Rinder die Köpfe in den Nacken und trabten ungestüm einige Meter.

Etwa eine halbe Stunde später erreichte der Treck die Ebene bei Battle Rock. Nun gab es für die Herde kein Halten mehr.

Matthew ließ sein Pferd zurückfallen, bis er auf gleicher Höhe mit Graces Wagen war. »Wir sind da!« rief er mit leuchtenden Augen. »Und wir haben Wasser! Wie geht es dir, Brian?«

Brians Gesicht war blaß. Aber trotz der anstrengenden Fahrt hatte er die heftigen Reaktionen seines Körpers auf den Stich überstanden. »Ich wußte doch, daß wir es schaffen!« sagte er mit schwacher Stimme. »Das hast du gut gemacht, Matthew!«

Es war für alle eine Wohltat, das Wasser mit den Händen schöpfen zu können. Sie tranken in vollen Zügen, und schließlich ließen sie sich sogar ins Wasser fallen und badeten darin. Niemand von ihnen glaubte, jemals etwas Erfrischenderes erlebt zu haben.

Nachdem sie sich alle ein wenig erholt hatten, blieb bis zum Abendessen noch etwas Zeit. Colleen spazierte zu einem Hügel, wo durch die Nähe des Wassers einige blühende Sträucher wuchsen. Sie pflückte einige Blüten und steckte sie zu einem Strauß zusammen.

»Sie sollten sich öfter Blumen ins Haar stecken.« Jesse war dem Mädchen unbemerkt gefolgt. Jetzt bückte er sich, knickte eine weitere Blüte ab und steckte sie Colleen ins blonde Haar.

Das Mädchen errötete über und über.

»Aber Sie sind nicht nur hübsch, Sie sind auch sehr klug«, fuhr Jesse fort, und seine Augen leuchteten förmlich in seinem braungebrannten Gesicht. »Ein Mädchen wie Sie...« Er unterbrach sich. »Ein Mädchen wie Sie hat sicher viele Verehrer.«

Jetzt stand Colleens Gesicht regelrecht in Flammen. Sie senkte den Kopf ein wenig. »An so etwas denke ich noch gar nicht«, stammelte sie. »Ich ... ich werde sowieso erst einmal Medizin studieren«, versuchte sie ihr Gegenüber vom Thema abzulenken.

»Oh, ich habe viel Zeit.« Jesse lachte, nahm Colleens Hand, führte sie an seine Lippen und küßte sie zärtlich. »Lassen Sie mich wissen, wenn Sie Ihr Studium beendet haben. Ich denke, bis dahin werde ich auch ein paar mehr als die zwei Rinder von Ihrem Bruder besitzen.«

Colleen wußte nicht, wohin sie blicken sollte. Aus lauter Verlegenheit zog sie die goldene Uhr hervor, die sie von Mrs. Olive geerbt hatte, und sah auf das Zifferblatt. »Ich muß jetzt leider gehen, ich muß Grace beim Abendessen helfen.«

Jesse nickte. »Wie schade«, antwortete er dennoch. »Diese Uhr ist zwar sehr schön und sicher wertvoll, aber ich finde, sie erinnert Sie zu sehr an Ihre Pflichten.«

Die Herde graste abseits vom Lager. In dieser Nacht übernahm Matthew die Aufsicht über die Herde und die Viehtreiber, die sich untereinander im Dienst abwechselten. Er war es sich schuldig, daß er nach den Strapazen der vergangenen Tage, die er ja letztlich zu verantworten hatte, den anderen die wohlverdiente Ruhe gönnte.

Doch auch er spürte die Folgen des anstrengenden Ritts. Und obwohl er wußte, daß ein Cowboy bei seiner Herde nie aus dem Sattel steigen sollte, saß er schließlich ab, hockte sich ins Gras und spritzte sich aus seiner Feldflasche ein wenig Wasser ins Gesicht und über den Nacken. Aber es half nichts. Er wurde das dringende Bedürfnis, seine Augen zu schließen, nicht los. Und sei es nur für einen Augenblick...

Michaela wurde durch ein dumpfes Donnern geweckt. Sie richtete sich auf und sah sich in der Morgendämmerung um. Was war das?

Auch Robert E. hatte seine Decke weggeschlagen. Seine Augen waren vor Schreck geweitet. »Die Herde!« Augenblicklich lief er zu seinem Pferd und schwang sich ohne Sattel auf dessen Rücken. Sully folgte seinem Beispiel. Schon sah man, wie eine dichte Staubwolke sich dem Lager näherte. Das Donnern kam immer näher.

»Schnell!« Grace hatte die Lage als erste erfaßt. »Legt euch unter den Wagen!« Schon schob sie Brian und Colleen, die schlaftrunken herbeigetaumelt waren, zwischen den Rädern hindurch, bevor auch sie, Dr. Mike und Loren Bray sich unter das Fahrzeug duckten.

Die dumpfen Schläge der Hufe wuchsen in den Ohren zu einem Donnern heran, das die Trommelfelle zum Platzen bringen wollte. Gleichzeitig bebte die Erde. Michaela konnte sich nicht erinnern, wann sie in ihrem Leben jemals etwas derart Beängstigendes erlebt hatte. Es genügte die blinde Wut eines der Tiere, um den Wagen umzurennen. Dann wäre es um sie geschehen. Solange sich die Herde näherte, sah Michaela dem drohenden Unheil gebannt ins Auge. In dem Moment jedoch, als die Woge des Lärms über sie hereinbrach, drückte sie Colleen und Brian fest an sich, schloß die Augen und erwartete ihr Schicksal.

Auf wundersame Weise ebbte der Donner schließlich ab, verzog sich wie ein Gewitter, das ebenso rasch verging wie es gekommen war. Langsam öffnete die Ärztin die Augen. Wo vor wenigen Augenblicken noch grüne Wiese rund um den Wagen geblüht hatte, sah sie nur noch ein Schlachtfeld aufgewühlter und zerstampfter Erde.

Erst Stunden später kamen die Männer zurück. Sie trieben die Herde vor sich her. Noch immer wirkten die Tiere nervös und drängten sich dicht aneinander.

»Matthew!« Michaela lief ihrem Pflegesohn entgegen. »Ist alles in Ordnung?«

Der junge Mann schüttelte den Kopf. Seine Miene war zerknirscht. »Nein. Wir haben neun totgetrampelte Rinder gefunden.«

»Es hätte schlimmer kommen können«, versuchte Michaela ihn zu trösten. »Stell dir vor, sie hätten uns alle...«

»Es ist meine Schuld«, unterbrach Matthew sie. »Ich bin eingeschlafen. Ich hätte nicht aus dem Sattel steigen sollen.«

»Aber wo waren denn die Viehtreiber? Haben sie es denn nicht bemerkt, als die Herde nervös wurde?«

Matthews Augen verengten sich zu schmalen Schlitzen.

»Jesse und Ned sind nicht mehr da«, antwortete er. »Und mit ihnen fehlen zwei Dutzend Rinder.«

Dr. Mike zögerte einen Moment. »Glaubst du, daß sie...«

Der junge Mann nickte. »Sie haben die Herde aufgeschreckt und sind mit einem Teil abgehauen.«

Colleen, die dem Gespräch zwischen Dr. Mike und ihrem Bruder gefolgt war, stürzte jetzt herbei. »Wie kannst du so etwas behaupten!« schrie sie Matthew an. »Du hast überhaupt keine Beweise dafür. Wahrscheinlich sind sie nur noch unterwegs, um die restlichen Rinder einzufangen!«

Matthew blickte sie ein wenig mitleidig an. »Das würde ich nur zu gerne glauben. Aber sag mir bitte eins, Colleen. Wo ist deine Uhr?« Dann rief er den anderen zu: »Habt ihr schon nachgesehen, ob ihr eure Sachen noch habt?«

Colleen faßte in die Seitentasche ihres Kleides. Ihre Augen weiteten sich. »Sie... ich... ich muß sie verloren haben...«

»Dann werde ich jetzt Jesse fragen, ob er sie vielleicht gefunden hat. Die Uhr und zwei Dutzend Rinder.« Matthew wendete sein Pferd.

Doch Sully hielt es am Halfter fest. »Matthew, laß sie laufen. Sie sind bewaffnet.«

»Ich lasse mir nicht einfach zwei Dutzend Rinder stehlen. Weißt du, was die wert sind?« schrie Matthew außer sich.

»Sie sind es auf keinen Fall wert, dafür zu sterben!« schrie Sully zurück. »Komm endlich wieder zur Vernunft, Matthew!«

In diesem Moment sprang der junge Mann vom Pferd. Er packte Sully am Hemd und zog ihn zu sich heran. »Von dir muß ich mir nichts sagen lassen. Ich bin hier der Boß!«

Ein ärgerliches Zucken glitt durch Sullys Gesicht, dann befreite er sich aus dem Griff und versetzte Matthew einen derartigen Hieb vor die Brust, daß er zurücktaumelte und zu Boden fiel. »Du wirst dir immer von dem etwas sagen lassen müssen, der mehr Erfahrung hat. Und wenn du so etwas noch einmal versuchst, dann kannst du noch ein paar Kostproben meiner Erfahrung bekommen, und zwar gratis.« Damit wandte er sich ab und ging davon.

Michaela hatte die Szene fassungslos beobachtet. Es war das erste Mal, daß ihr Verlobter und ihr Pflegesohn eine Meinungsverschiedenheit auf diese Weise miteinander ausgetragen hatten. Aber es ging um viel mehr als das. Es ging darum, wer fortan die männliche Autorität innerhalb der Familie repräsentieren würde. Michaela wurde klar, daß der Zeitpunkt gekommen war, ab dem ihr ältester Pflegesohn in dem Haus, in dem er lebte, niemals mehr einen anderen Mann neben sich akzeptieren würde.

Matthew richtete sich auf. Er strich sich die Haare aus der Stirn und schickte Sully einen wütenden Blick hinterher. »Wir machen hier einen Tag Rast!« rief er den anderen zu. »Die Herde muß sich beruhigen.«

Gegen Nachmittag schlich sich Matthew unbemerkt davon – scheinbar unbemerkt, denn mit einem kleinen Abstand, und darauf bedacht, nicht gesehen zu werden, folgte ihm jemand.

Der junge Mann folgte den Spuren, die er an der Wasserstelle ausfindig gemacht hatte. Sie waren eindeutig. Tatsächlich dauerte es nicht lange, bis er durch das Gebüsch eines kleinen Wäldchens Stimmen vernahm. Er entsicherte das Gewehr, stieg aus dem Sattel, achtete darauf, möglichst geräuschlos vorzugehen, und durchbrach das Gestrüpp.

»Weg mit den Waffen!«

Jesse und Ned blickten ihn einen Moment lang überrascht an, dann legten sie die Pistolengurte ab, bevor Matthew seine Aufforderung wiederholen konnte.

»Hey, das muß ein Mißverständnis sein«, begann Jesse. »Wir haben die Rinder wieder eingefangen. Sie hatten sich verirrt. Wir wollten sie gerade zurückbringen.«

»Ich glaube nicht mehr an Märchen.« Matthews Stimme duldete keinen Widerspruch. »Ihr seid nichts weiter als Viehdiebe. Dafür kann ich euch erschießen.«

»Aber du wirst es nicht tun.« Jesse ging langsam auf Matthew zu. »Weil du nämlich Angst davor hast. Und Colleen würde dir das sowieso nicht verzeihen.«

»Ich habe keine Angst!« rief Matthew, doch er fühlte selbst, wie seine Hände zittriger wurden, je näher der Viehtreiber auf ihn zu kam.

»Gib das Ding her!« Jesse griff nach dem Gewehrlauf. Doch im selben Moment wurde er plötzlich wie von unsichtbarer Hand zurückgeschleudert. Matthew nutzte seine Chance und versetzte Ned, der sich ihm von der Seite genähert hatte, einen gezielten Schlag vor die Brust.

»Getroffen!« Brian sprang herbei. Er hatte seine Steinschleuder schon wieder gespannt und zielte erneut auf Jesse, der noch benommen am Boden lag. Aus einer Wunde auf seiner Stirn troff Blut.

Matthew nutzte den Moment und holte mit gezielten Griffen einige Gegenstände aus den Taschen des Cowboys. »Dafür wird Colleen mir danken.« Er ließ die goldene Uhr einen Moment vor der Nase des Viehdiebes baumeln. Dann richtete er sich wieder auf und zielte erneut auf Jesse. »Ich hoffe, ich sehe euch nie wieder. Sonst werdet ihr mehr als die Steinschleuder meines Bruders zu spüren bekommen!«

Michaela ging nervös auf und ab. Es war klar, daß Brian seinem Bruder gefolgt war. Und es war auch klar, wem Matthew gefolgt war.

Endlich zeichnete sich die Silhouette der beiden Reiter inmitten einer kleinen Rinderherde auf dem Rücken des nächsten Hügels ab. Dr. Mike lief ihren Söhnen entgegen. »Matthew! Wo warst du?«

»Ich habe meine Rinder zurückgeholt«, antwortete der junge Mann.

»Ich habe dir gesagt, daß du sie nicht suchen sollst!« Sully hatte offensichtlich Mühe, ruhig zu bleiben. »Du hast Brian damit in Gefahr gebracht.«

Matthew sah Sully ungerührt an. »Ich konnte nicht wissen, daß er mir folgen würde«, antwortete er barsch. Er trat zu seiner Schwester, zog die goldene Uhr aus seiner Tasche und reichte sie ihr. »Hier, von Jesse.«

Colleen brachte kein Wort hervor. Sie griff nach der Uhr und steckte sie in die Tasche ihres Kleids. Dann drehte sie sich um und lief davon.

Als Michaela sie in der blühenden Wiese endlich einholte, liefen bereits Tränen über das Gesicht des Mädchens. »Colleen...«

»Er hat mich betrogen!« Der Schmerz über die erlittene Schmach brach sich seinen Weg. »Ich habe ihm alles geglaubt. Warum hat er nur all die schönen Dinge zu mir gesagt, wenn er sie nicht ehrlich gemeint hat?«

»Colleen, du wirst immer wieder auf Menschen stoßen, die es nicht ehrlich mit dir meinen«, tröstete sie Michaela.

»Aber... aber wie kann einen denn sein Gefühl so täuschen?« Immer noch schossen die Tränen aus den Augen des Mädchens hervor. »Er kam mir so ehrlich vor. Und es war so wunderbar, als er meine Hand geküßt hat. Oh, wie konnte ich nur so dumm sein!«

»Du bist nicht dumm, Colleen.« Michaela nahm sie in die Arme. »Du hast dich verliebt, und Liebe macht nun einmal blind – nicht nur die Augen, sondern auch das Herz.«

»Aber wer sagt, daß mir das nicht wieder passiert? Wenn ich Jesse überhaupt jemals vergessen kann«, fuhr Colleen verzweifelt fort.

Michaela lächelte unmerklich. »Du mußt ihn nicht vergessen, Colleen, aber du wirst ihn vergessen. Und vor allem mußt du dich nicht dafür schämen, daß dein Herz getäuscht worden ist.« Sie streichelte dem Mädchen noch einmal über die Haare, dann ließ sie es allein. Sie wußte, daß es Wunden im Leben eines Menschen gab, die keine Ärztin heilen konnte, sondern nur die Zeit.

4

Glückliche Heimkehr

Am nächsten Morgen war für den Aufbruch alles vorbereitet. Die Aussicht, in drei bis vier Tagen wieder daheim in Colorado Springs zu sein, schien alle Mitglieder des Trecks zu beflügeln – fast alle jedenfalls. So schwermütig wie Colleen heute war, hatte Michaela das Mädchen bisher nur selten erlebt. Jesses Verrat machte ihr offenbar zu schaffen. Aber nicht nur ihr.

Die Fortsetzung des Trecks war ohne die beiden Cowboys bedeutend schwieriger geworden, zumal eine Verständigung mit den mexikanischen Viehtreibern enorm schwirig war.

Aber das waren bei weitem noch nicht alle Probleme, mit denen Matthew als Anführer des Viehtransports zu kämpfen hatte: Eine trächtige Kuh hatte über Nacht gekalbt.

Dr. Mike hatte das Tier während der letzten Tage im stillen bewundert. Die lange Zeit ohne Wasser war vor allem für diese Kuh eine starke Belastung gewesen, und trotzdem hatte sie bis hierher durchgehalten. Niemand hatte die Geburt während der Nacht bemerkt. Und niemand hatte geahnt, daß die Geburt des Kalbes für das Muttertier das Ende bedeuten sollte. Ob es an den Strapazen der vergangenen Tage gelegen hatte, oder ob irgendwelche Komplikationen bei der Niederkunft eingetreten waren, konnte im Nachhinein nicht mehr festgestellt werden. Das Kalb jedoch war bei guter Gesundheit.

Brian war über die Vorfälle untröstlich. »Das arme Kälbchen. Wie soll es denn ohne seine Mutter aufwachsen?« fragte er.

Michaela zuckte die Schultern. »Wir werden uns wohl vorerst darum kümmern müssen«, meinte sie dann und seufzte, während sie bei dem Tier niederkniete, dessen Fell noch verklebt und naß war. »Jedenfalls bis eine andere Kuh das Kälbchen annimmt.« Plötzlich leuchtete ihr Gesicht auf. »Ich glaube, ich habe eine Idee.« Sie holte aus ihrer Tasche eine Flasche hervor und reichte sie ihrer Pflegetochter. »Colleen, bitte füll die Flasche mit Milch.« Während das Mädchen Milch besorgte, nahm Dr. Mike einen ihrer ledernen Handschuhe und schnitt die Spitze eines Fingers ab. Als Colleen ihr die mit Milch gefüllte Flasche reichte, stülpte sie den Handschuhfinger über den Flaschenhals und befestigte ihn mit einem Lederband. »Halt das Kalb fest, Brian.« Sie schob dem Jungtier den Lederfinger und zugleich ihre Hand ins Maul.

Als das Kalb an Michaelas Hand leckte, spürte es die Milch im Maul. Begierig sog es an dem Handschuh, und Michaela konnte ihre Hand vorsichtig entfernen. »Siehst du?« sagte sie zu Brian und übergab ihm die Milchflasche. »Jetzt bist du für das Kalb verantwortlich, bis eine andere Kuh es annimmt.«

»Ja, so wie du uns damals angenommen hast«, antwortete Brian treuherzig.

»So ähnlich!« Sully lachte. »Du wirst vor allem darauf achten müssen, daß es mit den anderen mitläuft. Sonst verlieren wir es.«

»Keine Angst«, entgegnete Brian. »Wo das Kälbchen ist, da bin ich ab sofort auch.«

Bis zum Mittag hatten sie etwa acht Meilen zurückgelegt. Wieder senkte sich die schier unerträgliche Hitze über die Prärie, und bald begann die Luft über den Hügeln zu flimmern. Plötzlich hob Matthew einen Arm und gab ihnen damit das Zeichen, daß sie anhalten sollten.

Er deutete mit dem Kopf zu einem der Hügel empor, auf dessen Kamm sich einige Indianer aufgebaut hatten. Ihrer Kleidung nach handelte es sich um Krieger.

»Apachen«, raunte Sully.

»Was bedeutet das? Sind sie auf dem Kriegspfad?« fragte Michaela alarmiert. Sie erinnerte sich an Jesses Worte und daran, daß sie ihnen keine Bedeutung zugemessen hatte.

»Wenn sie uns angreifen wollten, hätten sie es längst getan«, antwortete Sully ruhig. »Wahrscheinlich brauchen sie nur unsere Hilfe. Sie wurden aus ihren angestammten Gebieten vertrieben, hierher, wo es keinen einzigen Büffel mehr gibt und sie Hunger leiden müssen. Ich werde mit ihnen reden.«

»Kannst du dich denn mit ihnen verständigen?« fragte Michaela.

»Das werden wir sehen. Ich spreche zwar nur algonkin, aber die Gebärden müßte die gleichen sein wie ihre.« Er schnalzte mit der Zunge und sein Pferd verfiel in einen leichten Trab. Sully ritt den Hügel hinauf.

Dr. Mike konnte aus der Entfernung beobachten, wie Sully mehrfach die Hand hob und mit den Fingern Zahlen bildete. Ein andermal wandte er sich kurz um und deutete auf Matthew. Dann verabschiedete er sich von den Indianern und kehrte zu ihnen zurück.

»Sie sind friedlich«, rief er schon von weitem, »aber sie haben Hunger. Wenn du ihnen zwei Rinder gibst, Matthew...«

Doch das Angriffsgeheul der Indianer unterbrach ihn. Die Apachen ritten auf die Herde zu und trieben einige Tiere vom Rest der Herde weg.

»Sie greifen an!« Matthew zog sein Gewehr und gab zwei Schüsse in die Luft ab.

»Hör auf zu schießen!« schrie Sully und schlug mit seinem Tomahawk gegen Matthews Gewehr, so daß auch der nächste, gezielte Schuß in die Luft ging. »Sie haben keine Waffen. Alles, was sie wollen, sind ein paar Rinder.«

»Aber es ist mein Vieh!« rief Matthew außer sich. »Sie stehlen mein Vieh!«

»Matthew, sie haben nur Hunger!« Dr. Mikes Stimme überschlug sich fast.

»Ich werde nicht meine gesamte Herde Viehdieben und Indianern überlassen!« schrie Matthew. »Es sind *meine* Rinder!« Fassungslos beobachtete er, wie die Apachen fünf Tiere geschickt einkesselten und schließlich mit sich davontrieben. Tatsächlich hatten sie niemand wirklich angegriffen.

»Sie wollen überleben, Matthew, das ist alles.« Sully faßte den aufgebrachten jungen Mann an der Schulter.

»Du hast es ihnen erlaubt!« Matthew schnaubte wütend.

»Nein, das ist nicht wahr. Ich wollte dich bitten, ihnen zwei Rinder zu schenken. Aber sie forderten fünf. Und Menschen, die hungern, stehlen lieber fünf Rinder, als daß sie sich zwei schenken lassen!«

Aus Matthews Augen zuckten ärgerliche Blitze. Dann wandte er sich abrupt ab. »Wir ziehen weiter.«

Michaela hatte die Auseinandersetzung mit zunehmender Unruhe beobachtet. Immer deutlicher trat der Konkurrenzkampf der beiden Männer zutage. Wie weit würde er noch eskalieren, bis sie endlich Colorado Springs erreicht hatten?

Je weiter der Nachmittag voranschritt, um so mehr zog sich der Himmel zu. Von Zeit zu Zeit versuchte Dr. Mike, aus den sich auftürmenden Wolken auf die zu erwartenden Veränderung des Wetters zu schließen. Doch es gelang ihr einfach nicht, sich darüber Klarheit zu verschaffen.

Sully, den sie am Schluß der Herde vermutet hatte, ritt plötzlich von vorne auf sie zu. Sein Gesicht war grimmig. Noch bevor die Ärztin nach dem Grund fragen konnte, platzte Sully selbst damit heraus: »Matthew will die Herde durch den Fluß treiben. Aber das ist viel zu gefährlich.«

»Warum? Ist er zu tief?« erkundigte sich Michaela.

»Nein, aber man kann nicht erkennen, ob am anderen Ufer vielleicht Treibsand ist. Es ist ein unabsehbares Risiko. Ich habe ihm gesagt, wir sollten es weiter flußabwärts versuchen. Aber er will die Herde unbedingt vor dem Gewitter über den Fluß bringen, damit sie nicht nach hinten ausbrechen kann.«

Michaela wußte keine Antwort. Für sie klangen beide Argumente gleichermaßen sinnvoll.

Sobald die Herde das Wasser witterte, wurde sie wieder unruhig und begann zu laufen. Doch am Ufer des Flusses stoppten die Tiere. Keines der Rinder ging freiwillig ins Wasser, und das langsam aufkommende Gewitter verstärkte die Nervosität unter den Tieren und den Menschen.

»Los, macht schon, lauft rüber«, versuchte Michaela die Herde anzutreiben. Die Tiere drängelten und drängten, und unvermutet richtete sich Michaelas Stute auf. Die Ärztin stürzte aus dem Sattel und fiel in den Sand, inmitten unzähliger Paare von Hufen, die sie zu zerschmettern drohten.

»Dr. Mike! Sully! Dr. Mike ist gestürzt!« Matthews Stimme überschlug sich fast, und die Nervosität der Rinder wuchs, immer unruhiger liefen sie hin und her, stießen aneinander.

Ohne eine Sekunde zu verlieren, wendete Sully, der mit einigen Rindern das andere Ufer fast schon erreicht hatte, sein Pferd und preschte durch das seichte Wasser zurück. Die Herde lief so dicht beieinander, daß es kaum vorstellbar war, daß Dr. Mike zwischen ihren Hufen unverletzt bleiben sollte.

Michaela wußte nicht, wie ihr geschah. Sie barg den Kopf zwischen ihren Armen. Über ihr wogten die Leiber der Tiere.

»Michaela!« vernahm sie plötzlich eine Stimme.

Woher sie die Energie nahm, um den Arm zu heben, konnte sie nicht sagen. Sie fühlte nur, wie sie plötzlich hochgezogen wurde. Ein Arm umfaßte ihre Taille und hob sie zwischen den Tieren empor.

»Bist du verletzt?« Sullys Stimme drang laut an ihr Ohr. Sie fühlte seinen Körper, nahm seinen Atem in ihrem Gesicht wahr. Doch eine Kraft, die stärker war als sie, riß sie mit sich. Dunkelheit umfing sie.

Im Schutz des Wagens jenseits des Flusses kam die Ärztin wieder zu sich. Sully hatte den Ärmel ihrer Bluse aufgekrempelt und reinigte die Wunde. Erstaunlicherweise schien dies die einzige Verletzung zu sein, die sie davongetragen hatte.

»Ist alles in Ordnung?« fragte Sully besorgt.

Michaela lächelte matt und nickte.

»Dr. Mike, es ... es tut mir so leid.« Matthew stotterte. »Es ist alles meine Schuld.«

Sully wandte sich ihm zu. Noch nie hatte Michaela ihn so ärgerlich gesehen. »Da hast du ausnahmsweise mal recht«, sagte er barsch.

»Sully, bitte laß uns einen Augenblick allein«, bat Michaela.

Sully sah sie einen Moment schweigend an. Dann erhob er sich. »Ich bin bei der Herde.«

»Dr. Mike, ich habe schreckliche Fehler gemacht«, begann Matthew, sobald Sully verschwunden war. »Ich... ich mache einfach alles falsch. Colleen ist enttäuscht, Brian wurde verletzt, und dich hätte die Herde fast totgetrampelt.«

»Matthew, für all das bist du doch nicht verantwortlich«, entgegnete Michaela. »Immerhin sind wir mit einem großen Teil der Herde schon hierher gekommen – unter deiner Führung.«

»Ich wünschte, ich hätte auf Sully gehört«, fuhr Matthew fort.

Michaela schüttelte den Kopf. »Auch dann hätte einiges schiefgehen können.« Sie blickte zum Himmel. Die Wolkendecke wurde immer dichter und zog sich bedrohlich zusammen. »Ich bin sicher, daß es gut war, an dieser Stelle den Fluß zu überqueren. Jede Entscheidung ist mit einem Risiko verbunden. Und wenn man einmal wirklich falsch entschieden hat, kann man nur versuchen, daraus zu lernen.«

»Du bist nicht böse auf mich?« fragte Matthew hoffnungsvoll.

»Nein, natürlich nicht. Jeder von uns macht Fehler«, antwortete Michaela. »Aber ich habe einen Wunsch. Vielleicht überlegst du vor deiner nächsten Entscheidung einmal, Sullys Rat in Betracht zu ziehen. Du kannst ihn immer noch verwerfen, wenn du überzeugt bist, daß es die falsche Lösung ist. Aber verwirf den Vorschlag nicht nur, weil er von Sully kommt.«

»Du hast recht.« Matthew nickte, dann erhob er sich. »Ich werde den Weg für morgen auskundschaften. Bevor das Gewitter losbricht, bin ich wieder da.«

Sobald Matthew außer Sichtweite war, kehrte Sully zurück.

»Matthew braucht deine Hilfe«, sagte Michaela, noch bevor Sully sich gesetzt hatte.

»Ich habe sie ihm oft genug angeboten. Aber er zieht es vor, die Menschen, für die er verantwortlich ist, in Gefahr zu bringen«, antwortete Sully mit finsterer Miene.

»Wir alle müssen Fehler machen, um zu lernen. Auch du hast in deinem Leben Fehler gemacht und daraus gelernt. Weißt du, es tut mir leid für Matthew, daß er seine erste große Aufgabe so unvorbereitet bewältigen muß.«

»Dann sollte er besser lernen, Hilfe, die man ihm anbietet, auch anzunehmen«, entgegnete Sully erregt.

»Die Kunst liegt nicht nur darin, Hilfe anzunehmen und dadurch Fehler zu vermeiden«, widersprach Dr. Mike. »Es ist ebenso eine Kunst, Hilfe anzubieten – und nicht nur zu verordnen.«

Sully atmete tief durch. »Du meinst also, ich hätte ihn nicht frei entscheiden lassen?«

»Ja, das meine ich«, antwortete Michaela. »Ihr müßt beide lernen, die Meinungen des anderen zu akzeptieren, auch wenn sie sich von den eigenen unterscheiden.«

Von Ferne grollte Donner. Die gesamte Atmosphäre schien auf das Äußerste gespannt. Das Lagerfeuer brannte bereits. Sully brachte Michaela eine Decke, und die Ärztin ließ sich dankbar darauf nieder. Nach und nach kamen nun auch die anderen an das anheimelnde Feuer und ließen sich von Grace Kaffee einschenken. Bis zum Abendessen würde es noch eine Weile dauern. Dr. Mike sah sehnsüchtig zu den Hügeln. Kam Matthew noch immer nicht in Sicht?

Endlich erschien seine Gestalt vor den letzten Strahlen der untergehenden Sonne. Wenige Minuten später erreichte er das Lager, stieg vom Pferd und trat an das Feuer heran.

Er setzte sich neben Dr. Mike. Auf ihrer anderen Seite saß Sully.

»Wir können es in zwei Tagen bis Colorado Springs schaffen«, sagte Matthew, »wenn wir unser Tempo durchhalten.«

Sully wandte sich dem jungen Mann zu. »Welchen Weg wirst du wählen?«

»Ich glaube, der über den Paß nach Aspen Meadows könnte der beste sein.«

Sully nickte. »Diesen Weg hätte ich auch vorgeschlagen.«

Ein gleißender Blitz erhellte plötzlich die Prärie. Sekunden später folgte ein unbeschreiblicher Donner. Noch einmal blitzte und donnerte es, dann fielen dick und schwer die ersten Regentropfen.

Mit einem gewaltigen Schlag hatte sich die Atmosphäre entladen. Und Michaela spürte, wie auch von ihr eine beunruhigende Spannung abfiel.

Brians Kalb hatte den ganzen Abend und die Nacht in der Herde zugebracht. Trotzdem hatte sich noch keine Kuh gefunden, die sich des verwaisten Jungtiers annehmen wollte.

»Was passiert denn, wenn sich die anderen Kühe gar nicht um das Kälbchen kümmern?« fragte Brian am nächsten Morgen.

»Sie werden sich bald darum kümmern«, tröstete ihn Dr. Mike. »Und bis dahin paßt du auf, daß es nicht den Anschluß an die Herde verliert.«

Der Regen hatte bei weitem nicht die Abkühlung gebracht, die Dr. Mike und die anderen sich erhofft hatten. Und die Sonne sorgte dafür, daß das bißchen Wasser, das der Boden hatte aufnehmen können, bis zum Mittag in dichten Schwaden wieder zum Himmel gestiegen war. Nun schien die Sonne wieder ebenso heiß herunter wie an den Tagen zuvor. Michaela wünschte sich nichts sehnlicher, als endlich anzukommen, sich zu waschen, die Kleider zu wechseln und sich in ihr weißes, weiches Bett zu legen.

»Wie geht es dir?« Sully ritt zu ihr und seine Augen verrieten die Zärtlichkeit und die Besorgnis, die er für sie empfand. »Hast du noch Schmerzen?«

Michaela lächelte. »Nun, ich spüre die Stelle schon noch. Aber es geht mir trotzdem gut. Ich bin froh, daß Matthew und du...« Sie unterbrach sich, denn in diesem Moment kam Matthew auf sie zu.

»Die Herde ist unruhig, Sully, was kann das bedeuten?« fragte er. »Meinst du, ein Sturm kommt auf?«

Sully ließ seinen Blick über das weite Land schweifen. »Nein, an einen Sturm glaube ich nicht.« Dann erstarrte sein Blick. Er vergewisserte sich, ob ihn die drohenden Zeichen auch nicht täuschten. Doch es war eindeutig. »Halt!« schrie er. »Laß anhalten! Da vorne brennt es!«

Jetzt bemerkte auch Michaela die flimmernde Luft über den züngelnden Flammen des Grases, das sich in der weiten Ebene erstreckte. Dahinter sah sie eine schwarze Wolke, die bedrohlich schnell zunahm. Schon liefen die Rinder nervös durcheinander. Nur mit Mühe konnte Michaela ihr Pferd ruhig halten. »Matthew! Sully! Was können wir tun?«

»Bei diesem flachen Gras frißt sich der Brand in Sekundenschnelle voran«, antwortete Sully. »Es gibt nur eine Möglichkeit: Wir müssen so schnell wie möglich da durch, um dorthin zu gelangen, wo das Gras schon abgebrannt ist.«

»Wäre es nicht besser umzukehren?« fragte Dr. Mike.

»Nein, dann sitzen wir bei den Bergen fest«, antwortete Matthew. »Aber wie sollen wir das Feuer durchqueren, ohne selbst zu verbrennen?« Zum ersten Mal während ihrer langen Reise drückte sein Gesicht das aus, was er immer vor den anderen zu verbergen gesucht hatte: seine Angst und seine Verzweiflung.

»Wir müssen alles so gut es geht mit Wasser befeuchten«, erklärte Sully.

In Windeseile wurden nun die Pferde mit nassen Decken behängt und ihre Beine mit in Wasser getränkten Bandagen umwickelt.

»Macht schnell, treibt sie durch! Sie müssen so schnell es geht hindurch!« Matthews Stimme überschlug sich fast, dann zog er sein Halstuch über Mund und Nase, um sich vor dem beißenden Rauch zu schützen.

Michaela betrachtete die rasch näherkommende Wand aus Rauch. Breiter als über einen Streifen von fünfzig Metern konnten sich die Flammen nicht erstrecken. Ihre Chancen, unverletzt an die andere Seite zu gelangen, standen gut. Dann gab sie »Flash« die Sporen.

Doch die Rinder scheuten vor den Flammen zurück.

Panisch kehrten sie um. Mit Entsetzen stellte Dr. Mike fest, daß Graces Wagen von der Herde eingekeilt wurde.

»Colleen, wir kommen nicht weiter!« rief Grace, die die Zügel in der Hand hielt. »Wir sind zu langsam, um durchzukommen.«

»Haltet die Rinder auf!« rief in diesem Moment Michaela. »Sie brechen nach hinten durch!«

Colleen blickte einen Augenblick um sich, in das Inferno aus Flammen, Rauch und Tierleibern. Dann griff sie beherzt nach dem Gewehr, das hinter ihr im Wagen lag, und schoß zweimal damit in die Luft. Auf der Stelle machten die Rinder wieder kehrt.

»Gut gemacht, Colleen!« rief Matthew. Die Männer, die bereits einen Teil der Herde durch das Feuer begleitet hatten, kehrten zurück. »Fahrt los, wir treiben die Herde!«

Colleen nahm der erstarrten Grace die Zügel aus der Hand und wollte gerade anfahren, als sie Brian bemerkte, der sich von seinem Pferd gleiten ließ. »Brian!« rief sie. »Was machst du da?«

Doch Brian hörte nicht auf sie, sondern lief einige Meter zurück. Als Colleen ihm mit den Augen folgte, entdeckte sie das verwaiste Kalb. Es hatte für wenige verhängnisvolle Momente den Anschluß an die Herde verloren.

»Mein Kälbchen! Es läuft nicht weiter!« rief der Junge verzweifelt und versuchte, das verängstigte Tier anzuschieben.

»Brian, du mußt es zurücklassen!« befahl Michaela.

»Das kann ich nicht. Ich lasse mein Kälbchen nicht allein!«

Michaela saß ab. »Du gehst sofort zum Wagen!« herrschte sie den Jungen an. »Ich kümmere mich um das Kalb.«

Sobald sie das Tier auf den Armen hatte, lief Brian zu Grace und Colleen und kletterte auf den Kutschbock.

»Fahr los, Colleen!« rief Michaela. »Treib die Pferde an, um jeden Preis!«

Colleen zögerte den Bruchteil einer Sekunde. »Los! Lauft zu!« rief sie dann. Sie ließ die Zügel unter lautem Schreien ein paar Mal auf den Rücken der Pferde knallen, und endlich setzte sich der Wagen schwerfällig in Bewegung.

Wie durch einen Schleier kämpfte sich das Gefährt voran, umgeben von Tierleibern und Rauch. Nach einer Zeit, die Colleen wie eine Ewigkeit erschien, ließ der Rauch endlich nach. Sie hatten die andere Seite der Feuerwand erreicht.

»Wo ist Dr. Mike?« Sully merkte als erster, daß sie nicht vollzählig waren.

»Sie ist zurückgeblieben. Sie hat sich um Brians Kalb gekümmert.« Colleens Stimme klang verzweifelt.

»Mein Gott, hilf ihr! Sie darf allein im Feuer nicht die Orientierung verlieren.« Robert E. war es, der dieses Stoßgebet zum Himmel schickte.

In diesem Moment zeichnete sich die Silhouette einer Reiterin im Rauch des Präriebrandes ab, und das Inferno gab Dr. Mike frei. An einem Zügel führte sie Brians Pferd mit sich. Und quer über ihrem Sattel lag ein braun und weiß geflecktes Geschöpf: Brians Kalb.

Der Brand hatte das Fortkommen der Gruppe beträchtlich verzögert. Dennoch waren sich alle einig, daß sie nicht noch ein zusätzliches Nachtlager unter freiem Himmel auf sich nehmen wollten. Statt dessen beschlossen sie, ohne Rast durchzureiten, um abends endlich in Colorado Springs anzukommen.

Michaela hatte damit gerechnet, dadurch ihre letzten Kraftreserven zu verlieren. Doch zu ihrem Erstaunen stellte sie fest, daß ihr das Reiten an diesem Tag leichter fiel, als an jedem anderen Tag, den sie im Sattel verbracht hatte. Den anderen ging es anscheinend ähnlich. Und je später es wurde, um so fröhlicher wurden ihre Mienen.

Loren Bray ließ sich sogar dazu hinreißen, ein paar Melodien auf seiner Mundharmonika zu spielen. Mit einem Tusch beendete er seine Vorstellung, als Colorado Springs in der Ebene vor ihnen sichtbar wurde.

Matthew, der wieder an der Spitze des Trecks ritt, hielt an. »Wir haben es geschafft«, stellte er fest, und in seinen Augen lag ein eigentümlicher Glanz.

»Du hast es geschafft, Matthew.« Sullys Stimme klang neidlos und anerkennend.

»Ich habe viele Fehler gemacht«, bekannte der junge Mann jetzt.

»Wir alle müssen Fehler machen«, antwortete Sully und sah Matthew dabei fest in die Augen. »Und einer der größten Fehler, die man machen kann, ist der Versuch, andere vor ihren Fehlern zu bewahren.«

Die Sonne neigte sich bereits dem Horizont zu, als die Herde unter den ungläubigen Blicken der Einwohner durch Colorado Springs zog. Dr. Mike sah einen Augenblick an sich hinab. Ihre Kleidung befand sich in einem erbärmlichen Zustand. Aber in ihrem Inneren spürte sie eine tiefe Zufriedenheit. Sie hatten es geschafft, sie alle gemeinsam. Und dies war das schönste Vermächtnis, das Mrs. Olive ihnen hatte machen können: Die Erfahrung, daß sie alle einander brauchten – mit ihren Fehlern und mit ihren Vorzügen.

5

Das liebe Geld

Michaela war bewußt, daß Matthews Erbschaft den jungen Mann gesellschaftlich in einen wesentlich besseren Stand versetzte. Nachdem er nun Besitz hatte, rückte seine Heirat mit Ingrid in greifbarere Nähe; dies war eine Entwicklung, die Michaela hinnehmen mußte. Das, was Michaela bislang für die Zukunft gehalten hatte, wurde nun doch erschreckend schnell zur Gegenwart, auch wenn Ingrid zur Zeit noch bei einer Familie in Denver arbeitete.

Dabei war es nicht nur Matthews Heirat, die bald einschneidende Veränderungen mit sich bringen sollte. Auch ihre eigene Hochzeit mit Sully rückte unaufhaltsam näher, vor allem, seit Michaela vor einigen Wochen ihre Familie in Boston von ihren Absichten in Kenntnis gesetzt hatte. Zwar gab es noch keinen konkreten Termin, aber das Ereignis sollte noch vor dem nächsten Sommer stattfinden.

Sully hatte auch schon damit begonnen, ein neues Haus zu bauen, in dem sie alle Platz haben sollten – schließlich heiratete er ja sozusagen eine ganze Familie. Immer wieder betrachteten sie miteinander die Pläne, doch oft genug kam Michaela alles wie ein schöner Traum vor, der im nächsten Moment wie eine Seifenblase zerplatzen konnte.

Mit der Postkutsche war, neben den üblichen Lieferungen an den Kaufmann, auch der neue Katalog des Warenhauses in Chicago eingetroffen. Michaela stand in einer Ecke des Ladens und vertiefte sich in die Angebote, während Sully Werkzeuge für den Bau des Hauses aussuchte. In diesem Katalog gab es von Damenunterwäsche über Geräte für die Landwirtschaft bis hin zu Baumaterialien wirklich alles. Die Ärztin überflog die Seiten. Plötzlich blieb ihr Blick an der Abbildung eines wunderschönen Bleiglas-Fensters hängen. »Oh«, machte sie überrascht. »Sully, das mußt du dir ansehen.«

Sully trat neben seine Verlobte und betrachtete aufmerksam das Bild. »Es ist wirklich sehr hübsch«, bemerkte er. »Vielleicht wäre das genau das Richtige für unsere Tür?«

»Das ist ein sehr gut gearbeitetes Stück«, stellte Loren Bray fachmännisch fest, während er über Michaelas Schulter ebenfalls einen Blick in den Katalog warf. »Ich kenne die Sachen von Corwin McGee. Aber sie haben auch ihren Preis.« Er wedelte mit der Hand, als hätte er sich gerade die Finger verbrannt.

Michaelas dunkle Augen leuchteten vor Begeisterung. »Was kostet es denn?«

Der Kaufmann blätterte in einer Liste. »Fünfundzwanzig Dollar. Wenn Sie es jetzt bestellen wollen, müssen Sie die Hälfte anzahlen.«

»Fünfundzwanzig Dollar?« wiederholte Sully ungläubig. »Das... das geht jetzt nicht. Vielleicht später, wenn das Holz für den Rohbau bezahlt ist, aber zur Zeit...«

Er stockte, als Brian in den Laden stürzte. Offenbar war der Junge sehr aufgeregt. »Sully, komm schnell mit, ich muß dir etwas zeigen. Da draußen hängt ein Plakat. Eine Wild-West-Show kommt nach Colorado Springs!«

Es war offensichtlich, daß Sully Brians Aufforderung gerne nachkam. »Entschuldigt mich bitte!« rief er den anderen zu, dann ließ er sich von Brian aus dem Laden ziehen.

Michaela und der Kaufmann wechselten einen verständnisinnigen Blick. »Mr. Bray«, sagte Michaela dann. »Bitte bestellen Sie das Fenster. Und setzen Sie die Anzahlung dafür auf meine Rechnung.«

Brian betrachtete staunend das Plakat, das die Männer von der Postkutsche soeben an einen der hölzernen Verandapfosten genagelt hatten. »Da gibt es sicher auch Lasso-Werfer«, sagte er ehrfürchtig.

»Die gibt es bestimmt«, antwortete Sully, »aber sie sind das Geld nicht wert, das man bezahlen muß, um ihnen zusehen zu können. Diese Shows sind verlogen und dumm. Sie zeigen einen Wilden Westen, den es so gar nicht gibt. Und sie bezahlen den Indianern, die sie in ihrer Show auftreten lassen, weniger als den Weißen, obwohl sie die gleiche Arbeit machen.«

»Ich möchte aber trotzdem hingehen«, beharrte Brian. »Man kann sicher auch viel dabei lernen«, setzte er vorsichtshalber hinzu, als er seine Pflegemutter bemerkte, die inzwischen ebenfalls hinter ihm stand.

»Da bin ich mir nicht so sicher«, meinte Michaela, »aber vielleicht ist es einmal eine nette Abwechslung für einen Sonntagnachmittag.«

»Dürfen wir hingehen, Ma?« fragte Brian.

Michaela lachte und suchte in ihrer Tasche nach ihrem Portemonnaie. »Also gut. Und kauf gleich für jeden eine Karte, damit wir alle etwas lernen.« Sie unterbrach sich und warf Sully einen schelmischen Blick zu. »Wir alle, bis auf Sully, meine ich.«

Wie jeden Abend saßen Michaela, die Kinder und Sully nach dem gemeinsamen Abendbrot noch an dem Tisch des kleinen Holzhauses. Sully starrte angestrengt auf das Blatt vor ihm, das von oben bis unten mit Zahlen vollgeschrieben war. »Das Geld ist zwar knapp, aber ich denke, daß das Haus trotzdem rechtzeitig bis zur Hochzeit fertig wird«, sagte er schließlich.

Dr. Mike konnte ihre Freude nicht verbergen. »Sully, das ist wunderbar.«

»Bekomme ich denn trotzdem die Tapete, die ich mir für mein Zimmer ausgesucht habe?« wollte Colleen wissen.

»Und darf ich mein Zimmer auch wirklich grün streichen?« setzte Brian hinterher.

»Natürlich«, antwortete Sully lachend. »Das bekommt ihr alles. Allerdings«, er stockte für einen Moment, »allerdings werden wir erst einmal in die Tür ein Fenster aus einfachem Glas setzen müssen.«

Die Augen der Ärztin verdüsterten sich. »Das ist wirklich schade, Sully. Weißt du, ich habe nachgedacht«, setzte sie dann vorsichtig hinterher und setzte eine betont heitere Miene auf. »Ich verdiene mit meiner Praxis wirklich sehr gut. Wie wäre es, wenn ich das Fenster kaufe? Ich meine, es könnte so etwas wie mein Geschenk für die ganze Familie sein.«

Sully sah seine Verlobte liebevoll an. »Wenn dir das Fenster so gut gefällt, Michaela, kann ich es dir vielleicht nächstes Jahr kaufen.«

»Aber es wäre doch viel einfacher, wenn du es gleich einbauen könntest«, erwiderte Dr. Mike. »Und wenn du unbedingt willst, kannst du mir das Geld ja später zurückgeben. Aber wenn wir verheiratet sind, ist doch sowieso alles unser gemeinsames Geld.«

Anstatt zu antworten, erhob sich Sully. »Es ist spät, ich muß gehen«, sagte er. Er verabschiedete sich von den Kindern. Dann neigte er sich zu Michaela, als wollte er sie küssen. »Wenn ein Mann nicht für seine Familie sorgen kann, sollte er nicht heiraten«, sagte er leise. Er küßte Michaela zärtlich auf die Wange. »Komm, Wolf!« rief er dann seinen Hund zu sich und verließ das Haus.

Colleen hatte so gut es ging die Ohren gespitzt, denn Michaela hatte ihr bereits von dem Fenster berichtet. »Was wirst du jetzt tun?« fragte sie ihre Pflegemutter. »Kannst du das Fenster denn noch abbestellen?«

Dr. Mike schüttelte den Kopf. »Das wird wohl nicht möglich sein. Aber warten wir es einfach mal ab. Wenn das Fenster erst einmal da ist, wird es Sully sicher auch so gut gefallen, daß er es nicht mehr missen möchte.«

Der Ort, an dem Michaela und Sully ihr Haus bauen wollten, konnte nicht idyllischer liegen. Er befand sich, ebenso wie das Grundstück des alten Hauses, ein wenig außerhalb der Stadt, umgeben vom Grün der Wälder und vor dem reizvollen Hintergrund der schroffen, grauen Felsriesen.

Sully hatte den Grundriß mit einigen Baumstämmen provisorisch angelegt, so daß er jetzt schon einmal den Kamin mauern konnte. Er war das Herzstück des Hauses und mußte fertiggestellt sein, bevor die Wände hochgezogen werden konnten.

Doch zunächst einmal hieß es, eine neue Ladung Holz, die eingetroffen war, vor den Unbilden der Witterung geschützt zu lagern. Robert E. half Sully, die Baumstämme im Windschatten einer Felswand aufzustapeln.

»Du weißt nicht zufällig, wo jemand eine Arbeit zu vergeben hat?« fragte Sully, nachdem sie den letzten Baumstamm verstaut hatten.

Der Schmied lächelte wissend. »Der Bauherr ist wohl nicht zufällig knapp bei Kasse?«

Sully zuckte die Schultern. »Für das Haus reicht es. Aber es gibt da ein paar Extras, die mehr kosten, als ich dachte.«

»Das höre ich nicht zum ersten Mal. Aber tut mir leid, ich kenne niemanden, der Arbeit zu vergeben hat – jedenfalls nicht gegen Bezahlung. Wer sollte hier schon Leute einstellen, abgesehen von der Eisenbahngesellschaft.« Er machte eine wegwerfende Handbewegung.

Sully nickte. »Da hast du leider recht.«

»Kopf hoch«, ermunterte ihn Robert E. »Du wirst es schon schaffen. Ach, übrigens«, er wirkte auf einmal verlegen, »das Holz macht dreizehn Dollar. Loren sagt, ich soll sofort kassieren.«

»Ich ... ich habe im Moment gerade nichts bei mir«, antwortete Sully schnell und klopfte seine Taschen ab. »Ich bringe es Loren nachher vorbei. Versprochen.«

Robert E. sah Sully einen Moment lang an. Er schien zu ahnen, in welcher mißlichen Lage sich sein Freund befand. »In Ordnung, ich werde es ihm ausrichten«, sagte er schließlich, dann verabschiedete er sich und ließ Sully allein auf der Baustelle zurück.

An diesem Nachmittag hielt die bereits angekündigte Wild-West-Show Einzug in Colorado Springs. Judd McCoy, der Eigner der Show, ein massiger Mann mit einem dünnen Schnurrbart und einem überdimensionalen Cowboyhut, saß auf dem Kutschbock und begrüßte die Einwohner der Stadt, die neugierig auf die Straße liefen, wie alte Bekannte.

Auch Dorothy Jennings war vor den Laden getreten,

um an dem Schauspiel teilzuhaben, als sie Sully in der Menschenmenge entdeckte. »Ah, Sully«, machte sie ihn auf sich aufmerksam. »Ihr Fenster ist eingetroffen!«

»Was für ein Fenster? Ich habe gar kein Fenster bestellt.«

»Nicht?« fragte die rothaarige Frau irritiert. »Aber es steht doch ausdrücklich auf dem Lieferschein. An Dr. Michaela Quinn und Mr. Byron Sully.« Dann weiteten sich ihre hellen Augen ein wenig und sie verstummte.

In diesem Moment trat auch Loren Bray aus dem Laden, um sich den Einzug der Schausteller anzusehen.

»Loren, wir haben hier ein kleines Mißverständnis«, sagte Dorothy und verschwand eilig im Laden.

»Ich habe das Fenster nicht bestellt«, sprach Sully den Kaufmann an, ohne lange auf eine Erklärung zu warten.

»Nein, aber Dr. Mike hat es bestellt«, erwiderte Loren verbindlich lächelnd. »Sie hat mir die Anzahlung gegeben. Und der Rest beträgt jetzt noch zwölf Dollar fünfzig. Soll ich sie auch auf Dr. Mikes Rechnung setzen?«

»Nicht nötig.« Sully suchte in seinen Taschen herum. Dann fand er einige Scheine und eine Münze. »Hier. Eigentlich wollte ich damit die Pfosten bezahlen, die Robert E. heute gebracht hat. Ich bringe Ihnen das Geld dafür in den nächsten Tagen.« Seine Miene verriet Anspannung und Ärger. Aber es war ihm zumindest gelungen, dem Kaufmann gegenüber sein Gesicht zu wahren.

Dr. Mike war über die Art und Weise, wie Sully in ihre Praxis stürzte, einigermaßen überrascht.

»Wie konntest du mich so hintergehen?« stellte er sie zur Rede. Und Michaela gelang es kaum, ihm klarzumachen, daß sie alles andere als das beabsichtigt hatte. Schließlich knallte Sully ihr ein paar Dollarnoten auf den Schreibtisch.

»Was soll das?« fragte Michaela ihn.

»Das ist die Anzahlung, die du Loren für das Fenster gegeben hast.«

»Aber ich denke, du kannst es dir nicht leisten?«

»Ich kann es mir auch nicht leisten«, erwiderte Sully und stürmte ohne ein weiteres Wort aus dem Zimmer.

Dr. Mike schloß ihre Praxis eilig ab. Sie rechnete nicht damit, daß an diesem Tag noch jemand ihre Hilfe in Anspruch nehmen wollte. Außerdem war sie jetzt diejenige, die Hilfe brauchte.

Wie sie gehofft hatte, traf sie ihre Freundin Dorothy Jennings im Laden, und es gelang ihr, sie zu einem Spaziergang zu überreden. Kurz darauf überquerten die beiden Frauen die Wiese bei der Kirche, wo die Schausteller bereits mit ihren Vorbereitungen für die Show beschäftigt waren.

»Ich verstehe einfach nicht, was Sully so schlimm daran findet, wenn ich auch etwas zu unserem gemeinsamen Haus beisteuere«, versuchte Dr. Mike ihren Standpunkt darzulegen. »Ich verdiene doch genug Geld.«

Dorothy Jennings seufzte. »Die Männer! Sie sind eben stolz. Sie halten es für ihre Pflicht und gleichzeitig für ihr alleiniges Vorrecht, für ihre Familien zu sorgen. Und wenn der Mann nicht für alles sorgen kann, was seine Familie braucht, hält er sich für einen Versager.«

»Aber das ist doch dumm!« entfuhr es Michaela.

»Vermutlich ist es das«, pflichtete die rothaarige Frau ihr bei. »Als meine Zeitung langsam einen Gewinn abwarf, wollte ich Loren etwas dafür geben, daß ich bei ihm lebe. Aber er hat sich aufgeführt, als hätte ich ihn schwer beleidigt.«

Michaela seufzte. »Genau wie Sully.«

»Loren hat mir damals geantwortet, daß ich ihm dafür etwas geben kann, das mehr wert sei als Geld.« Dorothy bemerkte den entsetzten Blick der Ärztin. »Nein, nein, hören Sie!« Sie zog die Ärztin zu sich heran und flüsterte ihr etwas ins Ohr.

»Und umgekehrt soll das nicht gelten?« fragte Dr. Mike skeptisch.

Dorothy Jennings drehte die Augen zum Himmel. »Die Welt ist nun mal nicht umgekehrt. Aber das werden Sie auf die Schnelle auch nicht ändern können.«

Wie Matthew Sully versprochen hatte, half er ihm am nächsten Tag auf der Baustelle. Er reichte ihm die Steine an, während Sully auf einer Leiter stand und die Endsteine des Kamins mauerte.

»Sully, Dr. Mike möchte dieses Fenster wirklich gerne haben. Und ich finde, du könntest sie es ohne weiteres selbst bezahlen lassen«, schnitt Matthew das leidige Thema des vorangegangenen Abends erneut an.

»Das werde ich mit Sicherheit nicht tun«, erwiderte Sully. »Wenn ich jetzt nachgebe, wird sie immer wieder bezahlen wollen. Und das möchte ich nicht. Oder würde es dir etwa gefallen, wenn Ingrid an deiner Stelle Sachen bestellen würde?«

»Nein, natürlich nicht«, pflichtete Matthew bei. »Aber sie finanziert trotzdem einen Teil unseres gemeinsamen Hauses mit. Sie gibt mir immer wieder Geld, damit ich Bauholz kaufen kann. Und jetzt spart sie für die Möbel. Ich bezahle zwar, aber mit Ingrids Geld.«

Sully mauerte wortlos weiter.

»Ingrid und ich könnten niemals heiraten, wenn sie mir nicht helfen würde«, insistierte Matthew.

Jetzt drehte sich Sully auf seiner Leiter zu Matthew um. »Aber ich will es ohne Hilfe schaffen. Verstehst du das?«

Matthew zögerte einen Moment. »Ehrlich gesagt: nein.«

Ein Pferd näherte sich der Baustelle. Matthew und Sully verharrten und lauschten. Dieser Ort war zu abgeschieden, als daß zufällig jemand vorbeikommen konnte.

Plötzlich zeigte Matthew eine unerwartete Eile. »Sully, ich muß leider gehen!« rief er und lief bereits zu seinem Pferd hinüber. »Ich helfe dir morgen.«

»Aber du hast doch gesagt, du hast den ganzen Tag Zeit!« antwortete Sully verblüfft.

»Und du hast gerade gesagt, du willst es ohne Hilfe schaffen«, gab Matthew zurück und schwang sich schon in den Sattel. »Ich komme morgen wieder. Versprochen. Ich habe nur etwas Wichtiges vergessen.« Dann spornte er sein Pferd an und ritt davon.

Wenige Augenblicke später saß Dr. Mike von »Flash« ab. »Warum hat Matthew es denn so eilig?« fragte sie überrascht und sah ihrem erwachsenen Pflegesohn nach.

»Das wüßte ich auch gerne«, antwortete Sully und stieg von der Leiter. Er wischte seine Hände an einem Tuch ab.

Michaela setzte sich auf einen der Baumstämme und zog ein Notizbuch hervor. »Ich habe einmal die Schulden zusammengerechnet, die ich bei dir habe«, begann sie. »Also, du hast uns in den letzten zwei Jahren ungefähr zweimal pro Woche Fleisch mitgebracht. Dazu kommen die Reparaturen am Haus und das Feuerholz, das du uns geliefert hast. Insgesamt komme ich auf diese Summe.« Sie zeigte auf eine horrende Zahl, die am Schluß der Rechnung stand. »Aber ich bin mir nicht ganz sicher, ob ich deinen Stundenlohn hoch genug angesetzt habe«, fügte sie entschuldigend hinzu.

Sully war sichtlich verdutzt. »Aber Michaela... ich weiß wirklich nicht, wie du darauf kommst, meine Hilfe in Geld aufzurechnen.«

Michaela steckte das Notizbuch wieder ein. »Waren wir uns nicht einig, daß man Hilfe anbieten und annehmen können muß?« antwortete sie vergnügt. Sie schmiegte sich an Sullys Brust. Auf ihrem Gesicht lag ein warmes Lächeln. »Sully, du machst mich so glücklich. Deine Umarmungen, sie sind viel mehr wert als Geld. Und zu wissen, daß du mich liebst, das ist mein wahrer Reichtum.«

Während Michaela sprach, war Sullys Hand durch ihr Haar gewandert. Er fühlte die Geschmeidigkeit, sah den seidigen Glanz, atmete den Duft ein und spürte, wie die Worte Michaelas direkt in sein Herz drangen. »Ja, Michaela, ich liebe dich«, antwortete er sanft. »Und du hast recht: alles andere ist unwichtig.«

Dr. Mike kehrte offenbar im richtigen Augenblick in die Stadt zurück. Gerade verlagerte sich der Tumult, der aus dem Saloon drang, auf die Straße und wuchs sich zu einer handfesten Schlägerei aus. Michaela wußte auf Anhieb, daß die Schausteller darin verwickelt sein mußten. Unter den Einheimischen gab es kaum noch Auseinandersetzungen in dieser Form.

Judd McCoy versetzte seinem Gegner einen gezielten Kinnhaken, wand sich dann selbst mit schmerzverzerrtem Gesicht und verbarg die rechte Hand in der linken.

Dr. Mike stürzte sofort herbei. »Lassen Sie sehen. Können Sie die Finger noch bewegen?«

Der Mann versuchte es und stöhnte vor Schmerz. »Nein, und es tut unglaublich weh«, raunte er heiser.

»Dann ist die Hand gebrochen«, erklärte Michaela sachlich. Wie oft hatte sie in ähnlichen Situationen schon diese Diagnose gestellt! »Kommen Sie mit, ich werde sie verbinden.«

»Aber mit dieser Hand werfe ich die Messer. Meine Nummer ist die größte Attraktion der ganzen Show«, wehrte sich McCoy.

Die Ärztin zuckte nur die Achseln. »Dann werden Sie sich eben einen anderen suchen müssen, der die Messer wirft«, erklärte sie resolut.

»Pah!« Der Mann schnaubte verächtlich. »Wer kann denn schon aus fünfzig Metern Entfernung ein bewegliches Ziel treffen?«

»Sully kann das.« Brian war mal wieder am Puls des Geschehens und hatte alles genau beobachtet.

Dr. Mike grinste. »Ja, das stimmt. Aber Sully würde niemals bei so etwas mitmachen. Kommen Sie, Mr. McCoy«, forderte sie den Verletzten dann auf. »Meine Praxis ist gleich gegenüber.«

Als Sully am Abend nach Colorado Springs kam, schien Judd McCoy vor dem Saloon auf niemand anderen als ihn zu warten. »Hey, Sie sind Sully, nicht wahr? Ich bin Judd McCoy«, stellte sich der Fremde vor. »Wollen Sie sich ein bißchen Geld verdienen?«

Sully musterte den rundlichen Mann mißtrauisch. »Womit?« fragte er dann.

»Sie sollen mich für ein paar Wochen vertreten. Können Sie Messer auf bewegliche Ziele werfen?«

»Das kann ich. Was zahlen Sie? Und überlegen Sie sich Ihr Angebot gut! Es muß nämlich viel sein, damit ich bei einer Show wir Ihrer mitmache«, entgegnete Sully und verschränkte die Arme.

»Wir gehen von hier aus nach Pueblo und dann nach Soda Springs und Denver. Sagen wir, zehn Dollar für fünf Shows. Das ist doch ein Angebot, nicht wahr?«

Sully grinste. Er hatte nur einen Moment lang mit dem Gedanken gespielt, auf diese Weise schnell Geld zu verdienen. »Unter fünfundzwanzig Dollar kommen wir nicht ins Geschäft«, antwortete er und wandte sich bereits ab.

Judd McCoy lachte laut auf. »Dann müssen Sie aber schon ziemlich gut sein, Mann!«

Sully drehte sich wieder um. »Haben Sie Spielkarten bei sich? Dann lehnen Sie eine an den Pfosten der Veranda«, forderte er.

Der Schausteller zog sein Kartenspiel aus der Tasche und lehnte eine Karte auf die Balustrade. Noch bevor er seine Hand wieder völlig zurückgezogen hatte, erfüllte ein schwirrendes Geräusch die Luft. Dann nagelte die doppelte Klinge von Sullys Tomahawk die Herzdame ans Holz.

Judd McCoy sah zu Sully herüber. »Sie sind engagiert«, sagte er kurz.

Zum Abendessen überbrachte Sully Michaela und den Kindern gute Nachrichten. »Das Haus wird rechtzeitig bis zur Hochzeit fertig«, berichtete er stolz. »Ich werde genug Geld verdienen, denn ich habe eine feste Arbeit gefunden.«

Für einen Moment runzelte Michaela unwillig die Stirn. Hatte sie den Ausgang des Gesprächs, das sie miteinander geführt hatten, so falsch verstanden? »Das freut mich, Sully«, antwortete sie dennoch. »Was wirst du tun?«

»Ich werde in Judd McCoys Show auftreten.«

In Sekundenschnelle verfinsterte sich Michaelas Blick wieder. »Aber du hast doch gesagt, die Show sei verlogen und beute die Indianer aus.«

Sully wich ihrem Blick aus. »Es sind nur fünf Auftritte. Ich ziehe bis Denver mit, dann habe ich genug verdient.«

»Du ziehst bis Denver mit?« wiederholte Michaela ungläubig.

»Ja. Du bist doch auch manchmal wegen deiner Arbeit ein paar Tage unterwegs.« Sully wollte sich rechtfertigen, aber es entging Michaela nicht, daß ihr Verlobter nicht wirklich das meinte, was er sagte.

»Es ist dir also lieber, umherzuziehen und in dieser Show aufzutreten, als von mir Geld anzunehmen«, stellte Michaela ungläubig fest.

»Es ist immerhin besser, als die Hochzeit verschieben zu müssen, weil das Haus nicht fertig wird«, entgegnete Sully.

Bis vor wenigen Tagen hatte sich Dr. Mike auf die kleine Abwechslung, die die Show am Sonntagnachmittag bot, gefreut. Jetzt sah sie dem Ereignis mit noch nicht einmal mehr gemischten Gefühlen entgegen. Allein der Gedanke daran, Sully als Messerwerfer in einem Tingeltangel auftreten zu sehen, trieb ihr die Tränen in die Augen. Aber das sollten die Kinder auf keinen Fall mitbekommen. Vor allem Brian freute sich auf die vielen Attraktionen.

Die Familie hatte in einer der ersten Reihen Platz genommen. Die Show begann, und je weiter sie fortschritt, um so besser wurde Michaelas Laune. Es war tatsächlich ein harmloses Vergnügen, und Michaela fiel auf, daß sie überhaupt erst durch Sully so skeptisch geworden war.

Ein Lasso-Werfer zeigte seine Kunst, und das Ende der Nummer bestand darin, daß er einem Zuschauer das Lasso überwarf und ihn von seinem Platz zog. Es hatte Brian getroffen, und darüber war der Junge ebenso stolz wie froh.

Jetzt baute sich Judd McCoy mit seinem verbundenen Arm, den er in einer Schlinge um den Hals trug, in der improvisierten Manege auf. »Verehrtes Publikum!« rief er. »Wir nähern uns dem Höhepunkt des Programms. Sully der Wilde wird seine Kunst, mit dem Messer aus fünfzig Metern Entfernung jeden Gegenstand zu treffen, unter Beweis stellen.«

Dr. Mike war schon bei »Sully der Wilde« sichtbar zusammengezuckt. Diese Formulierung berührte sie unangenehm, und auch die Kinder blickten bedrückt.

Nun betrat Sully die Manege. Er trug ein Lederhemd, wie es sich Michaelas Familie in Boston für den Wilden Westen nicht besser hätte vorstellen können. Mit dem, was Dr. Mike aus ihrem täglichen Umfeld kannte, hatte diese Verkleidung nicht das geringste zu tun.

Auch Sully fühlte sich darin sichtbar unwohl. Darüber hinaus hatte er seine indianischen Ketten gegen einen Halsschmuck aus unechten Bärenkrallen getauscht. Aber er spielte das Programm, das er mit McCoy vereinbart hatte, routiniert herunter. Er warf aus fünfzig Metern Entfernung mit Messern und seinem Tomahawk auf ein Schild. Dann ließ er sich die Augen verbinden und wiederholte die Übung.

»Und jetzt die große Attraktion«, rief der Schausteller. »Sully der Wilde wird auf bewegliche Ziele werfen.«

Einige Helfer rollten eine im Durchmesser etwa zwei Meter große Drehscheibe aus Holz in die Manege.

Dr. Mike wollte ihren Augen kaum trauen, als jetzt ein Indianer mit nachempfundener Kriegsbemalung hinter einem Vorhang hervortrat. Ohne eine Bewegung seines Gesichts stellte er sich vor die Drehscheibe und ließ sich von den Schaustellern an Hand- und Fußgelenken an die Scheibe fesseln.

Auch Sully beobachtete die Vorgänge mit fassungsloser Miene. Doch schon wurde die Drehscheibe – und mit ihr der gefesselte Indianer – angeschoben.

Aus dem Publikum ertönte kein Laut.

Sully hatte den Tomahawk bereits im Anschlag gehalten. Jetzt ließ er ihn sinken. Er lief auf die Drehscheibe zu, hielt sie an und begann wortlos, die Schlingen zu lösen, die den Indianer als lebendes Ziel auf dem Holz gehalten hatten.

In diesem Moment stürzte Judd McCoy herbei. Sein Schnurrbart zitterte vor Wut. »Was machen Sie da?«

»Ich bewahre die Würde dieses Mannes und meine«, entgegnete Sully.

»Verschwinden Sie, und zwar auf der Stelle«, schnaubte der Schausteller. »Und du auch«, setzte er an den Indianer gewandt hinterher.

Sully ignorierte McCoy und löste die letzte Schlinge. Ohne ein weiteres Wort verließ er die Manege.

Bis zum Mittag des folgenden Tages ließ sich Sully nicht bei Dr. Mike blicken, obwohl Michaela ihn mehr als sehnsüchtig erwartete.

Schließlich schloß sie die Praxis und machte sich auf den Weg nach Hause. Warum mußte zwischen ihr und Sully alles immer so schwierig sein?

An diesem Vormittag war Myra in Begleitung ihres Mannes Horace in die Praxis gekommen. Die junge Frau klagte schon seit längerer Zeit über Schlaflosigkeit. Sie selbst führte das zunächst darauf zurück, daß sie sich noch nicht auf die Veränderungen in ihrem Leben umgestellt hatte. Als Saloonmädchen hatte sie nachts gearbeitet und tagsüber geschlafen. Aber nun hatten sich weitere Symptome bemerkbar gemacht: psychische Labilität und ein ungeheurer Appetit. An diesem Morgen hatte Dr. Mike nach einer letzten Untersuchung die Diagnose gestellt: Myra erwartete ein Kind.

Mit Tränen in den Augen hatte Michaela die Freude des Paares über diese Nachricht miterlebt.

Schon von weitem sah sie, daß Sully über den Bauplänen brütete. Jetzt stand er auf und warf einen Bogen Papier in den bereits fertiggestellten Kamin.

Michaela sprang vom Pferd, lief auf den Tisch mit den übrigen Bauplänen zu und warf ihn kurzerhand um.

Sully fuhr herum. »Warum hast du das getan?«

»Wir brauchen kein neues Haus«, antwortete Michaela. »Jedenfalls keins, das so viel kostet. Wir müssen ein Leben führen, das wir uns leisten können. Und ich möchte niemals wieder, daß du gegen deine Überzeugungen handelst, um mir einen Wunsch zu erfüllen.«

Mit bitterer Miene kam Sully auf sie zu. »Michaela, ich habe Angst, dich zu enttäuschen. Ich kann dir nicht das Leben bieten, das du führen möchtest.«

»Und ob du das kannst!« Michaela stieg über den umgestürzten Tisch. »Du gibst mir genau das, was ich brauche«, erklärte sie energisch. »Du bist der Mann, den ich liebe und nach dessen Liebe ich mich sehne. Ich brauche kein neues Haus und kein neues Fenster. Ich brauche nur dich!« Über ihren Augen lag ein feuchter Schleier.

Sully stand einen Moment lang regungslos da und betrachtete Michaela. Dann wandte er sich um und wühlte in einer Kiste.

Eine solche Reaktion hatte Dr. Mike nicht erwartet. »Was ... was machst du da?«

Statt einer Antwort hielt Sully das Bleiglas-Fenster in die Höhe. »Gefällt es dir?«

Michaela schluckte. Sie hatte nicht gewußt, daß das Fenster bereits eingetroffen war. Es war wirklich wunderschön. »Es gefällt mir«, gab sie zu, »aber ich sehe ein, daß du es dir nicht leisten kannst.«

Sully legte das Fenster behutsam zurück in die Kiste. Er trat an Michaela heran, strich ihr zärtlich über die Wangen und küßte sie auf die Lippen. »Nein, ich kann es mir nicht leisten«, gab er zu. »Aber *wir* können es.«

Michaela schloß die Augen und gab sich Sullys Liebkosungen hin. Unendliches Glück machte sich in ihr breit. Nein, ihre Liebe zueinander bedurfte wahrhaftig keiner Äußerlichkeiten. Und dennoch würde gerade dieses Fenster in ihrem gemeinsamen Haus immer ein Symbol für ihre tiefe Liebe zueinander sein. Und es würde sie beide stets daran erinnern, daß sie sich und ihre Wünsche respektieren und achten wollten.

6

Frauenfragen

Dorothy Jennings hustete. Dr. Mike setzte das Stethoskop an eine andere Stelle auf den Rücken der Patientin. »Bitte noch einmal tief durchatmen«, sagte sie.

Mrs. Jennings atmete hörbar ein und aus.

Die Ärztin schüttelte den Kopf. Sie drehte die Patientin sanft um, so daß sich die Freundinnen jetzt von Angesicht zu Angesicht gegenüber standen. »Ich habe selten eine so hartnäckige Bronchitis erlebt. Einen Moment noch bitte.« Sie setzte das Stethoskop ein wenig seitlich an Dorothys Brust an. Bevor sie horchte, stutzte sie kurz. Doch Mrs. Jennings schien dies nicht zu bemerken. Augenblicke später nahm die Ärztin das Instrument ab. »Wie ich schon sagte, mit Ihrer Bronchitis müssen wir noch etwas Geduld haben. Ich gebe Ihnen noch eine Flasche von dem Kräutersirup mit. Sagen Sie, Dorothy«, fuhr sie dann nachdenklich fort, »haben Sie manchmal Schmerzen in der Brust?«

Mrs. Jennings zögerte einen Augenblick. Dann setzte sie eine betont unbekümmerte Miene auf. »Ach, Sie meinen wegen der Schwellung? Nun, Schmerzen möchte ich das nicht nennen, aber Sie wissen doch, daß zu manchen Zeiten die Brust... nun... ein wenig spannt.«

Dr. Mike lächelte und nickte. »Ja, gewiß, aber sind Sie sicher, daß es sich um eine geschwollene Drüse handelt? Ich würde es gerne überprüfen, denn meinem Eindruck nach handelt es sich um einen Knoten.«

Doch die Patientin zog sich bereits wieder ihr Kleid

über. »Es ist nichts Schlimmes«, antwortete sie der Ärztin. »Glauben Sie mir, ich habe so etwas schon öfter gehabt. Es geht wieder weg.«

»Wollen Sie diese Diagnose nicht lieber einer Ärztin überlassen, die noch dazu Ihre Freundin ist?« insistierte Dr. Mike.

»Da gibt es nichts zu diagnostizieren.« So blaß und zerbrechlich Dorothy Jennings wirken mochte, so unnachgiebig konnte sie andererseits sein.

Dr. Mike seufzte leise, dann nahm sie eine Flasche Kräutersirup aus ihrem Schrank. »Ich bin trotzdem beunruhigt. Wir sollten den Knoten im Auge behalten. Wann sehen wir uns wieder?« fragte sie besorgt.

»Jedenfalls nicht heute abend im Saloon«, antwortete Dorothy lachend.

»Wie bitte?«

»Haben Sie die Plakate nicht gelesen? Hank veranstaltet jetzt jeden Donnerstag einen Damenabend«, erklärte Dorothy. »Wer ein Kleid trägt, hat einen Drink frei.«

»Allein um die Gesichter der Männer zu sehen, würde es mich allerdings schon einmal interessieren«, meinte Dr. Mike amüsiert.

Dorothy nahm den Hustensaft an sich. »Also, vielleicht sehen wir uns ja doch dort?« Dann verließ sie die Praxis und ließ Dr. Mike mit ihren Gedanken allein.

Michaela nutzte den Rest des Tages, um in ihrer Fachliteratur nachzuschlagen. Was sie dort fand, war alles andere als beruhigend. Wenn Michaelas Verdacht richtig war und ihre Diagnose sich bestätigte, dann war die Angelegenheit alles andere als harmlos.

Diese Krankheit, die ausschließlich Frauen betraf, war

bislang kaum erforscht. Das lag zum einen sicherlich daran, daß viele Frauen davor zurückschreckten, ihre Brust von einem fremden Mann abtasten zu lassen – und die meisten Ärzte waren nun einmal Männer. Darüber hinaus aber konnte Michaela sich vorstellen, daß – wie bei den meisten anderen Frauenkrankheit – hier das Interesse der männlichen Kollegen einfach nicht so groß war.

Am späten Nachmittag schloß Michaela ihre Praxis. Sie zögerte, als sie zu ihrem Wagen ging. Immer wieder sah sie zu Loren Brays Laden hinüber. Schließlich blieb sie stehen. Dann atmete sie tief durch und ging entschlossen auf den Laden zu.

Der Kaufmann war offenbar gerade dabei, seine Waren neu zu sortieren. Jedenfalls warf er in dem Moment, als die Ärztin den Verkaufsraum betrat, eines der wenigen Damenkleider, die er in seinem Geschäft auf Lager hatte, rasch hinter den Spiegel, der zur Anprobe in einer Ecke stand.

»Was kann ich für Sie tun?« rief er Dr. Mike mit einer etwas nervösen Stimme entgegen.

»Ich wollte eigentlich zu Dorothy«, sagte Michaela.

»Sie ist nicht da. Kann ich ihr etwas ausrichten?«

»Nun ja... sie soll bitte noch einmal in meiner Praxis vorbeikommen. Sie hat doch diesen Husten«, fiel Michaela eine Ausrede ein.

Der Kaufmann war verwundert. »Aber sie war doch erst heute morgen bei Ihnen. Muß man wegen so einer Kleinigkeit denn jeden Tag zum Arzt? Dorothy war doch immer die gesündeste der ganzen Familie.«

Michaela horchte auf. »Tatsächlich?« fragte sie harmlos. »Dabei ist sie doch so zart gebaut.«

»Mag sein, aber sie ist zäh«, antwortete Loren und lachte. »Ihre Schwester Maude hatte das kranke Herz ihres Vaters.

Sie wissen ja selbst, wie sie gestorben ist«, fügte er in wehmütiger Erinnerung an seine Frau hinzu. »Und die Mutter habe ich überhaupt nicht mehr kennengelernt. Soviel ich weiß, ist sie schon mit siebenunddreißig gestorben.«

»Siebenunddreißig! Das ist wirklich sehr jung«, bemerkte Michaela.

»Ja ja, sie hatte so eine Wucherung, hier, sie wissen schon...« Der Kaufmann deutete mit seinen Händen in die Höhe der Brust.

Michaela fühlte, wie sie ein kalter Schauer durchrieselte. Sie nickte. »Loren, bitte richten Sie Dorothy meine Nachricht trotzdem aus.« Dann verabschiedete sie sich. Sie hatte mehr gehört, als ihr lieb sein konnte.

Tatsächlich fanden sich an diesem Abend eine ganze Reihe Damen im Saloon ein. Es waren fast durchweg bekannte Gesichter, auch wenn man sie bisher in diesem rauhen Ambiente noch nicht gesehen hatte. Lediglich zwei Damen, beide weder besonders hübsch, noch anderweitig reizvoll, stammten anscheinend nicht aus Colorado Springs. Die eine Fremde war zwar recht üppig, aber aus dem Alter heraus, wo sie von den Männern noch wahrgenommen wurde. Die andere war wesentlich jünger, dafür aber groß und plump. Beide trugen altmodische Kleider und Hauben, die einen Großteil der vermutlich nicht gerade ebenmäßigen Gesichter verbargen.

»Ist bei den Damen noch ein Plätzchen frei?« wandten sich die beiden an eine Gruppe, die bereits einen Tisch besetzt hatten. Offenbar suchten sie Anschluß.

»Selbstverständlich«, antwortete eine der Damen liebenswürdig. »Sie sind wohl neu hier in Colorado Springs? Würden Sie uns Ihre Namen nennen?«

Die Frauen sahen sich einen Moment lang betreten an. Dann räusperte sich die Jüngere. »Ich bin Jane«, stellte sie sich vor. »Und das ist meine Freundin Lora.«

»Sehr erfreut«, antworteten die Damen.

Doch bevor ein Gespräch in Gang kommen konnte, erhob sich Jane bereits wieder. »Bitte entschuldigen Sie mich einen Moment.«

Die Ältere sah ihre Freundin mißbilligend an. »Wo zum Teufel willst du denn hin? Bleib gefälligst hier!«

»Nur mal für kleine Mädchen«, antwortete Jane.

Überrascht beobachteten die übrigen Damen, wie die opulente Lora jetzt eine Zigarre aus ihrem Beutel zog, sie anzündete und dicke blaue Wolken paffte.

»Ihre Freundin raucht wohl auch«, bemerkte eine der Damen verbindlich. »Sie klingt ein wenig heiser.«

Unterdessen kam Jane an der Theke an. »Whiskey«, bestellte sie.

Ohne die Frau weiter zu betrachten, stellte Hank ein Glas Whiskey vor sie auf die Theke.

»Wer hat was von einem Glas gesagt?« protestierte die Dame. »Hier gibt's sonst doch auch anständige Portionen.«

Nun sah Hank auf. Einen Moment lang schien er seinen Augen nicht glauben zu wollen. »Das kann doch nicht wahr sein! Aber für einen kostenlosen Drink tust du wohl alles, Jake.«

»Du hast gesagt, wer ein Kleid trägt, hat einen Drink frei«, antwortete der Barbier, und die zarten Löckchen unter seiner Haube zitterten ärgerlich. »Also, her damit, und zwar die Flasche. Außerdem darfst du heute Jane zu mir sagen.« Damit ergriff er die Flasche und strebte zu dem Tisch zurück, wo Loren mit den anderen Damen wartete.

Nachdem Dr. Mike den Laden des Kaufmanns verlassen hatte, war sie noch einmal in ihre Praxis zurückgekehrt. Soweit sie den Fall bisher einschätzen konnte, war es notwendig, daß sie selbst Dorothy noch einmal ins Gewissen redete – und zwar so schnell wie möglich.

Loren hatte längst das Licht gelöscht. Jetzt mußte Michaela nur warten, bis es wieder anging. Dann konnte sie ungestört mit Dorothy reden. Denn sicher ließ sich der Kaufmann einen Abend, an dem Damen im Saloon zu erwarten waren, nicht entgehen.

Dr. Mike nutzte die Zeit, um noch einmal in ihren Büchern zu blättern. Aber sie fand nichts, was ihr im Moment weiterhalf.

Als sie wieder aufsah, bemerkte sie, daß das Licht zwischenzeitlich angegangen war. Eilig nahm sie ihre Tasche, lief über die menschenleere Straße zum Gemischtwarenladen hinüber und klopfte an die mittlerweile verschlossene Tür.

Dorothy öffnete ihr. »Oh, Michaela, Sie sind also doch nicht in den Saloon gegangen?« fragte sie scherzhaft.

»Ebensowenig wie Sie«, antwortete Dr. Mike. »Dorothy, ich mache mir Sorgen um Sie.«

Mrs. Jennings Gesicht wurde im Schein der schwachen Lampe noch blasser als es ohnehin schon war. »Dazu besteht kein Anlaß«, antwortete sie und drehte sich abrupt um.

»Und ob dazu ein Anlaß besteht, und Sie selbst wissen das am besten«, sagte ihr die Ärztin auf den Kopf zu.

»Wie kommen Sie darauf? Schön, ich habe eine geschwollene Drüse. Was ist daran schlimm?«

Anscheinend war es an der Zeit, Dorothy ihre Gefährdung endgültig klarzumachen. Auch wenn Dr. Mike es ihr lieber schonend beigebracht hätte. »Sie wissen genausogut wie ich, daß es mit höchster Wahrscheinlichkeit keine geschwollene Drüse ist«, entgegnete Michaela. »Ich weiß, daß Ihre Mutter an einem bösartigen Tumor in der Brust gestorben ist. Und Untersuchungen belegen, daß diese Krankheit oft in mehreren Generationen einer Familie vorkommt.«

Dorothy wich erschrocken zurück. »Woher wissen Sie, daß meine Mutter daran gestorben ist?«

»Loren hat es mir erzählt.«

»Soll das etwa heißen, daß Sie mit Loren über mich gesprochen haben?« In den hellen Augen der sonst so sanften Frau spiegelte sich plötzlich Zorn.

»Natürlich habe ich nicht mit Loren über Sie gesprochen«, erwiderte Michaela. »Er hat es mir rein zufällig erzählt.«

»An einen solchen Zufall kann ich nicht glauben«, antwortete Mrs. Jennings. »Sie unterliegen als Ärztin doch der Schweigepflicht.«

»Allerdings, und ich habe sie auch nicht verletzt«, verteidigte sich Dr. Mike. »Darüber hinaus habe ich Sie als Freundin aufsuchen wollen. Ich kann verstehen, daß Sie wütend sind, aber Sie werden damit Ihrem Problem nicht entfliehen. Krebs ist eine ernstzunehmende Krankheit, die in den meisten Fällen tödlich verläuft.«

Dorothy zögerte einen Moment. »Ich habe zu diesem Thema nichts weiter zu sagen«, beendete sie dann die Unterhaltung.

Zum Abendessen brachte Michaela kaum einen Bissen herunter. Obwohl sie sich Mühe gab, der allgemeinen Unterhaltung zu folgen, entglitten ihr ihre Gedanken immer wieder.

»Was ist denn, Ma, hat es dir nicht geschmeckt?« Brians Stimme drückte tiefste Sorge aus, als er Michaelas halbleeren Teller abräumte.

»Doch, Brian, es war sehr gut«, antwortete die Ärztin schnell. »Es ist nur ... ich mache mir Sorgen um eine Patientin.«

Colleen horchte auf. Ihr medizinisches Interesse war geweckt. »Um wen denn? Und was hat sie?«

»Das darf ich nicht sagen«, antwortete Michaela. »Das ist das Gebot der Schweigepflicht. Und ich weiß auch gar nicht, um was für eine Krankheit es sich wirklich handelt. Die Patientin möchte sich nämlich nicht untersuchen lassen.«

»Aber will sie denn nicht wissen, was sie hat?« fragte Colleen weiter.

Dr. Mike schüttelte den Kopf und seufzte. »Nein. Sie will noch nicht einmal darüber sprechen. Sie hofft, daß es von selbst wieder weggeht.«

»Aber hat sie denn keine Angst, daß es etwas Schlimmes sein könnte?« schaltete sich Brian in die Unterhaltung ein.

»Doch, davor hat sie sogar große Angst. Aber ihre Angst, die Wahrheit zu erfahren, ist noch viel größer.«

»Und was kannst du dagegen tun?« fragte Sully.

»Gar nichts«, antwortete Michaela und legte resigniert die Hände in den Schoß. »Ich kann sie schließlich nicht zwingen, sich untersuchen zu lassen. Mir bleibt nichts anderes übrig, als ihre Entscheidung zu akzeptieren.«

Den ganzen Vormittag des folgenden Tages herrschte in Loren Brays Laden reger Betrieb. Der Kaufmann kam kaum damit nach, die Kunden zu bedienen. Es schien, als hätten sich alle Einwohner von Colorado Springs dazu verabredet, an diesem Tag ihren Wocheneinkauf zu erledigen.

Loren war charmant wie selten. Er hatte am gestrigen Abend einige Damen von einer ganz neuen Seite kennengelernt, und daher gab es eine Reihe Anlässe für Späßchen und Gelächter.

Dorothy Jennings, deren Schreibtisch und Druckerpresse im hinteren Teil des Ladens standen, hielt sich aus diesen Unterhaltungen so gut es ging heraus.

Als schließlich Mittagszeit war, schloß der Kaufmann den Laden. »Du solltest einen Artikel über den Damenabend im Saloon in deiner Zeitung bringen«, schlug er ihr immer noch schmunzelnd vor.

Mrs. Jennings sah ihren Schwager skeptisch an. »Ich werde mit Sicherheit kein Wort darüber verlieren, daß du dich zusammen mit Jake in aller Öffentlichkeit lächerlich gemacht hast«, entgegnete sie.

»Du hättest Hanks Gesicht sehen sollen«, erzählte Loren unaufgefordert weiter. »Aber er konnte nichts dagegen machen. Schließlich hatte er jedem Gast im Kleid ein Freigetränk versprochen.«

»Ich bin froh, daß ich es nicht gesehen habe.« Dorothy klopfte energisch einen Bleibuchstaben in die Druckvorlage der neuen Zeitungsausgabe. »Und ich hätte nicht gedacht, daß du für einen kostenlosen Drink so weit gehen könntest. Du bist ja sonst auch in der Lage, deine Zeche zu bezahlen.«

»Ach, komm schon, Dorothy, du bist doch nur ärgerlich über mich, weil du den Spaß verpaßt hast«, versuchte Loren sie zu besänftigen.

»O nein, Loren, das ist es keineswegs.« Dorothy legte den kleinen Hammer zur Seite. »Ich bin aus einem anderen Grund ärgerlich. Du hast mit Dr. Mike über mich gesprochen.«

Der Kaufmann sah von seinen Additionen auf. »Was habe ich? Ach so, ja, über deinen Husten. Das hatte ich ganz vergessen: Sie sagt, du sollst noch einmal bei ihr vorbeischauen.«

»Das war aber nicht alles, Loren.« Mrs. Jennings Stimme zitterte fast. »Du hast mit ihr über die Wucherung gesprochen.«

»Was denn für eine Wucherung?« fragte Loren verständnislos. »Ich verstehe dich nicht, Dorothy«, sagte er dann kopfschüttelnd, »du bist heute wie ausgewechselt.«

»Jetzt tu nicht so, als wüßtest du nicht, wovon ich spreche!« Dorothy versuchte ihre Stimme gefaßt klingen zu lassen. »Du hast mit Dr. Mike über die Wucherung gesprochen und ihr erzählt, wie meine Mutter gestorben ist. Und jetzt zieht sie voreilige Schlußfolgerungen.«

Der Kaufmann steckte den Bleistift hinter sein Ohr und ging auf seine Schwägerin zu. Er faßte ihre schmalen, weißen Hände und umschloß sie fest mit den seinen. »Du... du hast eine Wucherung?«

Dorothy machte sich los und wandte sich rasch ab. »Es ist nicht der Rede wert«, versuchte sie zu beschwichtigen. »So etwas kommt und geht.«

»Dorothy«, sagt Loren flehend, und er hatte Mühe, einen Ton herauszubringen. »Deine Ma ist an so etwas gestorben. Du darfst das nicht auf die leichte Schulter nehmen.«

Mrs. Jennings blickte aus dem Fenster. »Loren...«

»Bitte, Dorothy, wenn Dr. Mike früher bei uns gewesen wäre, könnte Maude noch leben. Nutz deine Chance, geh zu Dr. Mike und hör dir an, was sie zu sagen hat«, bat Loren. Er legte seine Hand auf die Schulter der zierlichen Frau. »Und wenn du es nicht für dich tun willst, dann tu es wenigstens für mich.«

Es kam selten vor, daß Colleen nach der Schule nicht zu Dr. Mike in die Praxis ging. Aber an diesem Nachmittag hatte sie eine Verabredung mit Jared, dem Neuen in der Klasse.

Jared hatte sie darum gebeten, ihm in Mathematik zu helfen, da er in diesem Fach Stoff nachzuholen hatte. Und da Colleen in Mathematik tatsächlich die Beste war, hatte sie sich dazu bereiterklärt. Außerdem fand sie Jared auch ganz nett.

Jetzt ging sie, früher als sie erwartet hatte, allein nach Hause. Von Zeit zu Zeit blieb sie stehen und betrachtete ihren Schatten. Im Verlauf des letzten Jahres hatte sich ihre Figur verändert. Sie war ein bißchen rundlicher geworden, vor allem aber war ihre Oberweite beträchtlich gewachsen. Ihre Freundin Becky beneidete sie darum. Colleen selbst hatte sich bis zum heutigen Tag keine weiteren Gedanken darüber gemacht.

Mit viel Mühe hatte sie versucht, Jared die Mathematikaufgaben gut zu erklären. Aber ihm gelangen noch nicht einmal die einfachsten Rechnungen. Und schließlich fand Colleen heraus, woran das lag. Anstatt auf das Blatt zu sehen, starrte Jared ihr fortwährend auf den Busen. Augenblicke später beendete sie die Nachhilfestunde und stapfte empört nach Hause.

Als Colleen sich dem kleinen Holzhaus näherte, bemerkte sie schon von weitem Matthew, der gerade Holz hackte. Colleen zögerte einen Augenblick, dann ging sie entschlossen auf ihren Bruder zu. »Matthew, ich muß dich etwas fragen.«

»Schieß los«, antwortete Matthew und legte den Holzscheit, den er gerade in der Hand hielt, beiseite.

»Wieso hast du dich in Ingrid verliebt?«

Matthew ließ die Axt sinken, die er eben schon wieder

zu einem neuen Hieb erhoben hatte. »Tja, also... dafür gibt es viele Gründe. Sie ist nett, sie ist sehr hübsch, und sie hat so ein wunderbares Lächeln«, antwortete er.

»Und gefällt dir auch ihre Figur?« fragte Colleen weiter.

Jetzt war Matthew vollkommen überrascht. »Wie meinst du das?«

»Nun, ich meine... ihr Busen...« Colleen quälte das letzte Wort förmlich hervor. »Siehst du ihn gerne an?«

Der große Bruder wurde über und über rot. »Nun ja, er ist ja ein Teil von Ingrid. Doch... ich sehe ihn gerne an. Aber er ist nicht das Wichtigste an ihr. Ich hätte mich auch in sie verliebt, wenn sie eine andere Figur hätte.«

»Mögen alle Männer Busen?« forschte Colleen weiter.

Offenbar wurde es Matthew jetzt zu viel. »Colleen, warum redest du nicht mit Dr. Mike darüber?«

»Weil sie kein Mann ist«, entgegnete das Mädchen resolut. »Und was ist mit Anfassen?« fuhr sie fort. »Ist es normal, daß Jungs Mädchen anfassen?«

Matthew hieb seine Axt in den Hackklotz. »Wer hat das getan? Ich bring ihn um!«

»Nein!« rief Colleen. »Ich will doch nur etwas wissen. Ich will wissen, warum die Jungs das tun oder tun wollen.«

Matthew wurde wieder rot. Er zog seinen Hut ein wenig tiefer ins Gesicht und räusperte sich. »Weil der Busen einer Frau so wunderbar weich und sanft ist.« Er stockte, doch seine Schwester sah ihn weiter erwartungsvoll an. »Und wenn man ein Mädchen wirklich gern hat, ist es auch in Ordnung, wenn man ihren Busen anfaßt«, setzte er nach einer kurzen Überlegung hinzu.

»Vorausgesetzt, das Mädchen findet das auch in Ordnung«, ergänzte Colleen. Dann stapfte sie ins Haus.

Mittlerweile war es schon ziemlich spät geworden. Michaela war länger als gewöhnlich in der Praxis geblieben, doch zum Glück hatte sich nichts Spektakuläres ereignet. Lediglich einige ihrer Stammpatienten – ältere Männer und Frauen –, für die der Besuch in der Praxis fast zu einer lieben Gewohnheit geworden war, hatten heute die Sprechstunde der Ärztin aufgesucht. Dabei benötigten sie weniger irgendwelche Medikamente, die Dr. Mike verabreichte, sondern suchten die Nähe und das Gespräch mit der verständnisvollen, warmherzigen und klugen Frau.

Diese Tage waren Michaela die liebsten, denn sie litt nach wie vor, wenn einer ihrer Patienten ernsthaft erkrankte. Die Krankheit ihrer Freundin Dorothy Jennings jedoch ging ihr so nah wie bisher kaum etwas anderes.

Die Ärztin reinigte und sortierte gerade die Instrumente, die sie heute gebraucht hatte, als es an der Tür klopfte.

Das sanfte Licht des Herbstabends ließ das rote Haar der Patientin seidig schimmern. »Dorothy! Ich bin ja so froh, daß Sie kommen!« begrüßte Michaela ihre Freundin, als sie ihr öffnete.

»Ja«, antwortete Mrs. Jennings ein bißchen verlegen, während die Ärztin sie ins Sprechzimmer führte, »ich habe es Loren versprochen. Er möchte, daß ich mir Ihre Diagnose zumindest anhöre.«

Dr. Mike ließ die Patientin Platz nehmen, dann setzte sie sich ihr gegenüber an den Schreibtisch.

»Sie meinen also, es könnte Krebs sein?« Dorothy kam ohne Umschweife auf ihr Anliegen zu sprechen.

»Nun, es kann sowohl ein bösartiger als auch ein gutartiger Tumor sein«, antwortete Dr. Mike.

Mrs. Jennings nickte verstehend. »Und... wie wird so etwas behandelt?«

Michaela räusperte sich kurz. »Es gibt nur eine sichere Methode. Man muß die Wucherung durch eine Operation entfernen.«

»Das heißt also, man geht davon aus, daß es bösartig ist?«

»Wir haben leider keine Möglichkeit, das vorher festzustellen«, gab Michaela zu. »Daher muß ich vom Schlimmsten ausgehen und die durchgreifendste Form der Behandlung empfehlen.«

Dorothy blickte mißtrauisch. »Was heißt das genau?«

Michaela wich den prüfenden Blicken der Freundin aus, als sie antwortete. »Der Tumor muß mit dem umliegenden Gewebe entfernt werden.«

»Mit dem umliegenden Gewebe? Was bedeutet das?«

»Das bedeutet, daß...« Michaela verstummte, dann nahm sie einen neuen Anlauf. »Es bedeutet, daß die Brust entfernt werden muß.«

Jetzt wich Mrs. Jennings entsetzt zurück. »Nein! Das werde ich nicht zulassen!«

»Aber es ist Ihre einzige Chance«, insistierte Michaela. »Wenn der Tumor entfernt wird, verlängert sich Ihre Lebenserwartung um ein Vielfaches. Und ohne Operation verläuft diese Krankheit tödlich.«

Dorothy starrte vor sich hin. »Aber das bedeutet, daß ich keine richtige Frau mehr sein werde. Und die Leute werden mich ansehen, als sei ich eine Mißgeburt. Dabei war ich doch immer so stolz auf meine Figur.« Sie hob den Kopf und sah Michaela aus ihren hellen Augen an.

Dr. Mike blickte auf den vor ihr liegenden Atlas der Anatomie. »Man kann es doch auspolstern. Niemand wird es wissen. Und meiner Meinung nach ist es nicht nur das, was eine richtige Frau ausmacht.«

»Aber es wird ein vollkommen neues Gefühl sein. Und für die Männer werde ich nicht mehr existieren.« Dorothy hob ihren Kopf noch ein Stück höher. »Ich habe mit meiner Brust meine Kinder aufgezogen. Ich weiß nicht, ob Sie sich vorstellen können, was das bedeutet.«

Michaela räusperte sich wieder. »Ich habe keine eigenen Kinder, aber ich kann mir vorstellen, daß es für Sie sehr schwer sein muß.« Sie machte eine kleine Pause. »Doch welcher Preis ist zu hoch, um Ihr Leben zu retten?«

Dorothys Finger strich nervös über die Tischkante. »Wie wird es nach der Operation sein?«

»Möglicherweise werden Sie Ihren rechten Arm anfangs nicht so gut bewegen können«, erklärte Michaela. »Doch das gibt sich mit der Zeit. Und was die Brust betrifft – es wird ein Schnitt vorgenommen, von dem später eine Narbe übrigbleibt.«

»Und... und sonst? Wie wird die Brust aussehen?«

»Es ist schwer, das vorher genau zu sagen«, wich Dr. Mike der Frage aus. »Aber Sie müssen damit rechnen, daß sie flach wird und Sie wieder wie ein junges Mädchen aussehen.«

Dorothy seufzte. »Es ist keine leichte Entscheidung. Zumal Sie mir nicht einmal mit Sicherheit sagen können, ob der Tumor wirklich bösartig ist. Möglicherweise ist das alles gar nicht nötig.«

»Möglicherweise ist es aber Ihre einzige Chance, länger als nur noch die nächsten beiden Jahre zu leben.« Michaela konnte beim besten Willen nicht verstehen, warum ihre Freundin so lange zögerte. »Ich weiß nicht, ob es Ihnen hilft, Dorothy, aber wenn ich in Ihrer Situation wäre, würde ich der Operation zustimmen.«

Mrs. Jennings sah Michaela verschreckt an. Es schien,

als habe sie jemand aus einem tiefen, versunkenen Traum geweckt. »Es geht hier aber nicht um Sie, Michaela. Es geht um mich, und meine Entscheidung werde ich ganz allein treffen.« Damit erhob sie sich.

»Bitte, Dorothy, denken Sie gut darüber nach!« rief Michaela der Patientin hinterher.

Unter dem Türrahmen drehte sich Mrs. Jennings noch einmal um. Sie sah die Ärztin durchdringend an. »Es wird mir kaum gelingen, das nicht zu tun.«

7

Der Lauf der Zeit

Als Michaela an diesem Abend nach Hause kam, schliefen die Kinder bereits. Auf dem Tisch stand ihr Abendbrot und im Kamin glomm nur noch schwach ein letzter Feuerschein – mittlerweile wurden die Herbstabende schon empfindlich kühl –, doch das Wohnzimmer des kleinen Holzhauses wirkte leer und verlassen.

Dr. Mike setzte ihre Tasche ab und ließ sich in den Schaukelstuhl fallen. Das Gespräch mit Dorothy hatte sie mehr erschöpft als der gesamte übrige Tag.

Ein leises Ächzen ließ sie aufhorchen. Sie erhob sich und ging zu der Ecke des Zimmers, aus der das Geräusch gekommen war. Dann schob sie den Vorhang zur Seite, der einen Teil des Zimmers als Waschgelegenheit abtrennte.

Colleen stand vor der Waschkommode und betrachtete sich im Spiegel. Um ihren nackten Oberkörper hatte sie Bandagen aus Michaelas Praxis gewickelt.

Michaela wußte einen Augenblick lang nicht, was sie sagen sollte. »Colleen, was um Himmels willen machst du denn da?« sprudelte die Frage dann plötzlich wie von selbst aus ihr heraus.

»Ich will ihn nicht haben«, antwortete das Mädchen und zog die Bandagen noch fester. »Ich habe mehr als alle anderen Mädchen aus der Klasse, und alle Jungen hänseln mich deswegen.«

Dr. Mike war fassungslos. »Aber Colleen...« Sie stammelte. »Das ist die körperliche Entwicklung. Bei jedem Mädchen wachsen irgendwann die Brüste.«

Jetzt rannen Tränen über Colleens Gesicht. »Aber dann sollen sie wenigstens nicht so schnell wachsen!« rief sie. »Die Jungen sehen immer auf meinen Busen. Und heute morgen haben sie ein gehässiges Bild von mir an die Tafel gemalt.«

Michaela legte sanft den Arm um die Schulter des Mädchens und führte sie zurück ins Wohnzimmer, wo sie sich mit ihrer Pflegetochter auf ihr Bett setzte. Dann öffnete sie die Bandagen ein wenig, damit Colleen wenigstens wieder genügend Luft bekam. »Weißt du, das ist bei den Jungen eine Phase. Ich möchte fast sagen, sie können gar nichts dafür. Und eigentlich machen sie das nur, weil sie die weibliche Brust sehr schön finden und sich nicht trauen, das zuzugeben.«

Colleen schluchzte. »Ich glaube nicht, daß sie es schön finden. Sie finden, es sieht blöd aus. Und ich komme mir vor wie ein Monstrum.«

»Ach, Colleen, es geht dir wie so vielen«, antwortete Michaela und streichelte dem Mädchen durch das blonde Haar. »Die meisten Mädchen wünschen sich, anders auszusehen. Ich wollte zum Beispiel immer Locken haben, als ich in deinem Alter war.«

Colleen lächelte zaghaft. »Du und Locken?« Sie ließ ihren Blick prüfend über Michaelas Frisur gleiten. »Das kann ich mir gar nicht vorstellen.«

»Ich kann mir auch nicht vorstellen, daß du anders aussiehst. So wie du bist, bist du schön«, antwortete Dr. Mike. »Und eines Tages wirst du auf deine Figur stolz sein.«

»Mit Haaren ist es ja auch etwas anderes«, beharrte Colleen. »Es ist mir so peinlich, wenn sie immerzu auf meinen Busen starren«, fuhr sie fort. »Ich habe das Gefühl, den ganzen Rest von mir nehmen sie gar nicht mehr wahr.«

»Das ist nicht dein Fehler, Colleen«, Michaela suchte nach tröstenden Worten. »Und es ist auch sicher nicht bei allen so.«

»Doch!« Colleen seufzte. »Ich habe ja auch gedacht, daß es bei Jared anders wäre. Ich dachte, er interessiert sich wirklich für mich. Aber ich habe mich leider geirrt.«

Langsam keimte in Michaela ein Verdacht. »Colleen, was ist geschehen? Ich will die ganze Wahrheit wissen. Ist dir dieser Junge zu nahe gekommen? Hat er dich vielleicht angefaßt?«

»Nein.« Colleen sah zu Boden. »Aber er hat es versucht.«

»Mein Gott!« Dr. Mike sprang wie elektrisiert auf. »Ich werde mit dem Reverend reden. Und dann mit der Mutter des Jungen.«

»Nein, bitte nicht!« rief Colleen. »Damit machst du alles nur noch schlimmer! Ich würde mich in Grund und Boden schämen.«

»Aber du kannst so etwas doch nicht einfach geschehen lassen«, entgegnete Michaela und stemmte empört die Hände in die Hüften.

»Das werde ich auch nicht.« Colleen biß sich auf die Unterlippe. »Bitte, Ma, laß mich das allein regeln.« In ihren dunklen Augen sammelten sich schon wieder Tränen.

Michaela betrachtete ihre Pflegetochter nachdenklich. Wie verrückt war doch diese Welt! Was würde Mrs. Jennings nur darum geben, mit dem jungen Mädchen zu tauschen.

Am nächsten Morgen half Sully Robert E. in der Werkstatt. Der Schmied fertigte gerade die Kufen einer Wiege an; eine besonders schwierige Arbeit, bei der er ein paar zusätzliche Hände gut gebrauchen konnte. Horace hatte das gute Stück bestellt, auch wenn es bis zu Myras Niederkunft noch eine Weile dauern sollte.

Plötzlich betrat Dorothy Jennings die Werkstatt. »Guten Morgen, Robert E.«, begrüßte sie den Schmied, dann wandte sie sich an Sully. »Könnte ich Sie wohl einen Augenblick sprechen?«

Die beiden Männer verständigten sich durch einen kurzen Blick, und Sully folgte Mrs. Jennings, die ein wenig abseits stehenblieb. »Ich habe eine Bitte«, begann sie und schob nervös die Finger ineinander. »Ich weiß, daß Michaela alle Ratschläge, die sie gibt, in bester Absicht ausspricht. Aber es gibt bestimmte Dinge, die man nur allein entscheiden kann.«

Sully wischte sich eine Haarsträhne aus dem Gesicht. »Ja, natürlich. Solche Fälle gibt es.«

»Sie kennen Dr. Mike am besten von uns allen. Bitte sagen Sie ihr, daß ich ihr für ihre Hilfe danke. Aber ich möchte mich nicht weiter für meine Entscheidung rechtfertigen müssen. Ich habe sie getroffen, und so wie es kommen wird, ist es gut. Könnten Sie ihr das ausrichten?«

Sully nickte.

Der zierlichen Frau schien ein Stein vom Herzen zu fallen. »Ich danke Ihnen. Aber ich komme mir so komisch vor, weil ich Ihnen noch nicht einmal den Grund für mein merkwürdiges Verhalten nenne.«

»Das müssen Sie auch nicht«, beruhigte Sully sie. Es war ein seltsames und in gewisser Weise unangenehmes Gespräch. Dennoch schien es Sully, als löste sich in Dorothy von Sekunde zu Sekunde eine Verkrampfung.

»Wissen Sie, Dr. Mike macht sich große Sorgen um mich. Sie befürchtet, daß ich Krebs haben könnte. Und sie rät mir zu einer Operation.« Mrs. Jennings Stimme begann zu zittern. »Einer Operation, bei der ich einen Teil von mir, von meiner Persönlichkeit verlieren würde. Und dieser Gedanke ist für mich unerträglich.«

Sully hatte während der letzten Sätze sanft seine Hand auf ihren Arm gelegt. Und je länger sie dort ruhte, um so sicherer schien Dorothy zu werden. »Sie allein müssen entscheiden, was für Sie richtig ist«, bestärkte er sie. »Und Michaela wird das akzeptieren, wie auch immer Ihre Entscheidung ausgefallen ist.«

Wenig später suchte Sully Michaela in der Praxis auf, um sein Versprechen, das er Dorothy gegeben hatte, einzulösen. Bevor er sie ansprach, betrachtete er seine Verlobte eingehend. Auf ihrer Stirn zeichnete sich eine steile Falte ab. Sully kannte diese Falte besser als ihm lieb war. Sie erschien immer, wenn Michaela verärgert war oder sich Sorgen machte. Diesmal wußte Sully den Grund.

»Du machst dir Sorgen um Dorothy«, begann er.

Dr. Mike sah überrascht auf. »Woher weißt du das?«

»Sie hat es mir erzählt«, antwortete Sully. »Michaela, ich kann nachvollziehen, daß dies für dich ein wirklich schwieriger Fall ist. Nicht, weil es sich möglicherweise um eine tödliche Krankheit handelt, sondern weil Dorothy deine Freundin ist.«

Dr. Mike blickte ihn verständnislos an. »Was meinst du damit?«

»Du hast ihr erklärt, welche Möglichkeiten es gibt. Und sie hat sich für eine davon entschieden. Als Ärztin mußt du diese Entscheidung akzeptieren.«

Michaelas Blick verfinsterte sich. »Damit entscheidet

sie sich für einen schmerzvollen Tod. Und das kann ich nicht zulassen. Du hast recht: Sie ist eben nicht nur eine Patientin, sondern meine Freundin. Und sie muß wissen, daß es jemanden gibt, der bereit ist, mit ihr gegen diese Krankheit zu kämpfen, und zwar nicht nur aus medizinischer Sicht.«

»Aber Dorothy will eben nicht kämpfen«, erklärte Sully. »Sie akzeptiert ihr Schicksal und nimmt es an.«

»Und ich bin der Ansicht, daß es keinen Grund gibt, sich diesem Schicksal einfach auszuliefern. Als Ärztin und als ihre Freundin will ich, daß Dorothy lebt.« Damit faßte Michaela ihren Rock und lief an Sully vorbei aus der Praxis.

Wenige Augenblicke später stürmte sie atemlos in Loren Brays Laden. »Dorothy! Sie dürfen sich nicht einfach so aufgeben!« beschwor sie ihre Freundin, die gerade an der Druckerpresse arbeitete.

Dorothy wandte sich in aller Ruhe um. Sie sah Dr. Mike fest in die Augen. »Ich bin bereit zu sterben, wenn meine Zeit dazu gekommen ist. Ich habe mich gegen die Operation entschieden, und dabei bleibt es«, antwortete sie gelassen.

»Aber das kann ich nicht akzeptieren«, beharrte Michaela auf ihrer Meinung. »Sie könnten noch jahrelang ein glückliches Leben führen, wenn Sie sich operieren lassen.«

»Jeder hat seine eigene Definition von Glück«, antwortete Mrs. Jennings und wandte sich wieder ihrer Druckerpresse zu.

In diesem Moment eilte Loren herbei. Offenbar hatte er das Gespräch zwischen den beiden Frauen mitbekommen. »Dorothy«, begann er und erfaßte die Hände seiner Schwägerin, »wir werden den Laden schließen. Was hältst du davon? Wir machen eine Reise nach New York und sehen uns dort alles an. Ich führe dich in die schönsten Restaurants und kaufe dir hübsche Kleider und Schuhe«, versuchte er Dorothy zu begeistern. »Und dann lassen wir uns mit einer Kutsche zur New York Times fahren, damit du einmal siehst, wie die großen Verlagshäuser arbeiten. Und dann...«

»Loren«, unterbrach Dorothy den Redefluß ihres Schwagers und ein freudiges Lächeln umspielte ihre Lippen, »das hört sich alles traumhaft an. Du bist sehr lieb zu mir und ich danke dir für dein Angebot. Aber ich will einfach versuchen, so wie bisher weiterzuleben. Ich werde nicht die Tage zählen, die mir noch bleiben. Ich will so leben, als sei weiter nichts geschehen.«

Dr. Mike betrachtete ihre Patientin kopfschüttelnd. War es möglich, daß sich ein Mensch so gegen die Realität auflehnen konnte?

Solange sie Dorothy gegenübergestanden hatte, war sie nichts weiter als aufgebracht gewesen. Auf dem kurzen Weg zurück zur Praxis jedoch füllten sich Michaelas Augen mit Tränen. Sie war erleichtert, als sie durch das Fenster Sully erkennen konnte, der offenbar auf ihre Rückkehr gewartet hatte.

»Sully, ich halte es nicht mehr aus.« Sie ließ sich in die Arme des geliebten Mannes fallen, die ihr in diesem Moment vorkamen wie der starke Fels in der Brandung ihrer Gefühle und ihrer Trauer.

»Ich bin nun mal Ärztin«, fuhr sie unter Tränen fort. »Aber manchmal möchte ich all das einfach hinter mir lassen. Es ist nicht leicht, als erste zu wissen, daß man einen geliebten Menschen verlieren wird. Oder Zuversicht zu zeigen, auch wenn man weiß, daß die Lage hoffnungslos ist. Ich möchte einfach nur einmal Mensch sein. Warum kann ich nicht einfach nur Dorothys Freundin sein, ihr sagen, wie traurig ich bin und wieviel Angst ich um sie habe?«

Sullys Hand streichelte beruhigend durch ihr Haar. »Und was hindert dich daran?«

Michaela schluchzte. Ihr Gesicht, das sie Sully zuwandte, als sie ihn ansah, war von Tränen überströmt. »Weil es nicht geht. Ich bin nun einmal ich. Und ich *bin* Ärztin.«

Im Verlauf des Sommers hatte es sich in Colorado Springs eingebürgert, daß die Gemeinde sonntags nach dem Gottesdienst zu einem Picknick zusammenkam. Keiner konnte mehr sagen, wer damit begonnen hatte. Aber die Idee fand begeisterten Zuspruch. Auch der Reverend war von dieser Form des Gemeindelebens ausgesprochen begeistert. Einerseits fand er es eine gelungene Fortsetzung der christlichen Botschaft, das Brot miteinander zu teilen; andererseits mußte er sich keine Gedanken darüber machen, wie er an diesem Tag zu einer geregelten Mahlzeit kam. Denn Graces Café, das er sonst zum Essen aufsuchte, blieb sonntags geschlossen.

Michaela hatte bemerkt, daß an diesem Tag Loren Bray ohne Dorothy erschienen war. Sie bedauerte das sehr, nicht nur weil die Sonntage des Jahres, an denen ein Picknick unter freiem Himmel noch möglich war, mit dem Herbst rapide weniger wurden. Sie fürchtete vor allem, daß Dorothy nun doch begann, sich aus dem gesellschaftlichen Leben zurückzuziehen.

Ihre Gedanken wurden abrupt auf die gegenwärtigen Ereignisse gelenkt, als sich Colleen plötzlich von der Decke erhob, auf der Dr. Mikes Familie Platz genommen hatte, und zielstrebig auf einige Jungen zuging, die etwas abseits herumalberten. Michaela hatte schon bemerkt, daß die Burschen betont ihre Brust herausstreckten und immerzu auf- und abstolzierten, um sich kurz darauf vor Lachen zu krümmen. Aber der Sinn oder Unsinn dieser Übung hatte sich ihr nicht erschlossen.

Jetzt zog Colleen einen der Jungen, der offenbar der Initiator dieser Aufführung war, am Ärmel. »Es reicht, Jared. Komm mit, ich will mit dir reden!«

Unwillkürlich stob der Pulk auseinander. Jared wurde sichtbar unsicherer. »Was? Worüber denn?« fragte er.

»Erst einmal will ich, daß du mich ansiehst. Du sollst mir in die Augen sehen!« betonte Colleen.

»Was soll das?« Der Junge wurde rot. Er bemühte sich tatsächlich, Colleen ins Gesicht zu sehen. Aber immer wieder glitten seine Augen an dem Körper des Mädchens hinab.

»Du sollst mir endlich einmal zuhören und mich nicht nur angaffen!« Colleens Stimme wurde lauter. Sie merkte, daß ihre Wut immer größer wurde, je länger sie Jared gegenüber stand. Und diese Wut gab ihr Kraft. Sie stemmte ihre Hände in die Hüften. »Ich bestehe nicht nur aus Busen! Ich bin intelligent, nett und hilfsbereit. Und ich habe in meinem Leben mehr vor, als mich nur mit irgendeinem Mann zu verheiraten. Ich will studieren und Ärztin werden. Aber ich glaube, alles das interessiert dich überhaupt nicht. Dich interessiert nur meine Figur. Und das enttäuscht mich, weil ich dachte, daß du nett bist. Ich wollte mich mit dir anfreunden, aber ich fürchte, du bist es nicht wert!«

Jared stand betreten vor dem Mädchen. Seine Augen

wanderten mittlerweile zwischen Colleens Gesicht und dem Erdboden hin und her. »Colleen, ich... ich wollte mich auch mit dir anfreunden«, stammelte er.

»Ich verzichte darauf«, antwortete Colleen und verschränkte die Arme. Dann drehte sie sich um und stapfte davon.

»Halt, Colleen, warte doch!« Jared lief hinter dem Mädchen her, hielt es schüchtern am Arm fest. »Es... es tut mir leid, was ich getan habe. Gibst du mir nicht noch eine Chance?« Er sah Colleen in die Augen.

Colleen atmete hörbar aus. Sie sah zur Seite und überlegte einen Moment. »Dann müssen wir ganz von vorn anfangen«, sagte sie schließlich. Sie zögerte noch einen Moment. »Also gut.« Sie streckte dem Jungen ihre Hand entgegen. »Ich bin Colleen Cooper.«

Der Junge trat von einem Fuß auf den anderen. Dann ergriff er Colleens Hand. »Und ich bin Jared McAlistair«, sagte er feierlich.

Dr. Mike hatte die Unterhaltung der beiden nur anhand ihrer Gesten verfolgen können. Aber ihr war klar, daß es sich bei Colleens Gesprächspartner um den Jungen handelte, von dem das Mädchen ihr erzählt hatte. Es freute sie, zu beobachten, daß Colleen ihr Selbstvertrauen offenbar wiedergewonnen hatte. Und sie war stolz darauf, wie souverän und offenherzig sich ihre Pflegetochter in einer für sie so schwierigen Situation verhielt. Aber es erfüllte sie andererseits ein wenig mit Wehmut, daß auch Colleen mittlerweile in ein Alter gekommen war, in dem sie ihre Probleme selbst lösen konnte.

Die Straßen von Colorado Springs waren wie leergefegt. Über der kleinen Stadt lag sonntägliche Ruhe.

Dorothy öffnete langsam die Tür des Ladens und trat hinaus. Eine kühle Brise umfing sie, und das Schild »Geschlossen« schlug ein paarmal gegen die einfachen Glasscheiben der Ladentür. Sie zögerte, dann schritt sie die Stufen der Veranda hinab und lenkte ihre Schritte zum Platz vor der Kirche.

In ihren bunten Kleidern wirkten die Teilnehmer des Picknicks, die sich auf der Wiese niedergelassen hatten, wie späte Sommerblumen. Lebhafte Stimmen und Gelächter drangen zu Dorothy herüber, das fröhliche Kreischen der Kinder genauso wie die energische Stimme einer Mutter, die ihren Nachwuchs zur Ordnung rief. Darüber prangte der Himmel in einem so tiefen Blau, wie es nur im Herbst zu sehen war.

Der Reverend zog seinen Hut, als er Dorothy erkannte. »Oh, Mrs. Jennings! Ist das heute nicht ein wundervoller Tag?«

»Ja«, Dorothy nickte und ließ ihren Blick über die Szene schweifen. »Sie haben recht, es ist wirklich ein wundervoller Tag.«

»Dorothy, ich habe Sie schon vermißt«, rief Grace ihr entgegen. »Ich habe meinen neuen Cidre mitgebracht. Die ersten Äpfel dieses Jahr! Den müssen Sie unbedingt probieren. Ich finde, es ist der beste Cidre, den ich je hatte.« Sie reichte Mrs. Jennings ein Glas.

Dorothy kostete das Getränk. Es schmeckte so süß und fruchtig, wie sie selten etwas getrunken hatte. »Danke, Grace, er ist wirklich sehr gut«, sagte sie lächelnd und reichte der dunkelhäutigen Frau das Glas zurück.

»Guten Tag, Mrs. Dorothy!« Brian lief an Mrs. Jennings vorbei, ohne sie anzusehen, den Blick stur auf den Boden gerichtet.

»Suchst du etwas, Brian?«

»Ja, das hier.« Er öffnete eine schmutzige, verklebte Hand, die er offenbar schon geraume Zeit fest geschlossen hielt.

»Das sind ja Eicheln«, stellte Dorothy fest. »Was wirst du damit tun?«

»Ich werde sie einpflanzen und groß ziehen. Dann wächst bald ein Baum daraus, der so groß ist wie der da drüben.« Er deutete auf eine große Eiche, die einem großen Teil der Wiese durch ihre mächtige Krone Schatten spendete.

»Aber Brian, bis der Baum so groß ist, dauert es mehr als hundert Jahre. Das wird keiner von uns mehr erleben«, antwortete Dorothy.

Dr. Mike hatte sich den beiden unbemerkt genähert. Nun legte sie ihre Hände auf Brians Schulter. »Ich finde, daß es sich trotzdem lohnt, sie einzugraben.« Sie lächelte Brian zu. »Bis du erwachsen bist und eine eigene Familie hast, wird sie immerhin schon so groß sein, daß du mit deiner Frau und deinen Kindern darunter picknicken kannst. Und vielleicht wirst du deinen Enkelkindern noch helfen, ein Baumhaus darin zu bauen.«

»Das dauert aber ziemlich lange«, meinte Brian nachdenklich.

»Wir haben keinen Einfluß auf den Lauf der Zeit. Aber wir können immer wieder ein Zeichen des Lebens setzen«, antwortete Michaela. Sie drehte die Eichel in Brians Hand hin und her. »Heute hältst du über hundert Jahre in deinen Händen. Und es kommt auf dich an, aus dieser Chance etwas zu machen.«

Brian überlegte einen Moment lang angestrengt. »Dann werde ich die Eicheln jetzt einpflanzen«, sagte er schließlich entschlossen.

»Sully wird dir dabei helfen«, pflichtete Dr. Mike ihrem Pflegesohn bei. Dann schob sie den Jungen sanft von sich, und er lief los.

»Dorothy, ich möchte Ihnen etwas sagen«, wandte sie sich dann an ihre Freundin. »Es tut mir leid, daß ich Sie bedrängt habe. Ich werde Ihre Entscheidung akzeptieren, weil es Ihr Leben ist und nicht meins. Es ist als Ärztin meine Pflicht, Leben zu erhalten. Aber ich kann es nicht gegen den Willen meiner Patienten tun. Mindestens so schwer wiegt für mich aber, Sie als Freundin zu verlieren.« Sie suchte in Dorothys Augen nach Verständnis.

Doch die Freundin wich ihrem Blick aus. »Ich erlebe diesen Tag heute, als sei er mein letzter«, antwortete sie. »Ich habe noch nie so viele fröhliche Menschen gesehen, die gut zu mir sind. Noch nie erschien mir ein Herbsttag so wundervoll, und noch nie empfand ich die Gaben der Natur als so köstlich. Wenn ich heute sterben müßte, täte ich es in Frieden.« Sie verstummte. Dann sah sie die Ärztin an. »Aber heute wird mir auch zum ersten Mal bewußt, was für ein ungeheures Geschenk das Leben ist. Und ich möchte es festhalten. Michaela, wenn schnelles Handeln bei meiner Erkrankung eine Rolle spielt, dann bitte ich Sie, handeln Sie.«

Dr. Mike sah Dorothy fassungslos an. »Sie meinen... Sie wollen sich operieren lassen?«

Dorothy nickte. Ihre hellen Augen blickten entschlossen. »Ja, und zwar noch heute.«

Die Nachricht, daß sich Mrs. Jennings so plötzlich einer Operation unterzog, die keinen Aufschub duldete, verbreitete sich in der kleinen Stadt wie ein Lauffeuer.

Während Colleen der Patientin das äthergetränkte Tuch

auf Mund und Nase hielt, beobachtete Michaela das Treiben vor ihrer Praxis. Die Ärztin wußte mittlerweile, daß es sich dabei weniger um eine Versammlung Schaulustiger handelte als vielmehr um einen Ausdruck des Mitgefühls und der Hoffnung der Einwohner, daß sich alles zum Guten wenden möge.

Dr. Mike drehte sich um und ergriff das Skalpell. Sie warf Colleen, die ihr bereits bei so vielen Operationen assistiert hatte, einen Blick zu und nickte. Dann atmete sie tief durch und setzte das Messer an.

Unter den Wartenden war Loren Bray derjenige, dem die Aufregung am deutlichsten anzusehen war. Er lief auf und ab und wußte nicht, wohin er blicken sollte, wenn ihm wieder einmal die Tränen in die Augen stiegen.

Sully war es schließlich, der den alten Mann umarmte. »Es wird alles gut, Loren«, sprach er ihm Mut zu.

Der Kaufmann sah ihn hilfesuchend an. »Vielleicht ahnst du, wie sehr ich leide. Vielleicht hattest du damals auch solche Angst, als Abigail um das Leben eures Kindes kämpfte. Ich liebe Dorothy, auch wenn ich es ihr viel zu selten sage. Ich möchte sie nicht verlieren. Und egal wie sie nach dieser Operation aussehen wird: Ich werde sie immer lieben.«

Doch von all dem bekam Dr. Mike nichts mit, während sie operierte. Sie war froh, daß sie in Colleen eine so zuverlässige Assistentin hatte. Ein Blick der Ärztin genügte, und Colleen bereitete den nächsten Handgriff vor, reichte Tupfer und Bestecke an.

»Colleen, ich bin sehr froh, daß du mir hilfst«, sagte Michaela, nachdem das Schwierigste geschafft war. »Ich hatte Angst vor dieser Aufgabe, aber deine Anwesenheit gibt mir Kraft und Sicherheit.«

Colleen errötete. Sie wandte ihr Gesicht ab. »Und ich bin froh, wenn ich auf diese Weise Mrs. Dorothy auch ein bißchen helfen kann. Ich komme mir so albern vor. Vor ein paar Tagen habe ich mir noch gewünscht, keine Brust zu haben. Und heute tut Mrs. Dorothy mir leid, weil sie ihre verliert. Glaubst du, daß sie sehr darunter leiden wird?«

Michaela nickte. »Ja, das wird sie. Aber wir können versuchen, ihr zu helfen. Indem wir einfach für sie da sind, ihr zuhören und ihr Mut machen. Sie muß begreifen, daß eine Brust nicht das einzige ist, was eine Frau ausmacht.«

Colleen nickte. »Das ist genau das, was du mir vor ein paar Tagen auch gesagt hast.«

Nachdem Dr. Mike die Wunde vernäht und den Verband angelegt hatte, trat sie vor die Klinik. »Loren?« rief sie den Kaufmann herbei. »Sie können jetzt zu ihr.«

Loren Bray zögerte keine Sekunde. Er stürmte an der Ärztin vorbei in die Praxis.

Dr. Mike wollte ihm gerade folgen, als sie Sully in der Menschenmenge entdeckte. Er sah fragend zu ihr herüber und Michaela erwiderte seinen Blick. Dann bestätigte sie durch ein leichtes Nicken des Kopfes den gelungenen Verlauf der Operation.

Colleen sorgte nicht nur dafür, daß Dorothy während ihrer Genesung stets genug zu essen und zu trinken hatte. Sie brachte ihr auch so oft es ging einen Strauß frischer Astern mit und stellte sie auf den Tisch des kleinen Krankenzimmers im ersten Stock der Praxis.

»Du bist sehr nett zu mir, Colleen«, sagte Dorothy mit einer noch ein wenig matten Stimme, als das Mädchen ihr wieder einmal einen Krug frisches Wasser brachte.

»Ich tue es gern«, antwortete Colleen schlicht.

»Weißt du, ich habe den Eindruck, daß du in der letzten Zeit sehr erwachsen geworden bist«, sprach die Patientin weiter und betrachtete das Mädchen dabei. Ihr Blick drückte Wohlgefallen und Freundschaft aus.

Colleen wurde rot und zuckte die Schultern.

»Ich weiß noch, daß ich mich als Mädchen schämte, als meine Brust zu wachsen begann. Es war mir so fremd, daß sich mein Körper veränderte, ohne daß ich darauf Einfluß nehmen konnte«, fuhr Dorothy fort.

»Ich schäme mich manchmal auch«, sagte Colleen leise.

Dorothy lachte matt. »Aber als junge Frau war ich sehr stolz auf meine Figur. Und es war ein wunderbares Gefühl, Kinder an der Brust nähren zu können.« Sie seufzte. »Ich hätte nicht gedacht, daß sich mein Körper noch einmal so einschneidend und abrupt verändern könnte.«

Das Mädchen setzte sich auf das Bett der Kranken. »Mrs. Dorothy, Sie kennen mich schon sehr lange. Vor einem Jahr war ich Colleen, doch in der Zwischenzeit ist meine Brust gewachsen. Glauben Sie, daß ich heute immer noch Colleen bin?«

Mrs. Jennings war überrascht. »Aber natürlich! Wie kommst du darauf?«

»Sehen Sie, und darum werden Sie auch immer Mrs. Jennings bleiben, egal, wie sehr sich Ihr Körper verändert.«

»Ach, Colleen.« In den Augen der Kranken standen Tränen, als sie die Hand des Mädchens ergriff.

»Ich glaube, es ist Zeit, den Verband zu wechseln.« Dr. Mike stand mit einem Tablett voller Utensilien in der Tür.

Colleen verstand sofort. »Auf Wiedersehen, Mrs. Jennings, ich komme bald wieder.«

»Darauf freue ich mich, Colleen«, antwortete Dorothy lächelnd.

Michaela setzte das Tablett auf dem kleinen Nachttisch neben dem Krankenbett ab. »Sie können die Augen schließen oder wegsehen, während ich den Verband wechsle«, riet sie und schnitt bereits die ersten Bandagen mit einer Schere auf.

Doch Dorothy schüttelte den Kopf. »Das werde ich nicht tun. Ich will der Wahrheit ins Auge blicken«, setzte sie mit leicht zitternder Stimme hinzu.

Dr. Mike hielt inne und sah die Freundin mit Skepsis in den Augen durchdringend an. »Davon möchte ich Ihnen dringend abraten. Warten Sie lieber ein paar Wochen, bis wenigstens die Wunde besser verheilt ist.«

»Nein!« Mrs. Jennings Ton ließ keinen weiteren Widerspruch zu. »Bitte reichen Sie mir den Spiegel. Und dann lassen Sie mich allein.«

Michaela zögerte noch einen Moment. Dann reichte sie der Kranken den Handspiegel. »Als Ärztin respektiere ich Ihre Wünsche«, sagte sie. »Aber als Ihre Freundin erlaube ich mir, Ihnen in diesem Moment beizustehen.«

Sie wandte sich wieder den Verbänden zu. Ihre Hände wurden zittriger, je weniger von den Bandagen auf Dorothys Körper übrigblieb. Schließlich nahm sie den letzten Baumwollstreifen ab.

»Sind Sie als Ärztin mit der Wunde zufrieden?« fragte Dorothy, ohne den Spiegel zu heben.

Dr. Mike nickte. »Ja, ich bin zufrieden. Ich denke, sie wird gut verheilen.«

Jetzt hob Dorothy Jennings langsam den Spiegel. Zuerst erkannte sie ihre roten Haare und ihr blasses Gesicht. Langsam senkte sie den Spiegel, betrachtete ihren Hals und ihre nackten Schultern.

Ein heller Schluchzer entrang sich ihr, als sie jetzt die Wunde im Spiegel erblickte. Doch es dauerte nur einen Moment, dann hatte sie sich wieder gefaßt. »Wir müssen lernen, daß sich unser Körper im Lauf unseres Lebens immer wieder verändert. Das ist der Lauf der Zeit«, flüsterte sie. »Und gegen das Verrinnen der Zeit können wir nur eins tun: Immer wieder ein Zeichen des Lebens setzen.« Und sie griff nach der Hand ihrer Freundin, die die ihre fest und schützend umschloß.

8

Im Dienste der Gerechtigkeit

Zu Dr. Mikes größter Beruhigung schritt Dorothys Genesung gut voran. Erstaunt und erleichtert bemerkte die Ärztin, mit wieviel Energie und Selbstdisziplin sich die Patientin ihren neuen Lebensumständen stellte. In diesem Fall war Dorothys Entscheidung, sich ohne Aufschub mit den unabänderlichen Tatsachen auseinanderzusetzen, richtig gewesen.

Gerade überlegte Michaela, daß seit der letzten Ausgabe der stadteigenen Zeitung, die Mrs. Jennings herausgab, schon einige Wochen ins Land gezogen waren und daß es nun wohl nicht mehr allzu lange dauern würde, bis ihre Freundin wieder ihr normales Leben aufnehmen konnte, als Sully ihre Praxis betrat. In der Hand hielt er einen Zeitungsausschnitt und irgendein Papier, das den Stempel des örtlichen Telegraphenamtes und Horaces Unterschrift trug.

»Guten Morgen, Michaela, du ahnst nicht, was ich hier habe«, begrüßte er seine Verlobte. »Es ist ein Telegramm aus Washington.«

Sie grinste ihn schelmisch an. »Natürlich, von der Regierung an Mr. Byron Sully«, ergänzte sie.

»Stimmt.« Er faltete das Papier auf und zeigte Dr. Mike das Telegramm. »Ich werde Indianerbeauftragter für Colorado. Damit habe ich endlich eine feste Arbeit. Und wir verdienen zusammen das Geld, das wir für unseren Lebensunterhalt brauchen.«

Michaela las den Text. »Wie hast du das gemacht?« fragte sie mit ehrlicher Bewunderung.

»Vor ein paar Wochen stand doch in der Zeitung, daß die Regierung jemanden sucht, der diesen Posten übernimmt. Erinnerst du dich nicht mehr?« fragte Sully.

Die Ärztin schüttelte den Kopf. Von dieser Anzeige hatte sie tatsächlich nichts mitbekommen. Vielleicht war sie zu diesem Zeitpunkt schon zu sehr mit ihrer Sorge um Dorothy beschäftigt gewesen.

»Jedenfalls habe ich mich daraufhin beworben«, fuhr Sully fort. »Meine Kenntnisse über das Leben der Cheyenne haben die Kommission offenbar überzeugt.« Er legte die Arme um Michaela. »Am Dienstag werde ich in meinem Amt vereidigt. Begleitest du mich?«

Michaela Quinn lachte, und ihre Augen leuchteten vor Freude. »Glaubst du wirklich, ich würde mir einen so wichtigen Augenblick in deinem Leben entgehen lassen?«

Mit der Postkutsche am Dienstagvormittag traf Mr. Hazen, der Gesandte der Regierung, in Colorado Springs ein, um die Vereidigung und die Amtseinführung des neuen Indianerbeauftragten vorzunehmen.

Die Nachricht von Sullys neuer Position hatte sich wie ein Lauffeuer in der Stadt herumgesprochen, und für den Nachmittag hielten sich weit mehr Personen als nur Michaelas Familie bereit, um dem feierlichen Akt beizuwohnen.

Mr. Hazen sorgte dafür, daß die Fahne der Vereinigten Staaten aufgezogen wurde, die der Barbier in einem Schrank seines Salons verwahrte. Als Bürgermeister der Stadt war es Jake Slickers Pflicht, das Stück in Verwahrung zu nehmen. Der gesamte Rahmen des Ereignisses war außerordentlich festlich. Schon allein Mr. Hazens Erscheinung verlieh dem Ganzen den notwendigen offiziellen Glanz. In seinem maßgeschneiderten Anzug, dem hohen weißen Kragen und dem feinen Haarschnitt unterschied er sich deutlich von den Einwohnern des kleinen Städtchens. Eine Wolke feinsten Rasierwassers, wie man es unter den selbstgemischten Essenzen Jake Slickers noch nicht angetroffen hatte, umhüllte ihn.

»Ah, Mr. Sully«, begrüßte er den zukünftigen Indianerbeauftragten, als dieser sich mit Dr. Mike und den Kindern näherte. »Ich sehe, Sie haben Ihre Familie mitgebracht – und Ihren Hund.« Mr. Hazens Stimme klang tief und voll. Seine gesamte Ausstrahlung verriet weltmännische Gewandtheit.

In diesem Moment knurrte der Wolfshund.

Der Regierungsbeauftragte wich einen Schritt zurück.

»Er ist ein Wolfshund, aber er tut nichts«, beruhigte Sully ihn. »Jedenfalls solange er nicht gereizt wird.«

Mr. Hazen lächelte ein wenig nervös. »Ein Wolfshund? Nun, alles Wilde ist mir fremd, muß ich gestehen. Aber vielleicht sollten wir jetzt anfangen«, fuhr er dann fort. Seine Stimme klang wieder ruhig und sicher. »Reverend, haben Sie die Bibel?«

»Wir können noch nicht anfangen«, unterbrach Sully ihn. »Die Cheyenne sind noch nicht hier.«

Ohne seine amtliche Contenance zu verlieren, blickte Mr. Hazen Sully überrascht an. »Die Cheyenne?«

Sully nickte. »Ja, schließlich ist es meine Aufgabe, zwischen den Indianern und der Regierung zu vermitteln. Also sollen beide Parteien bei meiner Amtseinführung anwesend sein. Ich bin für die Regierung genauso wie für die Indianer da.«

Mr. Hazen blickte den zukünftigen Indianerbeauftragten einen Moment lang schweigend an. »Das haben Sie sehr gut formuliert«, sagte er endlich, ohne eine Miene zu verziehen.

»Da kommen sie.« Brian deutete in die Richtung, aus der sich jetzt Häuptling Black Kettle und einige der Stammesältesten der Versammlung näherten. Unter ihnen war auch Cloud Dancing, der Medizinmann, mit dem Sully eine jahrelange, innige Freundschaft verband. Wie die übrigen Beobachter der Zeremonie, hatten sich auch die Cheyenne in ihre Festgewänder gekleidet. Zudem hatte Black Kettle, als Zeichen seines Willens zur Kooperation, die amerikanische Fahne mitgebracht, die dem Stamm beim Einzug ins Reservat überreicht worden war. Jetzt gab Häuptling Black Kettle einige Anweisungen auf algonkin, und die Krieger stellten sich ein wenig abseits von dem Regierungsbeauftragten und den Einwohnern von Colorado Springs auf.

Sully wechselte einen kurzen Blick mit dem Häuptling. »Jetzt können wir anfangen«, sagte er dann.

Mr. Hazen sog geräuschvoll die Luft durch die Nase ein. »Bitte legen Sie die linke Hand auf die Bibel und die rechte Hand an ihre Brust, Mr. Sully«, begann er. »Mr. Sully, geloben Sie, als Vertreter der Regierung der Vereinigten Staaten von Amerika Ihre Aufgabe gewissenhaft auszuführen, das Vertrauen der Cheyenne zu bewahren, ihnen den Wunsch der Regierung nach Frieden und Gerechtigkeit zu überbringen und sich für ihr Wohlbefinden und die Sicherung ihrer Lebensumstände einzusetzen?«

Sully blickte ernst. Seine rechte Hand lag auf seinem Herzen. »Ich gelobe es«, sagte er feierlich.

»Dann ernenne ich Sie hiermit kraft meines Amtes zum

Indianerbeauftragten des Staates Colorado.« Offenbar hatte Mr. Hazen ähnliche Sätze im Lauf seiner Amtszeit schon mehrmals abgespult. »Mr. Sully, ich gratuliere Ihnen. Sie haben eine ehrenvolle Aufgabe übernommen«, fuhr er dann fort und reichte Sully die Hand. »Ich hoffe, daß wir gut zusammenarbeiten werden.«

»Das hoffe ich auch«, antwortete Sully und ergriff seinerseits die ihm dargebotene Hand.

Dann überreichte der Regierungsbeauftragte Sully ein Buch. »Das hier ist Ihr Handbuch. Darin sind alle Berichte und Formulare erklärt, die Sie von Zeit zu Zeit erstellen und ausfüllen müssen. Und noch etwas«, er zog ein Papier aus seiner Westentasche, »bitte unterschreiben Sie mir diese Anweisung für Ihr monatliches Gehalt von einhundert Dollar.«

Während Sully noch unterschrieb, warf Mr. Hazen bereits einen sehnsüchtigen Blick in Richtung des Saloons. »Das war der offizielle Teil der Vereidigung«, sagte er mit einem erleichterten Lächeln. »Ich würde mich freuen, wenn wir das Ereignis jetzt inoffiziell fortsetzen könnten.«

»Vielen Dank, Sir«, antwortete Sully, »aber ich würde lieber gleich die erste Proviantlieferung ins Reservat bringen.«

»Oh, Sie haben es aber eilig«, entgegnete Hazen leicht amüsiert. »Nun, ich freue mich, daß Sie Ihre Aufgabe so ernst nehmen. Bitte, erfüllen Sie Ihre Pflicht, die Lieferung befindet sich im Mietstall.«

Dr. Mikes Wagen rumpelte über den unebenen Weg. Kisten um Kisten stapelten sich auf der Ladefläche, und Matthew, der Sully und Michaela ins Lager begleitete, hatte alle Hände voll damit zu tun, die Ladung im Auge zu behalten.

»Die Cheyenne werden staunen«, meinte Michaela zufrieden. »Ich muß sagen, mit einer so großzügigen Lieferung hätte ich niemals gerechnet.«

Sully warf ihr einen skeptischen Blick zu. »Ich finde diese Lieferung gerade mal angemessen. Immerhin hat die Regierung den Cheyenne die Jagd verboten. Wovon sollen sie sich denn jetzt noch ernähren? Da ist das hier ja wohl das mindeste, was die Regierung als Entschädigung tun kann.«

»Es könnte alles weitaus schlimmer sein«, entgegnete Michaela. »Immerhin hält sich die Regierung an die Abmachung.«

Sullys Blick wurde unwillkürlich starr. »Ja, und hoffentlich bleibt das auch so. Die Cheyenne haben in dieser Hinsicht schon mehr als eine Überraschung erlebt.«

Als der Wagen das Reservat erreichte, sprang Sully ab und begrüßte Cloud Dancing, der sie bereits erwartete.

Der Medizinmann betrachtete skeptisch die vielen Kisten. »Wir sind immer den Herden der Büffel gefolgt. Durch die Jagd sind wir zu dem geworden, was wir sind. Aber wenn uns jetzt der Weiße Vater aus Washington Vorräte schickt, sind wir bald nicht mehr das, was wir waren.«

Sully legte seine Hand auf die Schulter des Freundes. »Die Dinge verändern sich eben. Es kommt nur darauf an, daß jeder sich an die Abmachungen hält. Die Regierung schickt euch Nahrung, solange ihr die Reservate nicht verlaßt.«

Cloud Dancings dunkle Augen suchten Sullys Blick. »Ich habe meinen weißen Bruder noch nie für die Regierung sprechen hören.«

»Dafür spreche ich doch vor der Regierung für die Cheyenne«, entgegnete Sully.

Der Medizinmann schüttelte den Kopf. »Es ist niemals möglich, zwei Wege gleichzeitig zu beschreiten.«

»Sully!« Dr. Mikes Stimme drang plötzlich zu den beiden Männern herüber. »Hier muß eine Verwechslung vorliegen.«

Matthew hatte bereits mit einigen Cheyenne die ersten Kisten geöffnet.

»Es sind kaum Lebensmittel dabei«, erklärte die Ärztin und hielt einige Gegenstände in die Luft. »Statt dessen haben wir Seife, Wollmützen und Angelhaken.«

»Angelhaken?« fragte Cloud Dancing ungläubig. »Aber mein Volk benutzt keine Angelhaken.«

Sully griff nun selbst in die Kiste. »Etwas Kaffee, Zukker ... und nur ein Sack Mehl. Wo ist das Trockenfleisch?«

»Es war keins dabei«, erklärte Matthew bedauernd. »Dafür aber das hier.« Er hob eine Flasche hoch, in der sich eine klare Flüssigkeit befand.

»Alkohol.« Sully warf Michaela einen irritierten Blick zu. »Das kann nur ein Versehen sein«, erklärte er.

Oft genug waren Michaela die Besorgungen in Loren Brays Laden lästig. An diesem Tag jedoch war sie im stillen froh darüber, daß es nur dieser kleinen Mühe bedurfte, um neue Lebensmittel zu erhalten. Wieviel schlechter ging es doch den Cheyenne! Brian und Colleen begleiteten ihre Pflegemutter, wie immer in der Hoffnung, daß dabei eine Kleinigkeit für sie abfallen könnte.

»Michaela, Sie kommen gerade richtig. Gerade ist die Sonderausgabe über Sullys Vereidigung fertig geworden.« Dorothy Jennings stand an der Druckerpresse und zog ein noch feuchtes Papier daraus hervor, das sie der Ärztin reichte.

»Sie sollten sich noch ein wenig schonen«, antwortete Dr. Mike mit sanftem Tadel. Doch dann las sie voller Stolz den Artikel über ihren Verlobten.

»Ich finde ja nicht, daß Sully der richtige Mann für diese Aufgabe ist«, drang, kaum daß sie die erste Zeile gelesen hatte, Jake Slickers Stimme an ihr Ohr. Der Barbier unterhielt sich in einer Ecke des Ladens mit Mr. Bray. »Er ist doch der Letzte, dem es gelingen wird, die Indianer im Reservat zu halten.«

Michaela drehte sich um. »Es ist auch nicht seine Aufgabe, sie zu bewachen«, erklärte sie mit fester Stimme. »Er ist vielmehr eine Art Botschafter für die Indianer bei der amerikanischen Regierung.«

»Sieh mal, Ma, da sind ja Jojos!« Brian war der Unterhaltung der Erwachsenen nicht gefolgt. Jetzt ergriff er eines der Holzspielzeuge und stellte unverzüglich seine Geschicklichkeit unter Beweis.

»Ich habe eine Menge neuer Waren bekommen«, erklärte der Kaufmann stolz.

»O ja, auch diese Ohrringe hier.« Colleen hielt ein paar hübscher Ohrstecker in der Hand. »Ma, kann ich welche haben?« bat sie. »Das ist auch bestimmt mein letzter Wunsch in diesem Jahr.«

Michaela betrachtete ihre Pflegetochter skeptisch. »Ich weiß nicht, Colleen...«

»Ich steche dir die Ohrlöcher«, rief in diesem Moment der Barbier dem Mädchen zu. »Ich habe das schon ein paarmal gemacht.«

»Das wird nicht nötig sein. Als Ärztin wird mir das schon gelingen«, entgegnete Michaela schnippisch. Zu spät wurde ihr klar, daß der Barbier sie absichtlich provoziert hatte. Vermutlich hatte bereits die Bemerkung über

Sully genau diesem Zweck gedient. »Ob es sich um Ohrlöcher handelt oder um Indianer – ich halte es immer für richtig, den Fachleuten das Feld zu überlassen«, setzte sie darum schnell hinterher. Dann bezahlte sie und schob die Kinder vor sich her aus dem Laden.

Während Michaela ihre Besorgungen machte, suchte Sully den Regierungsbeauftragten. Gerade betrat er den Saloon. Und er hatte richtig geraten: Hazen saß in einer der hinteren Ecken.

»Ah, Mr. Sully«, begrüßte der Mann seinen neuen Mitarbeiter. »Ich bin gerade auf dem Weg ins Arapaho-Reservat, um mir die Arbeit Ihres Kollegen anzusehen.« Er hob sein Whiskeyglas und trank es in einem Zug leer.

Sully legte des Handbuch für Indianerbeauftragte auf die Theke. »Mr. Hazen, die Lieferung an die Cheyenne enthielt kaum Lebensmittel. Laut diesem Handbuch hat jeder Cheyenne Anspruch auf ein halbes Pfund getrocknetes Rindfleisch pro Tag. Außerdem steht dort, daß die Lieferung von Alkohol strikt verboten ist.«

Mr. Hazen setzte sein Glas ab. »Ich habe in Washington davon gehört, daß Sie ein besonderes Verhältnis zu den Indianern haben«, sagte er seelenruhig, ohne auf Sullys Feststellung zu antworten. »Sie sind wirklich engagiert. Sagen Sie, glauben Sie, daß die Indianer den Vertrag einhalten und das Reservat nicht verlassen werden?«

»Erinnern Sie sich an das, was ich Ihnen über meinen Wolfshund sagte? Solange er nicht gereizt wird, ist er ungefährlich. Und solange die Regierung sich an die Abmachungen hält und die Cheyenne nicht gezwungen werden, ihr Überleben zu sichern, werden sie das Reservat nicht verlassen«, antwortete Sully.

»Solange wird die Armee sich auch nicht genötigt

sehen, einzugreifen«, ergänzte Hazen und stellte sein Glas mit einer harschen Bewegung auf den Tisch. »Aber auch nur so lange. Und um die fehlenden Lebensmittel werde ich mich kümmern.«

Schon mit der nächsten Postkutsche trafen neue Kisten in Colorado Springs ein, die mit der Aufschrift »Indianisches Eigentum« gekennzeichnet waren. Erleichtert luden Sully und Matthew sie auf Dr. Mikes Wagen, um sie ins Reservat zu bringen.

Doch als sie dort ankamen, bot sich ihnen ein schreckliches Bild: Krieger jeglichen Alters, die sonst ihren Tag bei der Büffeljagd verbracht hatten, lagen apathisch vor ihren Zelten. Überall um sie herum standen halbleere Flaschen.

Entsetzt sprang Sully vom Wagen. Nur zur Bestätigung seines Verdachts ergriff er eine der Flaschen und roch daran.

»Es ist Alkohol!« rief er Michaela zu und warf eine Flasche nach der anderen an die umstehenden Bäume, so daß sie zerschellten und sich ihr Inhalt auf den sandigen Boden ergoß.

»Was machst du da?« Cloud Dancing riß Sully die Flasche aus den Händen. »Hör auf damit, das ist nicht deine Aufgabe!«

Sully sah seinen Freund fassungslos an. »Dein Volk wird dadurch schwach«, sagte er eindringlich.

»Die Krieger füllen damit ihre Bäuche, weil sie nichts anderes haben«, entgegnete der Medizinmann. »Sie geben ihre Nahrungsmittel den Frauen und Kindern.«

»Das ist nicht länger nötig.« Dr. Mike trat zu den Männern. »Es sind neue Nahrungsmittel eingetroffen. Und diesmal ist es genug für alle. Sehen Sie!« Sie zog den Medizinmann mit sich zu den Kisten, die Matthew der Reihe nach öffnete.

Aber Matthews Blick war finster. »Es... es sind wieder keine Nahrungsmittel dabei«, erklärte er fast verlegen. »Wir haben Spaten und Hacken, Schuhe, Kleider und sogar Zylinder. Und... Alkohol.«

»Aber... das ist nicht möglich.« Sully starrte fassungslos in die riesigen Kisten.

»Das muß ein Versehen sein.« Cloud Dancings Stimme klang bitter. »Die Regierung hält sich an die Abmachungen, sagt mein weißer Bruder.« Dann wandte er sich ab und ließ sie stehen.

Reverend Johnson sah sich in Loren Brays Gemischtwarenladen um. »Das wird ja langsam richtig eng hier«, stellte er anerkennend fest. »Sie bieten Ihren Kunden wirklich nicht weniger, als man in Denver kaufen könnte. Oh, was ist das denn?« Er beugte sich über eine Kiste. Seine Augen leuchteten. »Ich glaube, ich habe noch nie so viele neue Bibeln auf einmal gesehen.« Er betrachtete einen der roten Lederbände eingehend.

»Es ist ein Sonderposten«, erklärte der Kaufmann. »Ich gebe sie sehr günstig ab. Nur fünf Dollar das Stück.«

Der Reverend war von diesem Angebot ganz offensichtlich beeindruckt. »Nun, ich wollte schon lange mal für die Schule ein paar neue Exemplare anschaffen«, sagte er.

»Haben Sie unsere Anzeige nicht gesehen?« Dorothy Jennings kam aus dem Hinterzimmer in den Laden. Sie hielt eine Ausgabe der Zeitung in der Hand und deutete auf eine Annonce. »Auf jeden Einkauf gibt es ab sofort zehn Prozent Rabatt – aus Platzmangel«, setzte sie hinterher.

Der Kaufmann verzog sein Gesicht zu einer säuerlichen Miene. »Dorothy, hattest du nicht noch mit deiner Zeitung zu tun?«

»Auf fünf Dollar noch zehn Prozent Rabatt? Na, dann nehme ich doch gleich die ganze Kiste«, antwortete der Reverend begeistert und zückte seine Brieftasche.

In diesem Moment betrat Sully den Laden. »Loren, ich brauche Mehl, Haferflocken und Fleisch, und zwar soviel ich hierfür bekommen kann.« Er blätterte zwei Fünfzig-Dollar-Scheine auf den Tresen. »Es ist für die Cheyenne. Wenn sie nicht bald etwas zu essen bekommen, werden sie verhungen. Die versprochenen Vorräte sind nicht angekommen.«

Der Reverend sah Sully überrascht an. »Aber... ist das nicht Ihr gesamtes Monatseinkommen?«

»Doch«, antwortete Sully. »Ich fürchte nur, es wird nicht reichen, um alle satt zu bekommen.«

Dorothy Jennings sah den langhaarigen Mann mit ihren hellen Augen an. »Es ist schrecklich ungerecht. Wir leben im Überfluß, und die Indianer verhungern. Zum Glück geben wir im Moment auf alle Waren zehn Prozent Rabatt.«

»Aber nur gegen den Coupon aus der Zeitung«, fügte Loren schnell hinzu.

Dorothy ergriff entschlossen das nächstliegende Exemplar und riß die Anzeige aus. »Hier, geben Sie das meinem Schwager. Dann bekommen Sie den Rabatt.«

Loren nahm den Gutschein zähneknirschend entgegen. »Das war das letzte Mal, daß ich eine Anzeige in deine Zeitung gesetzt habe, Dorothy.« Dann half er Sully, die Säcke mit den Waren nach draußen zu tragen und aufzuladen, und Sully machte sich unverzüglich damit auf den Weg ins Reservat. Unterwegs hielt er vor der Poststation.

»Horace, die letzte Lieferung für die Cheyenne war nicht vollständig. Wann trifft die nächste ein? Ich erwarte dringend Lebensmittel!«

Horace blätterte in seinen Listen. »Sie war nicht vollständig? Das hätte ich doch bemerken müssen«, murmelte er, während er suchte. »Ah, hier haben wir es.« Er las einen Moment. Dann schüttelte er den Kopf. »Nach meinen Unterlagen müßte alles komplett sein.«

Sullys Augen verengten sich. »Hat Mr. Hazen vielleicht in den letzten Tagen noch eine Bestellung aufgegeben? Eine Nachforderung per Telegramm?«

Der Postbeamte sah von seinem Schreibtisch auf. »Sully, du weißt, daß es ein Postgeheimnis gibt, das mich zum Schweigen verpflichtet. Ich kann dir leider keine Auskunft geben.«

Sully trat näher an den Postbeamten heran. »Horace, du achtest doch sicher darauf, daß Myra in ihrem Zustand genug ißt, nicht wahr?«

»Natürlich«, antwortete Horace. »Eine gesunde Ernährung und regelmäßige Mahlzeiten sind sehr wichtig für sie, sagt Dr. Mike.«

»Kannst du dir vorstellen«, fuhr Sully fort, »daß es auch bei den Cheyenne Frauen gibt, die ein Kind erwarten? Sie haben schon seit Wochen nicht mehr genug zu essen bekommen.«

Das Gesicht des Postbeamten wurde noch länger als es ohnehin schon war. Seine Finger fuhren nervös über eine Kante des Schreibtischs. »Nun, also, Mr. Hazen hat noch ein Telegramm nach Washington aufgegeben. Aber darin ging es nicht um neue Lebensmittel«, sagte er dann leise.

»Danke, Horace, mehr mußt du nicht sagen.« Sullys

Stimme klang allerdings keineswegs erleichtert, als er die kleine Poststube verließ.

Die Luft im Saloon war zum Zerschneiden. Dicke Schwaden aus Rauch und den Ausdünstungen des Alkohols hingen über den Tischen. In einer der hinteren Ecken saß Mr. Hazen vor einem Glas Whiskey.

Mit energischen Schritten ging Sully auf ihn zu. »Ich habe mit Ihnen zu reden.«

Der Regierungsbeauftragte blickte auf. »Ah, Mr. Sully. Ich freue mich über unseren regen Austausch.«

»Wo bleiben die Lebensmittel, die Sie bestellt haben?« kam Sully ohne Umschweife zur Sache.

Hazen zog eine überraschte Miene. »Sind sie noch nicht eingetroffen? Also, auf diese Fleischhändler ist wirklich kein Verlaß. Ich werde sofort erneut nach Kansas telegraphieren.«

»Sie haben doch überhaupt keine Lebensmittel bestellt!« Sullys Stimme wurde lauter. »Die Geduld der Cheyenne geht angesichts des drohenden Winters langsam zu Ende, Hazen, und meine auch.«

Jetzt stand der Mann hinter seinem Tisch auf und blickte sein Gegenüber drohend an. »Ich warne Sie, Mr. Sully, Sie überschreiten Ihre Kompetenzen. Es ist nicht Ihre Aufgabe, mich zu kontrollieren, sondern die Indianer. Und was immer Sie damit meinen, daß die Geduld der Cheyenne zu Ende geht. Die Armee ist schnell zur Stelle, um den Geduldsfaden ein wenig zu verlängern.«

»Das ist es also, was Sie bezwecken!« Sully trat näher an Hazen heran. »Sie treiben die Indianer absichtlich in den Krieg, damit die Armee sie niedermetzeln kann.«

»Haben Sie denn immer noch nicht kapiert, für wen Sie eigentlich arbeiten?« konterte Hazen. »Sie stehen im

Dienst der amerikanischen Regierung, und von ihr werden Sie bezahlt!«

»Ich stehe nur in einem Dienst«, erwiderte Sully, »dem der Gerechtigkeit. Und jetzt will ich wissen, wo die Lebensmittel sind.«

Hazen sah Sully einen Moment lang schweigend an. Sein Gesicht war nichts weiter als eine steinerne Maske. »Sie sind weg«, sagte er dann. »Ich habe einen Abnehmer gefunden, der Washington einen guten Preis dafür gezahlt hat. Solange die Regierung solchen Beauftragten wie Ihnen Gehälter zahlen muß, ist das nur recht und billig.«

»Die Regierung hat mich beauftragt, zwischen ihr und den Indianern zu vermitteln. Dazu gehört auch, die Rechte der Cheyenne zu wahren«, entgegnete Sully. »Und daran wird mich niemand hindern.« Mit diesen Worten wandte er sich um und verließ den Saloon.

Zielstrebig lenkte er seine Schritte zum Laden. »Loren, haben Sie Lebensmittel von Hazen gekauft?« fragte er, noch bevor er die Schwelle überschritten hatte.

Der Kaufmann zuckte mit einer unschuldigen Geste die Schultern. »Er sagte, er hätte zuviel davon. Da sei aus Versehen eine Bestellung doppelt ausgeführt worden.«

»Sie wußten ganz genau, daß diese Lebensmittel für die Cheyenne bestimmt waren«, entgegnete Sully.

»Woher hätte ich das denn wissen sollen?« Lorens Miene spiegelte eine Mischung aus Ärger und Überraschung wider. »Und überhaupt, was soll diese Fragerei? Ich lasse mir nicht gerne etwas unterstellen. Ich habe diese Lebensmittel auf völlig legalem Wege erworben.«

»Aber Hazen hat sie zuvor den Cheyenne gestohlen!« stellte Sully fest.

»Wie kann ich das wissen? Ich habe die Ware jedenfalls

bezahlt«, entgegnete der Kaufmann. »Außerdem ändert das jetzt auch nichts mehr. Die meisten Sachen habe ich schon verkauft. Wenn nicht ich die Ware gekauft hätte, hätte es ein anderer getan.«

»Wenn Sie die Lebensmittel nicht gekauft hätten, wären sie jetzt da, wo sie hingehören, nämlich bei den Cheyenne«, stellte Sully fest. Und ohne ein weiteres Wort ließ er den Kaufmann stehen.

Kurze Zeit später klopfte er an die Tür von Dr. Mikes Praxis und trat ein. »Du wirst nicht glauben, was geschehen ist«, erzählte er aufgebracht, ohne Zeit für eine Begrüßung zu verschwenden. »Hazen hat die Lieferung, die für die Cheyenne bestimmt war, an Loren verkauft.«

»Was? Aber das ist ja unglaublich!« rief Michaela aus. »Auch wenn Hazen dein Vorgesetzter ist, du mußt diese Ungeheuerlichkeit melden. Und Washington sollte auch von dem Alkohol in der Lieferung erfahren.«

Sullys Miene verdüsterte sich. »Ich bin mir nicht einmal sicher, ob die Regierung diese Art von Meldungen wünscht.«

In diesem Moment klopfte es wieder an die Tür der Praxis, und Horace trat ein. Suchend blickte er sich um. »Ah, Sully, dich habe ich gesucht. Ich habe hier ein Telegramm für dich.« Er reichte Sully ein Papier.

Sully überflog die Nachricht, dann knallte er den Zettel auf Dr. Mikes Schreibtisch und verschränkte die Arme.

Horace sah ihn überrascht an. »Aber... aber das ist doch eine gute Nachricht – oder etwa nicht?«

Dr. Mike nahm das Papier und las. »*Wir sind mit Ihren Leistungen unter der Leitung von Superintendent Hazen sehr zufrieden. Sie erhalten meine volle Unterstützung. Gezeichnet: Ulysses S. Grant, Präsident der Vereinigten Staaten.*«

Michaela hob den Kopf. »Was bedeutet das?«

»Das bedeutet, daß ich hereingelegt worden bin, und zwar von Anfang an.« Sullys Blick war starr. »Die Regierung will keine Beauftragten, die sich für die Belange der Indianer wirklich einsetzen. Ich bin für Grants Leute nur ein weiteres Alibi. In Wahrheit erwarten sie, daß ich lukrative Geschäfte für sie abschließe, beispielsweise mit Loren Bray.«

Das Gesicht des Postbeamten wurde blaß. »Sully, Dr. Mike, Sie wissen, ich bin an mein Postgeheimnis gebunden«, begann er jetzt vorsichtig. »Aber vielleicht darf ich Ihnen bei dieser Gelegenheit sagen, daß Mr. Hazen zuletzt ein Telegramm nach Washington geschickt hat, in dem lauter Zahlen standen. Ich habe es damals nicht ganz verstanden, und das ist ja auch nicht meine Aufgabe. Aber jetzt komme ich darauf, daß es sich um Preise und Mengen gehandelt haben könnte.«

Ein abgrundtiefes Schweigen breitete sich in dem kleinen Raum aus. »Danke, Horace, das ist eine sehr wichtige Information«, antwortete Michaela schließlich langsam an Sullys Stelle.

»Sie haben nur ein Ziel«, sagte Sully und starrte in das Feuer, das in dem kleinen Kamin der Praxis brannte, »die Vernichtung der Indianer. Sie wollen sie durch Hunger und durch Alkohol ausrotten. Und ich habe mich zu ihrem Werkzeug gemacht.« Er zog aus seiner Brusttasche das Handbuch, das Hazen ihm nach der Vereidigung überreicht hatte. Mit einer heftigen Bewegung warf er es in die Flammen.

»Sully? Was tust du da?« Dr. Mikes Stimme klang alarmiert. »Du willst doch nicht etwa aufgeben?«

»Einen Moment lang hatte ich das vor«, bekannte Sully.

Seine Augen waren zu engen Schlitzen zusammengezogen. Jetzt entspannte sich sein Gesichtsausdruck plötzlich. »Ich habe einen Eid geschworen«, fuhr er dann fort. »Aber nicht auf die Regierung und dieses Handbuch, sondern auf die Bibel und im Namen der Gerechtigkeit. Und für diese Gerechtigkeit werde ich mich weiter einsetzen, mit allen Mitteln, die mir kraft meines Amtes als Indianerbeauftragter der Regierung zur Verfügung stehen.«

Die Gemeinde war am folgenden Sonntag nahezu vollzählig in der kleinen Kirche von Colorado Springs versammelt, als Reverend Johnson seine engagierte Predigt über den Bibelvers 56 aus Jesaja beendete.

Aber gierig sind diese Hunde und werden nimmer satt. Ja, das sind die Hirten: Sie passen nicht auf, sondern denken nur an ihre eigenen Wege und jedermann nur an seinen eigenen Gewinn.

Während der Predigt hatten sich die Köpfe der Zuhörer immer wieder zum Kaufmann gewandt, und Dr. Mike bemerkte, wie Loren Bray in seiner Bank neben Dorothy Jennings immer tiefer in sich zusammensank.

»Anstatt der sonst an dieser Stelle üblichen Kollekte, wird Sully uns helfen, das einzusammeln, was uns nicht gehört«, sagte der Reverend jetzt. »Wir beginnen mit den Bibeln.«

Sully trat vor und stellte sich neben das Pult des Reverends. »Ich danke Ihnen, Reverend Johnson. Aber es sind nicht die Bibeln, die die Cheyenne brauchen, auch nicht die Ohrringe oder die Angelhaken. Was sie brauchen, sind Lebensmittel. Sie sind kurz davor zu verhungern.«

»Dann sollten wir alle soviel abgeben, wie wir entbehren können.« Dorothy Jennings zarte Stimme klang entschlossen durch den Raum. »Die Ernten waren gut, und durch die Rabatte, die Loren seinen Kunden gewährt hat, müßten alle genügend Vorräte angeschafft haben.«

»Das halte ich für eine gute Idee, Dorothy«, pflichtete Dr. Mike bei. »Wir können nicht ungeschehen machen, was geschehen ist. Aber wir können versuchen, die Ungerechtigkeit ein wenig zu lindern.«

»Hat Loren uns etwa diese Rabatte gegeben, damit wir die Cheyenne durchfüttern?« Jake Slickers Stimme klang abfällig und provokativ. »Von mir bekommen sie nichts mehr. Sie haben sowieso schon mein bestes Pferd und die Uhr meines Vaters.«

»Jeder hat von den Rabatten profitiert«, argumentierte Dorothy. »Und die Cheyenne sollten wenigstens das bekommen, was wir im Überfluß haben.«

»Ich finde, jeder muß mit sich selbst abmachen, was und ob er etwas geben will«, entgegnete der Kaufmann. »Wir alle haben mit reinem Gewissen gehandelt.«

Reverend Johnson seufzte. »Gerechtigkeit ist ein hartes Brot. Es gehe jeder in sich und erwäge aus dem Innersten seines Herzens, was zu tun ist.« Damit schloß er den Gottesdienst.

Wie an jedem Sonntag verabschiedete der Reverend die einzelnen Gemeindemitglieder persönlich vor der Kirche.

Michaela verließ zugleich mit ihrer Freundin das Gotteshaus. »Dorothy, ich danke Ihnen«, sagte sie, sobald sie die Stufen der Kirche hinuntergestiegen waren. »Ich bin sicher, daß Ihre Worte allen zu denken geben werden.«

Mrs. Jennings atmete tief durch. »Sehen Sie, Michaela, ich befinde mich in einer sehr schwierigen Situation. Loren ist mein Schwager, wir leben zusammen unter einem

Dach...« Sie verstummte. »Bitte, verurteilen Sie ihn nicht. Er ist Geschäftsmann, und manchmal denkt er nur an seine Zahlen.«

»Wir alle haben unsere Stärken und Schwächen«, versuchte Dr. Mike die Freundin zu beruhigen und sah in Dorothys helle Augen. Erst in der letzten Zeit hatte die Ärztin gelernt, wie unnachgiebig und fordernd dieser Blick sein konnte.

»Loren braucht Hilfe«, erklärte Mrs. Jennings. »Er kann die Vorräte nicht herausgeben, ohne sein Gesicht zu verlieren. Das glaubt er jedenfalls. Aber ich weiß, wo er die Ware lagert.«

Die Axt zerschlug die eiserne Kette vor den Toren der Scheune. Rasselnd fielen die einzelnen Glieder zu Boden.

»Das ist kaum zu glauben.« Sully hatte die Tore geöffnet und stand nun vor einer unüberschaubaren Wand aus Holzkisten, die mit der Aufschrift »Indianisches Eigentum« gekennzeichnet waren.

»Diese Vorräte reichen für Monate«, sagte Michaela atemlos und drängte sich gemeinsam mit Matthew hinter Sully in die Scheune. »Ich hätte nicht gedacht, daß es so viele Kisten sein könnten. Was ist denn drin?«

Ohne zu zögern trat Sully an eine Kiste heran und öffnete sie. Unter einer Lage sauberen Papiers kam Dörrfleisch zum Vorschein. »Wir bringen sie sofort zu Black Kettle. Hilf mir, Matthew«, forderte er den jungen Mann auf, an der anderen Seite der Kiste anzufassen.

»Was habe ich dir gesagt, Loren?« ertönte in diesem Moment Jake Slickers Stimme. »Wenn du ihnen die Vorräte nicht gibst, werden sie sie stehlen.«

Michaela trat aus der Scheune heraus. »Man kann nicht

stehlen, was einem sowieso längst gehört«, sagte sie ärgerlich.

»Die Kisten gehören mir, ich habe sie bar bezahlt«, protestierte der Kaufmann, aber es klang nicht sehr überzeugt.

»Du kannst Sie wegen Diebstahls anzeigen«, riet Jake Slicker seinem Freund.

»Versuchen Sie das, Loren«, entgegnete die Ärztin. »Und dann werden wir sehen, wem die Lebensmittel zugesprochen werden. Wie möchten Sie denn zum Beispiel erklären, daß Sie die Aufschrift auf den Kisten nicht gesehen haben? Mr. Hazen hatte kein Recht, das Eigentum der Indianer an Sie zu verkaufen. Und es war Ihr Fehler, das nicht zu erkennen.«

»Aber ich habe es... ach was, zum Teufel mit dem Zeug!« Mr. Bray machte eine wegwerfende Handbewegung. »Nehmen Sie den Kram. Er macht mir mehr Scherereien, als das Zeug wert ist.«

»Das läßt du dir gefallen?« empörte sich der Barbier. »Du läßt es zu, daß dir wegen der Cheyenne die Geschäfte kaputtgemacht werden?«

Aber Loren antwortete nicht. Er hatte sich bereits abgewandt.

Wenig später fuhren Sully und Dr. Mike mit dem vollgeladenen Wagen die Hauptstraße von Colorado Springs entlang. Zu ihrem größtem Erstaunen stand die Postkutsche vor Loren Brays Laden.

Üblicherweise verkehrte die Kutsche aber nur dienstags und freitags, es mußte sich also um die Extrafahrt eines reichen Geschäftsmanns handeln. Und tatsächlich stieg soeben ein nobel gekleideter Herr in die Kutsche ein.

»Ah, Mr. Sully.« Hazen wandte sich dem vorbeifahrenden Wagen zu. »Es tut mir leid, daß wir als Feinde auseinandergehen.«

Sullys Miene blieb unbeweglich. »Ach wirklich? Tut Ihnen das leid?«

Hazen lächelte nachsichtig. »Sie sind noch jung, Mr. Sully, ein richtiger Heißsporn. Aber glauben Sie mir, das Leben ändert einen. Auch wer mit großem Eifer anfängt, endet schließlich damit, nur noch seine Pflicht zu erfüllen. Und das ist genau das, was ich tue.«

»Sie tun nichts von dem, was Ihre Pflicht wäre«, entgegnete Sully.

Hazen musterte ihn jetzt abschätzig. »Wissen Sie, die Regierung sucht Leute, die in ihrem Sinne arbeiten. Das wird immer so sein, und daran werden auch Sie nichts ändern.«

Sully zuckte gelassen die Schultern. »Das wird sich erst noch herausstellen.«

»Wie dem auch sei«, fuhr Hazen ungerührt fort, »ich erwarte Ihre Berichte, pünktlich und in vierfacher Ausfertigung. Und ich warne Sie: Machen Sie bloß keine Fehler; wir passen gut auf.«

»Dasselbe werde ich auch tun, Mr. Hazen. Darauf können Sie sich verlassen.« Sully ergriff die Zügel, und der Wagen setzte sich wieder in Bewegung, um den Cheyenne endlich das zu bringen, was ihnen zustand.

9

Die Stimme des Blutes

Das Feuer im Kamin des kleinen Holzhauses knisterte und verbreitete eine geradezu vorweihnachtliche Stimmung. Dr. Mike betrachtete ihre Schützlinge. Colleen und Brian saßen am Tisch und malten oder schrieben noch etwas für die Schule. Es schien sich um eine spezielle Aufgabe zu handeln, denn die regulären Hausaufgaben erledigten sie normalerweise am Nachmittag. Sully und Matthew saßen ein wenig abseits und reparierten einige Werkzeuge, während sie selbst sich an Näharbeiten versuchte.

Eine richtige Familienidylle, dachte Michaela und lächelte verhalten. In Boston hatte sie stets jedes Verlangen danach abgestritten. Doch mittlerweile versuchte sie nicht mehr zu leugnen, wieviel ihr an den Kindern und an Sully lag, und daß sie nicht einen von ihnen mehr missen wollte.

»Jetzt frag ihn doch«, raunte Brian seiner Schwester zu. »Ich bin sicher, daß Sully ja sagt.«

Sully blickte auf. Das Licht des Feuers ließ die markanten Konturen seines Gesichts stärker hervortreten als sonst. »Wozu soll ich ja sagen?« fragte er.

Colleen wurde schlagartig puterrot. »Es ist... es ist so«, stammelte sie. »Wir haben in der Schule mit Reverend Johnson die Römer durchgenommen. Das hat uns allen großen Spaß gemacht, und wir haben beschlossen, einen Römertag zu machen«, berichtete sie dann. »Wir werden Togen tragen und lateinische Gedichte aufsagen. Und wir machen einige Wettbewerbe. Unter anderem auch ein Wagenrennen, bei dem die Töchter den Wagen lenken, während sie ihr Vater zieht, und ich dachte...«

»Natürlich ziehe ich deinen Wagen, Colleen.« Sully lächelte, und Dr. Mike sah ihm genau an, daß er sich durch die Bitte des Mädchens geschmeichelt fühlte.

Er warf Michaela einen kurzen Blick zu, und die Ärztin gab mit den Augen ihr Einverständnis. Es konnte für ihr gemeinsames Anliegen keine bessere Gelegenheit geben.

Sully erhob sich und ging zum Tisch hinüber. »Dr. Mike und ich, wir wollten euch sowieso etwas fragen«, begann er.

Michaela betrachtete gedankenvoll ihren Verlobten, der sich jetzt mit seinen muskulösen Armen auf der Tischkante abstützte.

»Wir möchten gerne wissen«, fuhr Sully vorsichtig fort, »was ihr davon haltet, wenn wir euch nach unserer Heirat adoptieren. Dann hättet ihr wieder eine richtige Ma und einen richtigen Pa – ganz offiziell«, beendete er dann schnell den Satz.

Auf den Gesichtern der Kinder spiegelte sich einen Moment lang ihre Überraschung wider.

»Oh, das wäre toll!« Brian sprang vom Tisch auf und warf sich Sully in die Arme.

»Geht das denn?« fragte Colleen atemlos. Sie war vor Freude ganz blaß geworden.

»Wir müssen uns erst noch informieren«, sagte Michaela, während sie aus ihrem Schaukelstuhl aufstand und zu den anderen herüberkam. »Aber ich denke schon, daß es geht. Wie denkt eigentlich Matthew darüber?« Sie drehte sich zu ihrem ältesten Pflegesohn um.

Matthew sah Dr. Mike zunächst ein wenig verunsichert an. Doch dann überzog ein breites Lachen sein zunehmend männliches Gesicht. »Ich bin erwachsen, mich betrifft das alles also gar nicht mehr. Aber für Colleen und Brian finde ich es eine gute Idee. Meinen Segen habt ihr!«

Gleich am nächsten Morgen fand sich die zukünftige Familie in Jake Slickers Laden ein. Als gewählter Bürgermeister von Colorado Springs war er für alle Vorgänge der öffentlichen Verwaltung zuständig und verwahrte die notwendigen Handbücher und Gesetzestexte in einem Schrank seines Salons – direkt neben der amerikanischen Flagge.

»Hier steht«, sagte er und deutete mit dem Finger auf die Zeile im Text, »daß die leiblichen Eltern ihr Einverständnis dazu geben müssen, sofern sie noch leben.«

Damit hatte Michaela gerechnet. »Ethan lebt wahrscheinlich noch«, sagte sie. »Wir wissen nur nicht, wo.«

»In seinem Abschiedsbrief hat er doch geschrieben, daß er nach San Francisco zurück muß«, erinnerte sich Brian.

»Aber das ist zwei Jahre her«, entgegnete Sully, während er Michaelas Blick suchte.

»Und er hat in der ganzen Zeit kein einziges Mal geschrieben«, fügte Matthew mit bitterer Miene hinzu.

»Sie müssen jedenfalls wenigstens den Versuch unternehmen, ihn zu finden.« Jake Slicker blätterte im Gesetzestext. »Allerdings weiß ich nicht, wie.«

»Wir werden Anzeigen in die Zeitungen setzen«, entschied Michaela schnell. »Eine in Denver und eine in San Francisco. Wie lange müssen wir dann noch warten?«

»Drei Monate«, antwortete der Barbier und klappte das Buch zu.

»Drei Monate, das heißt, bis zur Hochzeit müßte alles geregelt sein.« Sully legte seinen Arm um Michaelas Taille. Auf seinem Gesicht zeichnete sich Zufriedenheit ab.

Doch Brians Augenbrauen zogen sich nachdenklich zusammen. »Und was passiert, wenn Pa nicht einwilligt?«

Wie ein Blitz schien diese Frage in den Salon des Barbiers einzuschlagen.

»Wir... wir wollen einfach hoffen, daß alles gutgeht«, antwortete Michaela schnell.

Dr. Mike tat alles, um die Kinder die gespannte Erwartung nicht spüren zu lassen, mit der sie seit jenem Vormittag nun immer in die Stadt fuhr. Sie wünschte inbrünstig, daß Ethan Cooper, sofern er noch lebte, niemals Zeitung las. Und ganz im geheimen hoffte sie sogar, daß dieser Mann, mit dessen Charakter sie bereits während ihres ersten Jahres in Colorado Springs einschlägige Erfahrungen gemacht hatte, sich längst an einem Ort befand, wo es überhaupt keine Zeitungen gab. Auch Sully gegenüber verschwieg sie diese Gedankengänge. Doch sie hatte das Gefühl, daß er ähnlich dachte, wenn er, so wie heute, neben ihr auf dem Kutschbock saß und mit den Kindern plauderte.

Auf den Straßen herrschte reges Treiben. Bald würden Frost und Niederschläge den Verkehr der Stadt entscheidend behindern. Doch noch verkehrten unablässig Reiter und Kutschen und überzogen durch den sandigen Boden, den sie aufwirbelten, die ganze Stadt mit einer dünnen Staubschicht. Um so mehr fiel daher ein Zweispänner ins Auge, der vor dem Saloon stand. Der Lack der Karosserie funkelte im Licht der silbrigen Morgensonne. Schon auf den ersten Blick wurde jedem Betrachter klar, daß dieses edle Gefährt mit Sicherheit keinem Bewohner von Colorado Springs gehörte.

Sobald Michaela ihr eigenes, klapperiges Vehikel stoppte,

sprangen Brian und Colleen vom Wagen, um das fremde Gefährt aus der Nähe zu bestaunen.

»Das ist das schönste Pferd, das ich je gesehen habe«, sagte Colleen ergriffen und streichelte über die weichen Nüstern des Rappen, während sich Brian am hinteren Teil des Wagens die Federung ansah.

»Und du bist das hübscheste Mädchen, das ich je gesehen habe«, sagte eine Stimme, die Colleen das Blut in den Adern gefrieren ließ.

Wie der Blitz fuhr das Mädchen herum. Ein groß gewachsener Mann trat auf sie zu. Sein Haar und sein Schnurrbart waren bereits ergraut, doch seine Körperhaltung und seine Augen drückten ungebrochene Jugend aus. Der maßgeschneiderte Anzug aus feinstem Tuch saß tadellos und unterstrich die Eleganz seiner gesamten Erscheinung.

»Komm zu mir, meine Tochter.« Und Ethan Cooper nahm Colleen trotz ihres sichtbaren Widerwillens in die Arme.

Auch Michaela, Sully und Matthew kamen nun herbei, um den fremden Wagen zu betrachten. Doch unwillkürlich trat Dr. Mike einen Schritt zurück, als sie Cooper erkannte.

Colleen befreite sich schnell wieder aus der Umarmung ihres leiblichen Vaters und suchte Schutz in den Armen ihrer Pflegemutter. Nun tauchte auch Brian hinter der Kutsche auf.

»Ich... ich bin überrascht«, stammelte Michaela. Sie war die erste, die überhaupt Worte fand.

»Kinder, Dr. Mike und Mr. Sully, ich möchte euch allen meine Frau Lillian vorstellen.«

Eine ausgesprochen junge Frau in eleganter Reisekleidung trat nun hinter dem Mann hervor. »Sie ist eure neue Stiefmutter.«

Die junge Frau errötete ein wenig. »Es freut mich, daß wir uns kennenlernen. Ethan hat mir viel von euch erzählt – und natürlich auch von Ihnen«, fügte sie hinzu und lächelte Michaela gewinnend an. »Aber ich habe nicht erwartet, daß ihr alle schon so groß seid«, wandte sie sich wieder an die Kinder.

»Vor allem Brian hat einen mächtigen Schuß getan.« Coopers Augen leuchteten mit väterlichem Stolz. »Ich wette, du bist bald groß genug, um ein eigenes Pferd zu haben. Soll ich dir eins kaufen?«

Brian betrachtete seinen Vater einen Moment lang schweigend. »Ich habe schon längst ein Pferd«, sagte er dann mit seiner vernünftigsten Stimme. »Es heißt Taffy.«

Coopers Gesichtsausdruck schien zu gefrieren. »Na dann...«

Dr. Mike schien es langsam an der Zeit, das Gespräch in vernünftige Bahnen zu lenken. »Mr. Cooper, ich nehme an, unsere Anzeige führt sie hierher.«

»Ja«, antwortete er bedächtig. »Lillian und ich waren gerade in Denver – geschäftlich –, und da dachten wir, daß es wohl am einfachsten wäre, wenn wir gleich einmal vorbeischauen würden.«

»Ohne die Anzeige wärst du wohl nicht auf diese Idee gekommen.« Matthews Gesichtsausdruck machte aus dem Abscheu, den er für seinen Vater empfand, keinen Hehl.

»Wir wären natürlich auf jeden Fall gekommen, das hatte ich euch doch auch geschrieben, nicht wahr?« entgegnete Ethan gelassen.

»Wir haben nach dem plötzlichen Aufbruch seit deinem letzten Besuch keinen einzigen Brief mehr von dir bekommen«, antwortete Matthew kühl.

»Nicht? Dann muß die Postkutsche überfallen worden sein.«

Sully blickte Cooper an, ohne eine Miene zu verziehen. »Hier ist schon seit Jahren keine Postkutsche mehr überfallen worden.«

»Wer sagt denn, daß ich die Postkutsche von Denver nach Colorado Springs meine?« Cooper zog geringschätzig eine Augenbraue in die Höhe. »Nun, wir können das Problem gerne ein anderes Mal erörtern«, fuhr er dann fort. »Lillian und ich wollen zwei Wochen hierbleiben. In dieser Zeit werden wir wohl Gelegenheit finden, über alles zu sprechen.«

»Auch darüber, ob Ma uns adoptieren kann?« Brian sah seinen Vater hoffnungsvoll an.

Cooper lächelte, während er mit zwei Fingern kurz über seinen Schnurrbart strich. »Auch darüber, denke ich. Aber zunächst brauchen wir eine Unterkunft«, fuhr er dann fort. »Mr. Bray sagte, daß das Hogan-Haus zu vermieten ist. Wissen Sie etwas darüber? Und wo steht es überhaupt?«

Sully trat vor. »Ich kann Sie hinbringen«, bot er an.

Michaela war erleichtert, daß Sully auf diese Weise die unangenehme Zusammenkunft beendete. Zwar hatte sie insgeheim ein solches Zusammentreffen befürchtet, aber ihre Hoffnung, daß ein Arrangement mit Ethan Cooper nicht vonnöten sein würde, war größer gewesen. Jetzt bereute sie, daß sie sich nicht besser auf diesen Moment vorbereitet hatte. Sie sah der Kutsche noch einen Moment lang nach, als sie sich in Richtung des Hogan-Hauses in Bewegung setzte, dann nahm sie die Kinder in ihre Arme und führte sie mit sich in die Klinik, in das Haus, wo sie mit ihrer Mutter Charlotte Cooper bis zu deren Tod gelebt hatten.

Während die Männer das Hogan-Haus besichtigten, blieb Lillian in der Kutsche sitzen.

Cooper blickte sich mit fachmännischer Miene um. »Es kommt mir für Lillian ein bißchen zu schlicht vor«, sagte er nachdenklich. »Sie ist eine Tochter aus gutem Hause, und sie ist an Dienstboten und weißen Damast gewöhnt. Allerdings fürchte ich, daß wir ein solch edles Ambiente in Hanks Saloon auch nicht antreffen werden«, fügte er mit leichtem Grinsen hinzu.

Sully ließ sich von seinem Vorhaben nicht ablenken. Er war nicht mitgekommen, um sich als Makler zu profilieren. »Warum sind Sie gekommen, Ethan?«

Coopers Augen blitzten kühl. »Zunächst einmal, um meine Kinder zu sehen. Ich mußte ja damals ein wenig...«, er zögerte, »... überstürzt abreisen.«

»Die Kinder sind in guten Händen«, antwortete Sully. »Und sie wissen nicht einmal den wahren Grund, warum Sie sie damals aufs neue zurückgelassen haben. Wir haben ihnen die Tatsache, daß ihr Vater ein gemeiner Dieb ist, erspart. Dr. Mike und ich haben einen Abschiedsbrief in Ihrem Namen geschrieben.«

Ethan Cooper ließ sich nicht aus der Ruhe bringen. »Das war ganz reizend von Ihnen, Mr. Sully.« Er grinste. »Es freut mich, daß Sie sich so um meine Kinder kümmern.«

»Werden Sie der Adoption zustimmen?« beendete Sully das Geplänkel und kam zum wesentlichen Teil der Unterhaltung.

Cooper wiegte den Kopf. »Wenn ich mich davon überzeugt habe, daß Sie und Dr. Quinn gute Eltern sind – vielleicht. Wissen Sie, Lillians Vater wünscht sich Enkelkinder. Natürlich eigene«, unterstrich er. »Und man kann ja verstehen, daß er sein hart erarbeitetes Vermögen lieber seinen eigenen Nachkömmlingen vermachen möchte. Die Stimme des Blutes ist eben stark.«

Sully blickte den grauhaarigen Mann skeptisch an. »Offenbar ist sie das nicht in allen Fällen.«

Das Ehepaar Cooper gab sich größte Mühe, sich in die Gemeinschaft der Einwohner von Colorado Springs einzuleben. Ethan hatte sehr schnell den geeignetsten Weg dazu entdeckt, den ein Mann beschreiten konnte: Er hielt sich einen beträchtlichen Teil des Tages in Hanks Saloon auf.

Seine Frau Lillian unternahm in dieser Zeit Spaziergänge und erkundete dabei die Gegend von Colorado Springs. Und sie ließ keine Gelegenheit aus, allen Bewohnern der Stadt zu versichern, wie zauberhaft es hier sei und wie gut es ihr gefalle.

Michaela mußte sich eingestehen, daß sie gegen Lillian Cooper eine ähnlich tiefe Abneigung empfand wie gegen Ethan. Allerdings wußte sie selbst, daß dies ungerecht war. Objektiv betrachtet war Lillian eine wohlerzogene, höfliche junge Frau. Und die Tatsache, daß sie einen Schurken wie Cooper geheiratet hatte, konnte Dr. Mike nur ihrer Unerfahrenheit zuschreiben. Schließlich war sie selbst vor nicht allzulanger Zeit Ethans Charme auch nahezu erlegen.

Wie an jedem Sonntag, traf sich auch an diesem Tag die Gemeinde nach dem Gottesdienst auf der Wiese bei der Kirche. Und auch Ethan und Lillian mischten sich unter das Volk, nachdem sie ihre Kutsche in unmittelbarer Nähe abgestellt hatten. Auf diese Weise bildete das noble Gefährt bald einen Gesprächsmittelpunkt unter den Einwohnern der kleinen Stadt, die eher an den Anblick von Nutzfahrzeugen gewöhnt waren.

Brian und Colleen hielten sich gegenüber den anderen Kindern, die sich um die Kutsche versammelten, ein wenig im Hintergrund.

Jetzt bahnte sich Ethan Cooper mit Lillian an seiner Seite einen Weg durch die Gruppe. »Na, Colleen und Brian, wie wäre es mit einem kleinen Ausflug?«

»Vielen Dank, aber wir müssen nach Hause.« Colleen faßte ihren jüngeren Bruder an der Hand und wollte ihn mit sich fortziehen.

»Brian, du darfst den Wagen lenken, wenn du willst«, bot Cooper an.

»Und ich habe ein paar gute Sachen für uns eingepackt«, fügte Lillian hinzu. »Wir könnten ein Picknick machen. Natürlich nur, wenn Dr. Quinn es erlaubt«, sagte sie mit einem Seitenblick zu Michaela, die mit Sully und Matthew wenige Meter entfernt stand.

Michaela widerstand dem Impuls, die Kinder von diesen Leuten fortzuziehen. »Aber selbstverständlich«, sagte sie so unbeschwert wie möglich. »Wenn die Kinder wollen...«

»Natürlich wollen die Kinder«, antwortete Ethan und hob Brian bereits auf den Kutschbock. »Wir werden eine Menge Spaß haben, was?«

Dr. Mike sah ihre Pflegetochter an und wußte, daß sie alles andere als Spaß haben würde. Das Mädchen, das Dr. Mike so souverän in der Praxis half, war plötzlich verschüchtert. Oder war es nur ein gewisses Pflichtgefühl gegenüber dem Vater, das sie schweigen ließ?

»Wann kommen Sie zurück?« fragte Michaela.

Ethan Cooper hob bereits die Zügel. »Wenn es Zeit ist«, antwortete er nur. »Machen Sie sich keine Sorgen, Dr. Quinn, die Kinder sind bei mir in guten Händen«, setzte er hinterher. Dann fuhr der Wagen los.

Matthew fand als erster die Sprache wieder. »Warum hast du das erlaubt?« fragte er Dr. Mike.

Michaela zuckte die Schultern. »Du weißt, daß ich deinen Geschwistern offiziell weder etwas erlauben noch etwas verbieten darf. Und außerdem«, ihre Augen funkelten ärgerlich, »spielt er doch mit uns. Er weiß, daß er sich alles erlauben kann. Und wir können ihm nur dabei zusehen, wenn wir wollen, daß er der Adoption zustimmt.«

Je weiter der Abend voranschritt, desto unruhiger wurde Michaela. Immer wieder lief sie auf die Veranda hinaus, um zu sehen, ob Cooper nicht endlich mit den Kindern zurückkam. Alle Versuche Sullys, sie abzulenken, scheiterten hoffnungslos.

Es war bereits sehr spät, als sich endlich ein Fahrzeug dem kleinen Haus näherte. Sofort sprang Dr. Mike auf.

»Brian, Colleen, da seid ihr ja endlich«, rief sie den Kindern von der Veranda entgegen. »Wir haben uns schon Sorgen gemacht.«

»Das war vollkommen unnötig«, entgegnete Ethan Cooper, und trotz seines gelassenen Tonfalls schwang in seiner Stimme eine gewisse Gereiztheit mit. »Wir haben uns prächtig amüsiert.«

»Ja, das stimmt.« Colleen fiel Michaela begeistert um den Hals, sobald sie aus der Kutsche geklettert war. »Wir haben in Manitou in einem Hotel gegessen. Dort gab es einen Geiger und eine Sängerin. Und Pa hat mir genau das gleiche Seidenkleid gekauft, das die Sängerin trug.«

»Aber das Eis war noch viel besser«, fügte Brian hinzu und ließ sich von Sully, der Michaela gefolgt war, aus der Kutsche heben.

Michaela runzelte die Stirn. »Solchen Luxus kann ich

euch natürlich nicht bieten. Ich meine, so etwas gibt es in Colorado Springs einfach nicht«, setzte sie schnell hinterher.

»Es war wirklich ein einmaliges Erlebnis«, jubelte Colleen weiter. »Vielen Dank, Pa. Und Ihnen auch vielen Dank, Mrs. Lillian.«

»Ja, danke, Pa, es war wunderschön«, stimmte Brian zu. »Schade, daß du nicht schon früher einmal vorbeigekommen bist. Ich könnte jede Woche Eis essen!«

Michaela hatte das Gefühl, daß sie neben Ethan Coopers eleganter Erscheinung, der blitzenden Karosse und der jungen hübschen Frau immer kleiner wurde.

»Jetzt wird es aber Zeit, daß du ins Bett gehst«, sagte in diesem Moment Sully zu Brian und setzte den Jungen auf den Boden.

Ethan Cooper schien den Wink verstanden zu haben. »Ja, ich wünsche allen eine gute Nacht. Ach, Dr. Quinn«, setzte er dann hinterher, als hätte er es fast vergessen. »Wir möchten morgen früh vorbeikommen, um ein paar Dinge mit Ihnen zu besprechen. Aber bitte, machen Sie sich keine Umstände. Wir kommen nach dem Frühstück.« Damit ergriff er die Zügel, und die Pferde setzten sich in Bewegung.

Michaela ging hinter den Menschen, die sie als ihre Familie betrachtete, langsam die Treppe des kleinen Holzhauses hoch. Welche Komödie hatte Cooper den Kindern diesmal vorgespielt?

Die ganze Nacht über tat Michaela kaum ein Auge zu. Immer wieder zogen vor ihrem geistigen Auge Situationen auf, in denen sie Cooper gegenüberstand, oder sie führte Diskussionen gegen den Mann, der offenbar fest entschlossen war, ihr Familienglück zu zerstören. Erst gegen Morgen fiel sie in einen leichten Schlaf.

Sie erwachte von rhythmischen Hammerschlägen. Offenbar war Sully bereits wieder an der Arbeit und zimmerte gerade irgend etwas zusammen. Dr. Mike erinnerte sich, daß Brian ihn gebeten hatte, mit ihm ein Katapult für das Schulfest zu bauen.

Schnell zog sich die Ärztin an. Sie wollte Ethan Cooper und seiner Frau wenigstens ein souveränes Bild von sich vermitteln – auch wenn sie sich in ihrem Innersten alles andere als souverän fühlte.

Unterdessen schritt die Arbeit am Katapult gut voran. Brian hatte die Pläne gezeichnet, und Sully half ihm, alles nach seinen Wünschen auszuführen. Gerade setzte er eine große Sprungfeder in eine dafür vorgesehene Vertiefung.

Brian hatte im Moment offenbar keine rechte Lust, an seinem Katapult zu arbeiten. »Sully?« fragte er nach einer Weile. »Wenn ihr uns adoptiert, wirst du doch mein Pa, nicht wahr?«

»Willst du denn überhaupt noch, daß wir euch adoptieren?« fragte Sully, ohne von seiner Arbeit aufzusehen.

»Natürlich will ich das!« Brian klang ehrlich empört.

»Und Colleen?« forschte Sully und sah nun doch auf.

»Colleen will es auch«, antwortete der Junge. »Wir wollen bei euch bleiben, für immer«, versicherte er nachdrücklich. »Aber was wird dann eigentlich aus meinem anderen Pa?« Im Gesicht des Jungen war deutlich abzulesen, wie sehr ihn diese Frage beschäftigte. »Weißt du, er war gestern sehr nett zu Colleen und mir. Und ich möchte ihn nicht verlieren.«

Wie kann Brian etwas verlieren, das er in Wirklichkeit nie besessen hat? schoß es Sully durch den Kopf. Doch statt dessen antwortete er: »Mach dir keine Gedanken. Er wird immer dein anderer Pa bleiben.«

Sully wollte sich gerade wieder seiner Arbeit zuwenden, als ein Geräusch ihn aufhorchen ließ.

Ethan stoppte das Gespann unmittelbar vor dem Haus und stieg ab. Nachdem er Lillian ebenfalls vom Wagen geholfen hatte, baute er sich vor der halbfertigen Zimmermannsarbeit auf.

»Guten Morgen, Brian, guten Morgen, Mr. Sully! Was wird denn das?«

»Das wird ein Katapult für den Römertag«, antwortete Brian. »Ich habe es selbst entworfen, und Sully hilft mir beim Bauen.«

»Soso.« Ethan strich sich mit zwei Fingern über seinen Schnurrbart. »Der Schleuderarm ist zu kurz, haben Sie das nicht bemerkt, Mr. Sully? Außerdem braucht er ein Gegengewicht, sonst fliegt der Stein nicht.«

»Brian möchte es auf eine andere Weise versuchen. Und ich helfe ihm, seine Vorstellungen zu realisieren«, entgegnete Sully mit Nachdruck.

»Ah, guten Morgen, Mrs. Cooper, guten Morgen, Mr. Cooper!« Michaela trat aus dem Haus. Niemand konnte ihr mehr ansehen, mit welchen Sorgen sie die Nacht verbracht hatte. »Möchten Sie nicht doch noch eine Tasse Tee oder Kaffee trinken?«

Ethan Cooper hob abwehrend die Hand. »Danke, nein. Lillian und ich möchten einen kleinen Ausflug unternehmen. Es ist so herrliches Wetter. Wir wollen nur vorher noch eine kleine Formsache hinter uns bringen. Meine Frau und ich«, begann er, »konnten uns gestern davon überzeugen, wie gut die Kinder bei Ihnen untergebracht sind, Dr. Quinn. Colleen und Brian scheinen sehr glücklich zu sein, und sie wissen sich ordentlich zu benehmen. Ich sehe also keinen Grund, warum sie nicht hierbleiben sollten.«

Matthew und Colleen hatten sich zwischenzeitlich bei der kleinen Versammlung im Hof eingefunden.

Dr. Mike bemerkte, daß Matthews Augen zum ersten Mal nicht zornig blitzten, als er jetzt seinen Vater ansah. »Soll das heißen, du willigst in die Adoption ein?«

Cooper schien einen Augenblick mit sich zu ringen. »Ja«, sagte er schließlich.

»Dann hole ich sofort die Vereinbarung, die Dr. Mike aufgesetzt hat«, antwortete Matthew und wandte sich bereits zum Gehen. »Es fehlt nur noch deine Unterschrift.«

»Mr. Cooper, ich danke Ihnen«, sagte Michaela nun ehrlich bewegt. Sie hatte mit allem gerechnet, nur nicht damit, daß alles schließlich so einfach sein würde. »Ich glaube, dies ist für alle Beteiligten die beste Lösung. Selbstverständlich sind Sie und Ihre Frau uns jederzeit herzlich willkommen.«

»Ich habe Ihnen zu danken, Dr. Quinn«, entgegnete Ethan höflich. »Glauben Sie mir, es ist mir nicht leicht gefallen. Aber schließlich geht das Wohl der Kinder doch über das eigene, nicht wahr?«

Matthew kehrte mit dem Vertrag zurück. »Hier mußt du unterschreiben, Pa«, sagte er und deutete auf das Papier.

Cooper las den Text durch, dann setzte er seine Unterschrift darunter und reichte Michaela das Dokument.

»Habe ich jetzt zwei Pas?« fragte Brian und bemühte sich, etwas von dem Papier in Michaelas Hand zu entziffern. »Dann sind wir bald ja wieder eine ganz normale Familie – ich meine, eine fast normale Familie, bei zwei Pas«, verbesserte er sich.

»Ja.« Michaela lachte glücklich. Und in diesem Moment wich eine zentnerschwere Last von ihrer Brust, die sie in den letzten Tagen mit sich herumgetragen hatte. »Bald. Bald sind wir eine fast normale Familie.«

10

Das Auge des Gesetzes

Michaela begann den nächsten Tag ungleich beschwingter als den Tag zuvor. Ethan Coopers Unterschrift hatte alle Zweifel, die sie plötzlich auch sich selbst gegenüber gehegt hatte, mit einem Streich weggewischt. Sie hatte das Spiel, das Cooper mit ihr und den Kindern gespielt hatte, zwar durchschaut, aber dennoch kaum ertragen. Um so erleichterter war sie, daß nun alles vorüber war.

In bester Stimmung betrat sie die Veranda vor Loren Brays Laden. Dorothy, die gerade das Gemüse in der Auslage sortierte, wandte sich um.

»Oh, Michaela, ich habe schon alles gehört«, rief sie und umarmte die Freundin innig. »Ich bin ja so froh, daß Cooper Ihnen die Kinder läßt.«

»Und ich erst!« Die Ärztin lachte. »Er hat uns eine Weile hingehalten. Aber dann hat er schließlich doch unterschrieben. Ich kann Ihnen gar nicht sagen, wie erleichtert ich bin.«

»Das glaube ich.« Dorothys helle Augen blickten Dr. Mike mitfühlend an. »Es sind zwar nicht Ihre leiblichen Kinder, aber ich weiß, daß Sie mittlerweile so für sie empfinden, als wären es Ihre eigenen.«

»Ja«, stimmte Michaela zu und fixierte einen fernen Punkt. »Der Gedanke, sie zu verlieren, war wie der Gedanke, einen Teil meiner selbst zu verlieren. Noch dazu so kurz vor Weihnachten...«

»Guten Morgen, die Damen.«

Dorothy und die Ärztin wandten sich überrascht um und erkannten Lillian Cooper, die die wenigen Stufen der Veranda hinaufschritt. Sie war wie immer äußerst elegant gekleidet. Auf den ersten Blick war ihr anzusehen, daß sie normalerweise in San Francisco wohnte, und nicht in dem verschlafenen Städtchen Colorado Springs. Aber es war nicht nur ihre Kleidung, die sie von den Einwohnern des kleinen Städtchens unterschied: Auch ihre Umgangsformen waren wesentlich geschliffener, und sie trug selbst an einem ganz gewöhnlichen Wochentag wie heute kostbaren Schmuck und edle Handschuhe.

»Guten Morgen, Mrs. Cooper.« Während Michaela antwortete, bemerkte sie, daß sich ihre Einstellung zu Ethan Coopers junger Frau geändert hatte. Möglicherweise schärfte Michaelas Erleichterung ihren Blick für die Realität. Lillian tat ihr plötzlich nur noch leid. Sie war gewiß nicht so falsch wie ihr Mann. Im Gegenteil, sie schien vollkommen aufrichtig, fast schon naiv.

»Ah, Mrs. Cooper, wie ich höre, haben Sie sich schon ein wenig die Gegend angesehen. Sie waren sogar in Manitou?« versuchte Dorothy nun ein Gespräch in Gang zu bringen.

»Ja«, antwortete die junge Frau. »Es war wunderschön. Vor allem durch die Kinder. Ich muß Sie bewundern, Dr. Quinn, Sie haben sie wirklich gut erzogen. Colleen ist schon eine richtige junge Dame. Und auch Brian war ein Vorbild an Wohlerzogenheit.«

»Oh, danke!« Michaela fühlte sich ehrlich geschmeichelt. Wenn es um Manieren ging, konnte Mrs. Cooper sicher ein Wort mitreden.

»Ich hoffe, daß ich bei meinen Kinder einmal genauso erfolgreich sein werde«, fuhr die junge Frau fort. »Übrigens, Dr. Quinn, ich hätte vielleicht ein paar Fragen an Sie...«

Dorothy reagierte sofort. »Oh, da habe ich doch fast etwas vergessen... Entschuldigen Sie mich bitte«, sagte sie schnell und verschwand im Laden.

Sobald sie allein waren, versuchte Dr. Mike das Gespräch neu anzuknüpfen. »Möchten Sie denn selbst bald Kinder haben?« erkundigte sie sich.

Lillians Gesicht erstrahlte. »Ja, so bald wie möglich. Wissen Sie, meine Mutter starb früh. Ich bin als Einzelkind aufgewachsen, und ich habe mir immer Geschwister gewünscht.«

»Sie sollten sich aber darüber im klaren sein, daß Sie für Ihre Kinder eine Mutter sein werden, und keine Schwester«, bemerkte Michaela wie eine mütterliche Freundin.

Lillian lächelte. »Natürlich. Aber auch Ethan wünscht sich Kinder. Er hat immer darunter gelitten, daß er Charlotte und die Kinder verlassen mußte. Und er war sehr betrübt, als ich ihm die Anzeige zeigte.«

Michaela horchte auf. »Er hat die Anzeige nicht selbst entdeckt?«

»Nein, er muß sie übersehen haben«, antwortete Lillian unbekümmert. »Wissen Sie, es war ein großer Zufall, denn ich wußte ja gar nicht, daß er Kinder hatte.«

»Hat er es Ihnen nicht vor der Hochzeit erzählt?« Die Ärztin konnte ihre Empörung nur mühsam verbergen.

»Er wollte mich nicht mit seiner Vergangenheit belasten«, entschuldigte die junge Frau das Verhalten ihres Gatten.

»Ich verstehe.« Michaelas Mitleid mit Lillian wuchs von Minute zu Minute. Was war dieser Mann doch für ein Schuft! Fast wäre Dr. Mike bereit gewesen, zu glauben, daß Ethan Cooper sich seit jener Zeit geändert hatte, als er der Gemeinde das Geld für die neue Schule stehlen wollte, was Sully und sie gerade noch verhindern konnten. Aber nun wußte sie, daß er immer noch nur auf seinen eigenen Vorteil bedacht war.

»Wir haben uns alles sehr gut überlegt«, fuhr Lillian nun fort. »Und wir sind überzeugt, daß die Kinder bei Ihnen gut aufgehoben sind. Anstatt sie zu uns zu nehmen, werden wir eigene Kinder bekommen, so wie es von Anfang an geplant war. Es ist nur so...« Die junge Frau verstummte plötzlich und sah sich um, ob auch niemand zuhörte. »Ich meine, Sie als Ärztin können mir sicher einen Rat geben. Ethan und ich... wir sind jetzt über ein Jahr verheiratet, und ich... nun, ich bin noch immer nicht... Sie wissen schon.« Sie sah die Ärztin vielsagend an.

Dr. Mike nickte. »Ja, ich verstehe. Waren Sie schon bei einem Arzt?«

Lillian schrak sichtbar zurück. »Nein! Meine Tante sagte mir auch, es könnte schon mal etwas dauern, bis...« Sie verstummte hilflos.

»Als Ärztin kann ich Ihre Lage nur beurteilen, wenn ich Sie untersuche«, antwortete Michaela. »Erst dann kann ich Ihnen einen Rat geben. Keine Angst«, beruhigte sie Lillian schnell, als sie sah, daß die junge Frau erblaßte. »Es tut nicht weh. Und bedenken Sie, ich bin auch eine Frau. Wenn Sie möchten, können Sie gleich mit in meine Praxis kommen«, bot sie an.

Lillian biß sich auf die Lippen. Sie schien mit Tränen zu kämpfen. »Gut, ich komme mit«, sagte sie dann.

Während sie die junge Frau untersuchte, bemühte sich Michaela darum, ihr Erstaunen nicht zu zeigen. Lillian war von zarter Statur. Und ihre Haut war bemerkenswert blaß – oder schien es der Ärztin nur so, seitdem sie selbst das Bostoner Gesellschaftsleben gegen ein Leben in der freien Natur eingetauscht hatte? Aber im Verlauf der Untersuchung kam die Ärztin zu dem Schluß, daß die unerfüllten Hoffnungen der Frau nicht auf eine schwächliche Konstitution zurückzuführen waren.

»Lillian, können Sie mir etwas Außergewöhnliches über Ihre Regelblutung erzählen?«

Lillian schüttelte den Kopf. »Nein. Ich hatte noch nie eine.«

Dr. Mike verschlug es fast den Atem. Offenbar fand die Patientin diese Tatsache vollkommen normal. »Haben Sie schon einmal mit jemandem darüber gesprochen?«

»Meine Tante sagte mir, das käme daher, weil ich so zierlich gebaut bin«, antwortete Lillian bereitwillig.

»Sie... Sie können sich jetzt wieder anziehen«, antwortete Michaela und bemühte sich, ihre Überraschung zu verbergen.

Entweder war Lillians Tante eine extrem verantwortungslose Person oder sie war schlicht und einfach dumm. Vor allem aber wurde Michaela wieder einmal bewußt, wie wenig die Sorge um die Gesundheit der Frauen in der Gesellschaft verankert war. Das Thema war einfach tabu und blieb unter dem Schutzmantel des Anstands und der guten Manieren verborgen.

Nachdem sich Lillian angezogen hatte, setzte sie sich auf den Stuhl vor Michaelas Schreibtisch. »Ich bin gesund, nicht wahr?« fragte sie die Ärztin, die ihr auf der anderen Seite des Tisches gegenübersaß.

Dr. Mike betrachtete einen Moment lang das jugendliche Gesicht. »Zumindest kann man nicht sagen, daß Sie krank sind«, antwortete sie ausweichend. »Aber dennoch ist bei Ihnen etwas nicht ganz so, wie es sein sollte.«

Mrs. Cooper schreckte zurück. »Was meinen Sie damit?«

»Ich meine damit, daß Ihnen ein bestimmtes Organ fehlt«, erklärte die Ärztin. »Es gibt Fälle, bei denen ein Mensch nur mit einer Niere auf die Welt kommt. Dabei kam es schon vor, daß das bis zum Tod des Patienten nicht bemerkt wurde. Bei Ihnen ist es nun so«, fuhr sie dann behutsam fort, »daß Ihnen ein Organ fehlt, daß eine Frau benötigt, damit sie Kinder bekommen kann.«

Lillian folgte den Worten der Ärztin mit größter Aufmerksamkeit. Und es war nur zu deutlich, daß sie von alledem ihr ganzes Leben lang noch nichts gehört hatte.

»Sie leiden an einer Uterus-Agenesie, das heißt, Sie besitzen keine Gebärmutter, in der ein Kind heranwachsen kann. Sie sind ohne dieses Organ geboren worden.« Michaela versuchte sich so verständlich wie möglich auszudrücken. »Und das heißt leider, daß Sie keine Kinder bekommen können.«

Die junge Frau schüttelte verständnislos den Kopf. »Niemals? Aber... ich meine...« In ihren Augen sammelten sich jetzt Tränen. »Kann man denn nichts machen? Auch nicht durch eine Operation?«

»So leid es mir tut, Ihnen das sagen zu müssen«, antwortete Michaela. »Aber daran läßt sich auch durch eine Operation nichts ändern. Sehen Sie, es sind einfach keine Anlagen vorhanden, die operativ zu beeinflussen wären.«

Lillians Blick hing noch einen Moment bittend an der Ärztin, als könnte Michaela allein durch ihre Worte die Wahrheit verändern. Dann schlug sich die junge Frau die Hände vors Gesicht und brach in haltloses Weinen aus.

Am Nachmittag des nächsten Tages klopfte es an der Tür der Praxis. Als Dr. Mike öffnete, trat Ethan Cooper ein.

»Ah, Mr. Cooper, wie geht es Ihrer Frau?« erkundigte sich Michaela.

»Es geht ihr schlecht«, antwortete Ethan mit bedrückter Miene. »Sie hat die letzte Nacht nicht geschlafen und bricht immer wieder in Tränen aus. Es war ihr größter Wunsch, Kinder zu bekommen.«

»Es tut mir wirklich leid. Ich könnte ihr etwas zur Beruhigung geben.«

Cooper schüttelte den Kopf. »Ich bin immer dafür, auf die Natur zu hören. Sie wird es eines Tages verkraftet haben. Allerdings werde ich ihr dabei helfen. Dr. Quinn, ich werde meiner Frau zuliebe einen Schritt unternehmen, der mir nicht leichtfällt.«

Michaela fühlte, wie sie blaß wurde. »Und der wäre?«

»Ich ziehe mein Einverständnis zur Adoption zurück«, erklärte Cooper. »Ich denke, Sie haben dafür Verständnis.«

Das Blut schien in Michaelas Adern zu gefrieren. »Aber... aber Sie haben eine Erklärung unterschrieben«, erwiderte sie.

»Ja, aber diese Unterschrift habe ich unter ganz anderen Bedingungen geleistet«, entgegnete Cooper. »Ich tat es, um Lillian die Chance zu geben, ihre eigenen Kinder vom ersten Tag an aufzuziehen. Mir als Vater ist dieser Schritt nicht leicht gefallen. Die Stimme des Blutes ist stark, müssen Sie wissen. Doch nun möchte Lillian nichts lieber, als wenigstens meine Kinder um sich zu haben. Ich denke, das können Sie verstehen.« Ethan wandte sich zum Gehen, während Michaela wie vom Donner gerührt noch immer an derselben Stelle stand. »Ich werde Colleen und Brian mit nach San Francisco nehmen. Sie sollen in unserem

Haus leben. Freitag in einer Woche reisen wir ab. Bitte kümmern Sie sich um das Gepäck der Kinder.« Mit diesen Worten öffnete er die Tür und ließ Michaela allein.

Den ganzen Nachmittag war Michaela in ihrer Praxis wie ein eingesperrtes Tier auf und ab gelaufen. Irgendwann war Sully gekommen, und sie hatte ihm den Vorfall berichtet.

Sie kamen überein, daß sie die Kinder informieren mußten, auch wenn Ethan rechtlich wahrscheinlich keine Handhabe für seinen Plan hatte.

Als am Abend wieder das Holzfeuer im Kamin des kleinen Hauses prasselte, erinnerte sich Michaela an die friedlichen Gefühle, die sie bei derselben Gelegenheit noch vor ein paar Tagen gehegt hatte. Konnte es tatsächlich wahr sein, daß sich das Blatt so überraschend gewendet hatte?

Zu ihrer großen Erleichterung übernahm Sully auch diesmal die Aufgabe, das Gespräch mit den Kindern zu beginnen, die ihm atemlos zuhörten.

»Ich will aber nicht nach San Francisco!« Colleen reagierte mit unerwarteter Heftigkeit auf die Nachricht. »Ich bleibe hier. Bei meinen Freunden, bei Dr. Mike und bei dir.«

»Ja, und bei Matthew«, fügte Brian hinzu. »Pa darf uns nicht einfach von euch wegnehmen.«

»Vermutlich darf er das wirklich nicht«, pflichtete Sully dem Jungen bei. »Immerhin hat er eine Vereinbarung unterschrieben.«

»Wir sollten uns nicht voreilig aufregen«, beschwichtigte Michaela ihre Familie, obwohl sie sich selbst große Sorgen machte. »Sicher hat euer Vater unüberlegt gehandelt. In ein paar Tagen, wenn er Zeit hatte, darüber nachzudenken, wird er seine Meinung vielleicht wieder ändern.«

»Das hoffe ich jedenfalls«, meinte Colleen. »Er war zwar nett zu Brian und mir, aber deswegen möchte ich noch lange nicht mit ihm nach San Francisco gehen.«

»Wir sollten abwarten, was überhaupt geschieht. Und jetzt ist es erst einmal Zeit für euch, ins Bett zu gehen«, beendete Michaela die Diskussion.

Die Kinder standen artig auf und wünschten Sully und Dr. Mike eine gute Nacht. Sogar Matthew zog sich trotz der noch frühen Stunde zu seinem Schlafplatz in der Scheune zurück.

Michaela rieb sich mit den Händen die Schläfen. »Wozu macht Ethan das?« fragte sie Sully.

»Er macht es wegen des Geldes.«

Michaela sah auf. »Wie bitte? Wie kommst du darauf?«

»Er hat es mir gegenüber angedeutet«, antwortete Sully. »Lillians Vater muß sehr wohlhabend sein. Allerdings kommt Cooper wohl nur an das Erbe heran, wenn er ein paar Enkelkinder herbeizaubert. Ethan hat natürlich gedacht, das sei mit einer so jungen Frau wie Lillian kein Problem.«

»Daher war es ihm nur recht, die Verantwortung für seine eigenen Kinder loszuwerden«, ergänzte Michaela und blickte in das Feuer des Kamins. »Er hat sie sozusagen verkauft, wegen Lillians Erbe. Und nachdem der Plan schiefgegangen ist, braucht er sie jetzt dringend wieder, um doch noch an das Geld heranzukommen. Von wegen Stimme des Blutes!«

Sully legte seine Arme um die Schultern der Ärztin, die vor Wut schwach zitterten. »Es gibt noch eine andere Stimme.« Er legte seine Lippen an ihr Ohr. »Das ist die Stimme des Herzens und des Gewissens. Leider vernimmt sie nicht jeder.«

Schon seit einer Woche trafen alle Kinder der kleinen Schule unter der Leitung von Reverend Johnson die Vorbereitungen für das diesjährige Schulfest, den Römertag. Colleen und die übrigen Mädchen der Klasse schmückten die Streitwagen, die die Väter ziehen sollten, während die Töchter lenkten. Sie banden Schleifen um die Deichseln und zogen bunte Bänder durch die Speichen der großen Räder.

Colleen und ihre Freundin Becky überboten sich gegenseitig, indem sie die Leistungen ihrer »Zugtiere«, Beckys Vater und Sully, priesen, als Ethan Cooper unerwartet den Platz betrat.

»Colleen, wir möchten dich gerne zum Einkaufen mitnehmen. Du brauchst ein paar Sachen für die Reise«, sprach er seine Tochter an.

»Ich will nicht mit«, antwortete Colleen. Ihr Gesicht, das im Gespräch mit der Freundin noch unbekümmert gewesen war, hatte sich plötzlich verfinstert.

»Wir können auch warten, bis du mit deinem Wagen fertig bist«, bot Ethan an.

»Ich komme nicht mit nach San Francisco, und darum brauche ich auch nichts für die Reise«, erwiderte das Mädchen.

Ethans Miene wurde ernst. »Colleen, ich weiß, daß du dich vor dem Umzug in die fremde Stadt ein wenig fürchtest. Aber es wird zu deinem Besten sein.«

Jetzt ließ Colleen die Bänder fallen, mit denen sie gerade die Speichen ihres Wagenrades schmücken wollte, und stand auf. Aus ihren Augen sprach die blanke Wut, als sie sich vor ihrem Vater aufbaute. »Und warum war es bis vorgestern noch besser, daß Brian und ich bei Dr. Mike bleiben sollten? Du hast uns schon zweimal verlassen, ohne auf Wiedersehen zu sagen oder dich um uns zu kümmern. Und du wirst es wieder tun!«

»Colleen!« Coopers Stimme klang ruhig und verständnisvoll. »Ich habe Fehler gemacht, das weiß ich heute auch. Aber ich wollte immer nur euer Bestes. Und ich bin immer zu euch zurückgekehrt.«

»Aber du bist umsonst zurückgekehrt!« entgegnete Colleen. »Wir brauchen dich nicht mehr.«

»Du wirst deinen Vater immer brauchen.« Ethans Tonfall wurde unerwartet scharf.

»Ja, meinen Vater werde ich immer brauchen«, gab Colleen zurück. »Aber du bist nicht mehr mein Vater. Sully ist mein Vater!« Damit wandte sie sich ab und lief davon, ohne sich weiter um Cooper oder ihren Streitwagen zu kümmern. Der Tränenschleier vor ihren Augen nahm ihr die Sicht, doch ihre Angst trieb sie weiter die Straße entlang.

»Colleen!« Dr. Mikes Stimme drang unvermittelt an das Ohr des Mädchens. »Matthew, halt an!«

Mit einem Satz sprang Dr. Mike vom Wagen und lief ihrer Pflegetochter entgegen. »Colleen, was ist passiert? Was hast du? Hast du dich mit Becky gestritten?«

Colleen schluchzte nur und warf sich in Dr. Mikes Arme.

In diesem Moment bog auch Cooper um die Straßenecke. »Colleen, warte!« rief er atemlos.

Ohne sich um die Zügel der Pferde zu kümmern, sprang nun auch Matthew vom Wagen. Er stellte sich seinem Vater in den Weg, als wollte er Dr. Mike und Colleen vor ihm beschützen. »Was willst du von ihr?«

»Verschwinde!« herrschte Cooper ihn an.

Matthews Gesicht war zornverzerrt. »Das werde ich nicht. Es wäre besser, wenn du verschwinden würdest.«

»Ich will nur mit Colleen reden«, schrie Ethan jetzt. »Ich habe ja wohl das Recht, meine Tochter von der Schule abzuholen!«

»Nur wenn sie das auch will!« schrie Matthew zurück.

»Moment!« Dr. Mike ließ Colleen los und stellte sich zwischen die Männer, die gerade aufeinander losgehen wollten. »Matthew, du bringst Colleen heim. Ich komme später nach. Und mit Ihnen möchte ich reden, Mr. Cooper, und zwar jetzt gleich.«

»Ich wüßte nicht, was es zu besprechen gibt«, erwiderte Ethan kühl und zog die Ärmel seiner Jacke glatt.

»Dann werde ich es Ihnen sagen«, antwortete Michaela entschlossen. »Brian und Colleen möchten nicht mit Ihnen nach San Francisco gehen. Und das wundert mich nicht. Sie waren sehr lange fort«, erinnerte sie ihn. »Wir haben uns in der Zwischenzeit ein Heim geschaffen, wir sind eine Familie geworden. Wollen Sie, daß die Kinder zum zweiten Mal aus ihren gewohnten Lebensumständen gerissen werden?«

»Man könnte ebensogut sagen, es wird Zeit, daß sie ihre alten Lebensumstände wiedererlangen«, entgegnete Cooper. »Ich bin der Vater dieser Kinder. Aber Sie sind nicht ihre Mutter, Dr. Quinn.«

»Die Kinder hängen an mir, als wäre ich ihre Mutter«, erwiderte Michaela.

»Dann werden sie sich an Lillian als ihre neue Mutter ebenso gewöhnen«, schloß Ethan. »Außerdem kann ich den Kindern eine Perspektive bieten. Sie werden in einer Großstadt aufwachsen, sie werden in die Gesellschaft eingeführt, und sie werden eine ordentliche Ausbildung erhalten. Darüber hinaus werden sie sehr wohlhabend sein. Ist das nichts?«

Michaela zögerte einen Moment. »Mr. Cooper, ich weiß sehr wohl, daß durch die Kinder vor allem Sie wohlhabend sein werden«, sagte sie dann. »Und ich weiß, daß die Kinder bei Ihnen etwas entbehren werden, das sie viel nötiger brauchen als Geld und Wohlstand, nämlich Liebe.«

Coopers Miene wurde eisig. Er trat drohend einen Schritt näher an die Ärztin heran. »Wer wagt zu behaupten, daß meine Kinder von mir keine Liebe erhalten?«

Michaela ließ sich durch Coopers Drohgebärde nicht einschüchtern. »Ich behaupte das, Mr. Cooper, und ich werde nicht müde werden, es zu wiederholen.«

Cooper grinste hämisch. »So oder so«, seine Miene wurde wieder streng, »die Kinder bleiben bei mir.«

»Das wird sich erst noch herausstellen. Denn ich habe das Recht auf meiner Seite, Mr. Cooper. Und zum Glück wacht das Auge des Gesetzes auch über Sie!«

Durch ihr sofortiges Handeln gelang es Michaela, einen kurzfristigen Termin für eine Verhandlung zu erwirken. Marvin Davidson, der Bezirksrichter für Colorado, kündigte sein Eintreffen mit der nächsten Postkutsche an. Michaela war über diese Zusage ausgesprochen erleichtert. Und sie war überzeugt, daß nun alles seinen korrekten Lauf nehmen würde.

Cooper allerdings hatte seinerseits nicht gezögert, Michaela auf Kindesentzug zu verklagen. Doch durch diese rein taktische Maßnahme wollte sich Dr. Mike nicht beirren lassen.

Jake Slicker eröffnete in seiner Funktion als Bürgermeister die Gerichtsverhandlung, die – wie alle öffentlichen Versammlungen dieser Art – in der Kirche stattfand, die zu diesem Zweck zum Gerichtssaal umgeräumt worden war. Das Publikum war zahlreich erschienen. Wie ein Lauffeuer hatte sich die Nachricht verbreitet, daß Ethan Cooper Colleen und Brian mitnehmen wollte. Und Dr. Mike durfte sich sicher sein, daß sie alle Sympathien auf ihrer Seite hatte.

»Das Sprechen ohne Erlaubnis sowie Rauchen und Fluchen sind untersagt. Bei Tumulten wird Mr. Davidson den Saal räumen lassen. Die Verhandlung ist hiermit eröffnet«, beendete der Barbier seine Ansprache.

Richter Marvin Davidson ordnete zunächst in aller Ruhe seine Papiere. Er war ein untersetzter Mann, der die Sechzig bereits überschritten haben mußte. Unter seiner Glatze, die von einem grauen, nur noch schütteren Haarkranz umrahmt wurde, blickte ein gutmütiges Gesicht in die Runde. Er musterte die Parteien, die an zwei Tischen saßen, die zu beiden Seiten des Ganges aufgestellt worden waren.

»Ich eröffne das Verfahren Cooper gegen Quinn«, begann er die Verhandlung. »Sofern keine Veränderungen eingetreten sind, werden sich die Parteien selbst vertreten.« Er blickte von seinen Unterlagen auf und nahm das bestätigende Nicken von Kläger und Angeklagter entgegen. »Zur Feststellung der Umstände erhält Dr. Quinn zunächst das Wort.«

Michaela erhob sich. Dies war nicht das erste Mal, daß sie vor einem Gericht sprach. Und die Gewißheit, daß die Bevölkerung von Colorado Springs hinter ihr und ihrem Anliegen stand, gab ihr Kraft und Sicherheit.

»Euer Ehren, Mr. Cooper hat eine Vereinbarung unterschrieben, in der er der Adoption der Kinder durch Mr. Sully und mich zustimmt. Die Adoption soll nach unserer

Hochzeit stattfinden. Mr. Cooper beabsichtigt nun, diese Vereinbarung zu brechen. Die seinerseits gegen mich erhobene Klage wegen Kindesentzug kann durch die Unterzeichnung des genannten Vertrags nur als gegenstandslos angesehen werden, da diese rechtlich gültig ist.«

»Danke, Dr. Quinn«, beendete der Richter Michaelas Ausführung. »Mr. Cooper hat jetzt das Wort.«

Ethan Cooper erhob sich. »Euer Ehren, diese Frau verlangt von mir etwas, dessen Ungeheuerlichkeit jeder nachvollziehen kann, der selbst Kinder hat. Durch ihre Beredsamkeit, über die sie zweifellos verfügt, ist es ihr gelungen, daß ich meine Unterschrift widerstrebend unter das zweifelhafte Papier gesetzt habe. Ich möchte fast sagen, ich habe es noch im selben Moment bereut.«

Dr. Mike sprang zornig auf. »Aber das stimmt doch nicht!«

Davidson sah sie strafend an. »Ich erteile hier das Wort, Dr. Quinn. Bitte, Mr. Cooper«, sagte er dann.

Cooper trat hinter seinem Tisch hervor. »Euer Ehren, die Diskussion dreht sich hier meiner Meinung nach um eine ganz einfache biologische Tatsache: Wer ein Kind in die Welt setzt, ist und bleibt sein Leben lang der Vater dieses Kindes. Diese Vaterschaft kann auch durch eine Unterschrift nicht revidiert werden. Es ist in höchstem Maße erstaunlich, daß ausgerechnet einer Ärztin diese Tatsache nicht einleuchten will.« Ein leises Kichern erhob sich an vereinzelten Plätzen des Saales, genau wie es Cooper beabsichtigt hatte. »Dr. Quinn hat keinerlei Recht, einem Vater vorzuschreiben, was er mit seinen Kindern zu tun und zu lassen hat. Ich bin ihr dankbar dafür, daß sie sich in einer Zeit meiner Kinder angenommen hat, in der es mir leider nicht möglich war, mich selbst um sie zu kümmern. Doch täuscht sie sich einfach, wenn sie meint, aus meiner einstigen Zwangslage nun Rechte für sich ableiten zu können. Darüber hinaus hege ich einige Zweifel an Dr. Quinns erzieherischer und moralischer Kompetenz.«

Unruhe machte sich im Raum breit, als hier und da getuschelt wurde, und Richter Davidson klopfte mehrmals mit seinem Holzhammer auf den Tisch. »Ruhe! Oder ich lasse den Saal räumen!«

»Mr. Bray, können Sie zum Beispiel nicht bestätigen, daß mein Sohn Brian lebensgefährlich verletzt wurde, als er auf einen Baum kletterte und herunterfiel?« fuhr Cooper dann fort, indem er sich an den Kaufmann wandte. »Soviel ich weiß, war der Junge zu diesem Zeitpunkt unter Mr. Sullys Obhut. Ich bin der Ansicht, daß hier von seiten Dr. Quinns ein klarer Fall von Verletzung der Aufsichtspflicht vorliegt.«

Loren Bray hatte sich als Angesprochener sichtlich unwohl gefühlt. »Alle Jungen klettern auf Bäume, egal, ob ihre Ma dabei ist oder nicht«, versuchte er das Argument zu entkräften.

Doch Cooper fuhr ungerührt fort. »Und haben Sie, Mrs. Jennings, nicht in Ihrer Zeitung über eine Verlobung zwischen Dr. Quinn und Reverend Johnson berichtet?«

»Das war ein Mißverständnis«, wehrte sich Dr. Mikes Freundin.

»Ein paar Monate später hat sie sich wieder verlobt«, redete Cooper ohne Rücksicht auf den Einwurf weiter. »Diesmal mit Mr. Sully. Allerdings war Dr. Quinn zu diesem Zeitpunkt noch anderweitig verlobt, nämlich mit Dr. David Lewis aus Boston. Ich möchte diese Wirren nicht weiter ausführen, sie entsprechen nicht meinen Vorstellungen von einem geregelten Leben.« Coopers Oberlippe kräuselte sich bei diesen Worten abfällig, während sich im Saal empörtes Raunen erhob. »Auch die Tatsache, daß Mr. Sully seit geraumer Zeit regelmäßig im Haus von Dr. Quinn übernachtet, möchte ich jedem einzelnen zur moralischen Bewertung selbst überlassen.«

Mrs. Jennings erhob sich von ihrem Platz. »Dieser Mann ist ein übler Rechtsverdreher!«

Richter Davidson warf ihr einen kühlen Blick zu. »Hiermit verwarne ich Sie, Madam!«

»Nicht unerwähnt sollte auch die Tatsache bleiben, daß Dr. Quinn schon einmal versucht hat, Kinder zu adoptieren. Es handelte sich damals um eine ganze Gruppe von Waisenkindern. Gerade dieses Verhalten legt den Verdacht nahe, daß es Dr. Quinn nicht um das Schicksal einzelner Individuen geht, sondern daß sie möglicherweise unter Zwang handelt, um ihr unerfülltes Verlangen nach Mutterschaft oder ihre Herrschsucht zu kompensieren.«

Keinen Augenblick hatte Michaela Cooper aus den Augen gelassen. Äußerlich ruhig, kochte sie innerlich vor Wut und Empörung. Coopers letzte Unterstellung jedoch brachte sie zum Beben.

»Ich denke«, sprach Cooper unterdessen ungehindert weiter, »diese wenigen Denkanstöße reichen aus, um Dr. Quinns Eignung als Adoptivmutter in Frage zu stellen. Sofern sie eigene Kinder hat, wird niemand auf die Erziehung Einfluß nehmen können. Aber ich für meinen Teil erziehe meine Kinder fortan lieber selbst.«

»Mr. Cooper, ich danke Ihnen für Ihre Ausführungen«, schloß der Richter die Rede des Klägers. »Wir unterbrechen für eine Viertelstunde.«

»Woher weiß er all diese Dinge?« fragte Michaela, während sie etwas abseits von der Kirche mit Sully ein paar

Schritte auf und ab ging. Sie atmete tief ein, um die frische, kalte Luft zu genießen.

»Er hat die letzten Tage im Saloon verbracht und aus den Leuten herausgequetscht, was nur ging«, antwortete Sully. »Es ist unglaublich, wie er die Dinge darstellt. Wir haben nur noch eine Chance«, fuhr er fort. »Wir müssen sagen, daß er damals nach dem Stiftungsfest das Geld für die Schule gestohlen hat.«

Dr. Mikes Augen fixierten einen fernen Punkt auf dem Grat der Berge, wo bereits Schnee gefallen war. Unwillkürlich zog sie ihren Mantel ein wenig enger zu. »Wir haben dafür keine Zeugen. Sein Wort steht gegen unseres. Und wir waren uns doch einig, daß wir das den Kindern verschweigen wollten. Sie sollen nicht erfahren, daß ihr Vater ein Dieb ist und daß wir den Abschiedsbrief unter seinem Namen geschrieben haben. Außerdem will ich auch nicht, daß die Kinder mitkriegen, daß er sie nur um der Erbschaft willen zu sich nimmt.«

»Und wenn das unsere einzige Chance ist, die Kinder zu behalten?« entgegnete Sully.

Michaela schüttelte unwillig den Kopf. »Es ist nicht das einzige Mittel. Wir haben zugkräftige und vor allem objektive Argumente.«

Nach der Pause erhielt Michaela wieder das Wort. Schon während sie hinter ihrem Pult hervortrat schien es ihr, als betrachtete sie der Richter weniger wohlwollend als zuvor. Dies wunderte sie nicht, denn schließlich hatten die Verleumdungen, die Cooper über sie in die Welt gesetzt hatte, einzig und allein diesem Zweck gedient. Aber nun würde sie ihren Ruf rehabilitieren!

»Mr. Cooper«, begann sie, nachdem sie Ethan in den

Zeugenstand hatte berufen lassen, »ist es richtig, daß Sie Ihre Frau Charlotte mit drei Kindern auf der Farm zurückgelassen und darüber hinaus sämtliche Ersparnisse mitgenommen haben?«

Cooper betrachtete sie geradezu nachsichtig. »Ich ging damals weg, um neue Finanzquellen für unsere Familie zu erschließen. Natürlich benötigte ich eine Reisekasse, um überhaupt aus Colorado Springs wegzukommen.«

»Haben Sie sich anschließend je wieder bei Ihrer Familie gemeldet, oder gar von Ihrem erworbenen Geld etwas an Ihre Frau geschickt?«

»Nein«, gab Cooper zu. »Aber nach etwa fünf Jahren hatte ich genug erwirtschaftet, um zu meiner Familie zurückzukehren. Doch dann erfuhr ich von Charlottes Tod. Ich reiste nach Colorado Springs, um die Kinder zu mir zu nehmen.«

»Was Sie aber nicht taten. Sie reisten unerwartet wieder ab und ließen die Kinder erneut allein. Warum?« hakte Michaela nach.

»Meine Firma geriet plötzlich in Schwierigkeiten«, antwortete Ethan bereitwillig. »Ich mußte zurück nach San Francisco und ließ die Kinder in Ihrer Obhut, weil ich Ihnen vertraute.«

Michaela fühlte, wie ihr das Blut in den Kopf stieg. Ethan war rhetorisch geschickt, vor allem aber war er ein eiskalter Lügner. Sollte Sie nicht doch auf Sullys Vorschlag eingehen? Jetzt war der richtige Moment dazu. »Sind Sie sich ganz sicher, daß es so war, Mr. Cooper. Gab es nicht vielleicht noch einen anderen Grund für Ihre plötzliche Abreise?«

Coopers Augen verengten sich zu schmalen Schlitzen. »Ich weiß nicht, was Sie andeuten wollen, Dr. Quinn.

Haben Sie etwa Beweise dafür, daß ich mir irgend etwas habe zuschulden kommen lassen?«

Michaela atmete tief durch. Sie wußte selbst, daß sie niemals beweisen konnte, daß Cooper damals die Schulkasse gestohlen hatte. Sully war ihr einziger Zeuge, aber ihn konnte sie nicht in den Zeugenstand rufen. Cooper würde auf Befangenheit plädieren, und der Richter würde diesen Einspruch gelten lassen.

»Was soll das alles überhaupt?« Eine jugendliche Stimme, die Michaela gut bekannt war, erfüllte plötzlich den Raum. Colleen war von ihrem Platz aufgestanden. Über ihr Gesicht strömten Tränen. »Warum fragt eigentlich niemand Brian und mich, was wir wollen?« Sie zeigte auf Cooper. »Dieser Mann ist nicht unser Vater. Er hat sich noch nie um uns gekümmert. Wir gehören zu Dr. Mike und Sully. Sie sind unsere Familie!«

Auch Brian stand jetzt auf. Er stellte sich auf die Kirchenbank, um besser gesehen zu werden. »Genau«, bestätigte er die Aussage seiner Schwester. »Wir wollen nicht nach San Francisco! Und wir wollen auch nicht, daß Mrs. Lillian unsere Ma wird.«

»Ruhe!« Davidson klopfte mit seinem Hammer auf den Tisch, um den allgemeinen Tumult einzudämmen, der nun Überhand nahm. Er sah zu Jake Slicker hinüber. »Bringen Sie die Kinder raus. Sie gehören sowieso nicht in eine Verhandlung. Na los«, befahl er. »Sie sind schließlich der Bürgermeister. Tun Sie Ihre Pflicht, sonst muß ich Sie belangen.«

»Wir wollen aber auch gefragt werden!« rief Brian, während Jake die Kinder widerstrebend hinausführte.

»Ich gehe nicht nach San Francisco! Ich bleibe bei Dr. Mike«, ertönte noch einmal Colleens aufgeregte Stimme, dann herrschte plötzlich wieder Ruhe im Saal.

Während dieser Szenen hatte Michaela den Impuls gespürt, die Kinder notfalls mit ihrem eigenen Leben zu schützen. Doch wie sollte sie das in diesem Moment tun? »Ich möchte dem Hohen Gericht abschließend eines zu bedenken geben«, fuhr sie jetzt fort und bemühte sich, die Tränen des Mitleids und des eigenen Schmerzes zu unterdrücken. »Charlotte Cooper hat mir auf dem Sterbebett ihre Kinder anvertraut. Sie hat damit eine Entscheidung zum Wohl ihrer Kinder gefällt. Es ist wahr: Die Kinder und mich verbindet keine Blutsverwandtschaft. Aber uns verbindet etwas anderes: die vielen gemeinsamen Momente, Freude, Angst, Leid und Glück. Und eine Liebe, die um so stärker ist, weil sie nicht den Gesetzen der Natur entspringt, sondern allein unseren Herzen.«

Den verhaltenen Applaus, der auf Dr. Mikes Plädoyer folgte, erstickte der Richter durch das Klopfen seines Holzhammers. »Das Gericht zieht sich zur Beratung zurück.«

Michaela sank auf ihren Platz neben Sully. Immer noch kämpfte sie mit den Tränen. Es blieb nicht mehr viel Zeit, bis der Richter sein Urteil verkünden würde. Ein Urteil, das über das Wohl ihrer Kinder entscheiden sollte und über das Glück oder Unglück einer bis dahin in Liebe verbundenen Familie.

11

Durchgebrannt

Richter Davidson zog sich für geraume Zeit zurück, um das Urteil in diesem prekären Fall zu erwägen. Jake Slicker fungierte dabei als Beisitzer. Auch wenn Michaela den Barbier nicht gerade zu ihrem Freundeskreis zählte, war sie jetzt dennoch froh darüber, daß er Davidson in seinem Urteil beraten sollte. Es war ihm sichtlich schwergefallen, die Kinder aus dem Verhandlungsraum zu entfernen, und bei aller Rivalität zwischen dem Barbier und der Ärztin ging Michaela doch davon aus, daß er für sie und Sully votieren würde.

Schließlich kehrte Davidson in den Verhandlungsraum zurück. Er nahm Platz und verschaffte sich mit seinem Holzhammer Gehör, um den Diskussionen des Publikums über das Für und Wider der möglichen Entscheidungen Einhalt zu gebieten.

»Ruhe!« rief Davidson ein letztes Mal, dann schlug er seine Unterlagen auf und faltete seine Hände darüber. »Ich habe diese Angelegenheit sehr sorgfältig erwogen, denn es handelt sich um einen außergewöhnlichen Fall«, begann er. »Es steht vollkommen außer Zweifel, daß sich Dr. Quinn und Mr. Sully nach dem Tod der leiblichen Mutter aufopfernd um die Kinder Colleen und Brian Cooper gekümmert haben. Der leibliche Vater hingegen hat die Kinder stark vernachlässigt, bis hin zu der Tatsache, daß er für ihren Unterhalt in keiner Weise Sorge getragen hat. Er hat alle Obliegenheiten in dieser Angelegenheit allein Dr.

Quinn überlassen. Es bleibt jedoch als Tatsache bestehen, daß er der leibliche Vater dieser Kinder ist.« Jetzt kräuselte der alte Richter die Stirn. »Mr. Cooper hat zugestimmt, seine Kinder nach der Eheschließung von Dr. Quinn und Mr. Sully adoptieren zu lassen. Solange diese Eheschließung nicht vollzogen ist, das heißt, solange noch nicht einmal die Voraussetzungen für eine Adoption gegeben sind, verbleibt das Erziehungsrecht bei ihm. Die Kinder gehören in seine Obhut, sofern er es nicht anders bestimmt. Dies ist der Beschluß des Obersten Gerichts von Colorado«, beendete der Richter seine Urteilsverkündung.

Obwohl Michaela in der Bank neben Sully saß, schien der Boden unter ihren Füßen zu schwanken. Sie schlug die Hände vors Gesicht. »Es kann... es darf nicht wahr sein«, murmelte sie.

Vereinzelt legten sich jetzt Hände auf die Schultern der Ärztin, die Trost oder auch nur Mut zusprechen wollten. Doch Michaela nahm sie kaum wahr. Und nur wie aus weiter Ferne hörte sie, daß sich der Gerichtssaal langsam leerte.

»Dr. Quinn, ich werde die Kinder noch heute abend abholen. Bitte sorgen Sie dafür, daß das Gepäck bereitsteht.« Das war Coopers Stimme. Er warf ihr diese Worte im Vorübergehen zu, wie einem Dienstmädchen.

Michaela sah auf. Sie kämpfte gegen die Tränen an. »Seien Sie sich Ihres Sieges nicht zu gewiß, Mr. Cooper«, sagte sie dennoch mit fester Stimme. »Sie werden Brian und Colleen nie der Vater sein, den die Kinder brauchen. Und ich bin sicher, daß das auch das Gericht einsehen wird, denn ich werde gegen das Urteil von Richter Davidson Berufung einlegen.«

Der Abend im kleinen Holzhaus schien Michaela der stillste zu sein, den sie je erlebt hatte.

Nachdem Matthew früh zu Bett gegangen war, saßen sich jetzt nur noch Sully und Dr. Mike schweigend am Eßtisch gegenüber.

Immer wieder zogen vor Michaelas geistigem Auge die Bilder von der Verabschiedung der Kinder auf. Nach ihrem Temperamentsausbruch im Gerichtssaal behandelte Colleen ihren Vater nun kühl und distanziert. Möglicherweise beherrschte sie sich mit Rücksicht auf ihren Bruder, denn auch Brian schien jetzt gelassener, als Dr. Mike das erwartet hatte. Zugleich mit einem letzten Kuß gab Michaela den beiden das leise Versprechen, sie möglichst bald wieder abzuholen. Und darauf schienen sich Colleen und Brian zu verlassen.

»Oje!« Michaela erhob sich plötzlich und ging zur Kommode hinüber. »Colleen hat ihr Buch liegengelassen. Dabei wird sie doch morgen geprüft.« Sie blätterte an der Stelle hin und her, wo das Mädchen ein Lesezeichen hineingelegt hatte. Dann wanderten ihre Augen durch das Zimmer. »Und da liegt Brians Lokomotive«, fuhr sie fort. »Er wird sie vermissen. Und wer wird ihm jetzt Geschichten vorlesen, wenn er nachts aufwacht?« Sie drückte das Holzspielzeug an sich. Doch so sehr sie sich um Beherrschung bemühte, nun forderten die Tränen ihren Tribut, gegen die sie sich den ganzen Tag gewehrt hatte.

Sully erhob sich und nahm seine Verlobte fest in die Arme.

»Oh, Sully, ich hätte nicht gedacht, daß es so schlimm sein könnte«, sagte Michaela weinend.

Sullys Hand fuhr beruhigend durch ihre Haare. »Wir haben Cooper unterschätzt«, stimmte er zu. »Aber wir haben noch nicht verloren.«

Michaela richtete sich ein wenig auf. Mit einem Taschentuch trocknete sie ihre Tränen.

»Du hast recht«, sagte sie und aus ihrer Stimme klang neue Hoffnung, »gleich morgen werden wir telegraphieren, wie wir es den Kindern versprochen haben. Der Anwalt meines Vaters ist einer der fähigsten Juristen von ganz Boston. Wir werden ihn um Hilfe bitten.«

»Ja, gleich morgen«, stimmte Sully zu und zog die Ärztin wieder an sich heran. »Vor allem aber müssen wir fest zusammenhalten und daran glauben, daß alles gut wird.«

Obwohl es Michaela so schien, als hätte seit jenem Verhandlungstag die Zeit stillstehen müssen, ging in Colorado Springs alles seinen gewohnten Gang. Die einzige Ausnahme bildete die Tatsache, daß Brian und Colleen nun bei Ethan und Lillian im Hogan-Haus wohnten und daß Mrs. Cooper die Kinder immer rasch zu sich rief, wenn sie auf der Straße der Ärztin begegneten und ein paar Worte mit ihr wechseln wollten.

So rückte auch der Tag des Schulfestes näher. Sully hatte Brians Katapult nach den Plänen des Jungen zu Ende gebaut. Nun mußte er es nur noch mit Dr. Mikes Wagen zur Schule bringen.

Währenddessen wartete Michaela zunehmend gespannter auf eine Antwort des Anwalts aus Boston. Als sie an jenem Tag mit Sully auf dem Wagen in die Stadt fuhr, winkte ihr endlich Horace von der Tür seines Telegraphenamtes zu.

Dr. Mike stoppte den Wagen und lief eilig in das Postbüro. Als sie wieder herauskam, war ihr Gesicht bleich.

»Was sagt er?« fragte Sully, der Michaela auf der Holzveranda erwartete. »Will er uns vertreten?«

Dr. Mike schüttelte kurz den Kopf. Dann atmete sie tief durch. »Nein, er kommt gar nicht erst hierher. Er rät uns von der Berufung ab.«

Sullys Miene verdüsterte sich. »Das hatte ich befürchtet. Und er war unsere einzige Chance.«

Michaela sah ihn entsetzt an. »Willst du etwa aufgeben?«

»Ich will nicht aufgeben, Michaela«, erwiderte Sully. »Aber ich will das tun, was für die Kinder am besten ist. So ein Berufungsverfahren kann Jahre dauern. Und in dieser Zeit werden sie nicht wissen, wohin sie gehören.«

Auf Michaelas Stirn zeichnete sich wieder die für sie typische energische Falte ab. »Die Kinder wissen sehr gut, wohin sie gehören«, antwortete sie. »Nur fragt sie niemand danach. Sully, ich liebe die Kinder, und ich gebe meinen letzten Penny, um sie wieder bei mir zu haben. Aber vor allem will ich, daß der Wille der Kinder respektiert wird. Wenn Brian und Colleen entscheiden, daß sie lieber bei ihrem leiblichen Vater als bei uns leben wollen, werde ich von der Berufung absehen, aber keine Sekunde früher.« Sie drehte sich um und ging entschlossenen Schrittes zurück in die Poststube.

Offenbar nahm es einige Zeit in Anspruch, bis Horace das Telegramm vollständig aufgegeben hatte. Doch als Michaela nach einer kleinen Weile wieder aus dem Postamt heraustrat, wirkte sie um einiges gelassener.

»Und jetzt«, sagte sie, während sie die Zügel des Wagens in die Hand nahm, »werde ich es mir nicht nehmen lassen, mit den Kindern, die ich mit oder ohne Gerichtsbeschluß als meine Kinder ansehe, den Römertag zu feiern.«

Sie kamen gerade noch rechtzeitig zur Eröffnung. Auf der Wiese vor der Schule stellten sich die Kinder eben auf. Sie alle trugen Kleider nach dem Vorbild der römischen

Togen. Michaela erkannte, daß Colleens Toga aus einem Kleid von Lillian geschneidert worden war. Und nicht ganz neidlos mußte sie anerkennen, daß das Gewand eine Meisterleistung der Nadelarbeit war. Auf diesem Gebiet konnte die Ärztin mit Mrs. Cooper keinesfalls konkurrieren.

»Dies romanum vos excipimus«, eröffnete der Reverend in fließendem Latein die Veranstaltung. »Wir heißen Sie zum Römertag sehr herzlich willkommen. Die Kinder stellen Ihnen heute einige typische römische Wettbewerbe vor, wie sie in den Arenen des antiken Rom ausgeführt wurden. Wir beginnen mit dem Wagenrennen.« Er deutete auf einen Pfahl, der in einiger Entfernung aus dem Boden der Wiese ragte. »Der Parcours verläuft von der Startlinie bis zu diesem Pfahl, einmal um ihn herum und wieder zurück. Wer den Wagen umwirft, scheidet aus. Auf daß der Bessere gewinne!« rief er laut und begab sich zur Startlinie.

Die Mädchen saßen bereits in ihren mit bunten Bändern geschmückten Wagen und erwarteten ihre Väter als Zugpferde.

Sully hatte Colleens sehnsüchtige Blicke von dem Moment an bemerkt, in dem er mit Michaela den Festplatz betreten hatte. Ohne zu zögern legte er jetzt seine Jacke ab und machte sich auf den Weg zur Startlinie, während er die Ärmel seines Hemdes hochkrempelte.

Doch bevor er die Griffe des Wagens erfassen konnte, drängte sich Cooper neben ihn. »Die *Väter* ziehen die Wagen, nicht wahr?«

»Sully und ich haben aber schon dafür trainiert, bevor du überhaupt hier warst«, rief Colleen erbost von ihrem Platz aus.

»Aber jetzt bin ich ja da«, entgegnete Cooper und

wandte sich zu seiner Tochter um. »Darum wird Mr. Sully sicher gestatten, daß ich diese ehrenvolle Aufgabe übernehme.«

Colleen erhob sich. »Dann fahre ich aber nicht mit«, erklärte sie.

In diesem Moment ertönte die Stimme des Reverends. »Bitte alle Wagen in Startposition!«

»Es ist schon gut, Colleen.« Sully legte ihr eine Hand auf die Schulter und lächelte. »Sieh zu, daß du die Kurve nicht zu eng nimmst.«

»Danke für Ihre guten Ratschläge, Mr. Sully.« Ethan Cooper hob die Griffe des Wagens an. »Meine Tochter und ich, wir werden das Ding schon schaukeln.« Dann zog er den Wagen an die Startlinie, wo Reverend Johnson bereits auf sie wartete.

»Vos parate«, ordnete der Reverend an, sobald die Wagen in einer Linie standen. »Fugite!« rief er dann, und die Wagen setzten sich in Bewegung.

Es war ein herrliches Bild. Die Bänder an den Wagen flatterten im Fahrtwind. Die Gesichter der Mädchen leuchteten vor Stolz, während ihre Väter sich ins Zeug warfen und die schweren Holzwagen mit den Töchtern über die holperige Wiese zogen. Nur Colleens Gesicht wirkte angespannt, als kämpfte sie gegen Tränen, die jeden Moment über ihre Wangen laufen wollten.

Ihr Wagen war von Anfang an im ersten Feld mitgelaufen. Jetzt zogen sich die Positionen der Wettbewerbsteilnehmer weiter auseinander. Eine kurze Weile lieferten sich Ethan Cooper und Beckys Vater ein erbittertes Duell, dann hatte Cooper eindeutig die Führung übernommen. Er umrundete den Pfahl auf der Wiese und setzte dann zu einem Endspurt an, bis er als erster die Ziellinie überlief.

»Salve victor!« Mit salbungsvoller Stimme überreichte Reverend Johnson dem Siegergespann zwei geflochtene Kränze. »Sie haben gewonnen. Herzlichen Glückwunsch, Mr. Cooper.«

Doch Colleen riß sich ihren Kranz vom Kopf und schleuderte ihn zu Boden. »Ich will ihn nicht!« rief sie, stürmte auf Michaela zu und warf sich in ihre Arme.

»Er hat alles verdorben«, klagte sie ihren Vater an. »Sully sollte den Wagen ziehen.«

»Ach, Colleen. Er hat es nur gut gemeint. Er wollte für dich gewinnen.« Dr. Mike streichelte durch die langen Haare des Mädchens. Doch es kostete sie einige Überwindung, nicht zusammen mit Colleen auf Ethan zu schimpfen.

»Jetzt folgt der Wettbewerb im Katapultschießen«, kündigte Reverend Johnson den Zuschauern die nächste Attraktion an.

Brian hatte zusammen mit zwei anderen Jungen sein Katapult hinter einer Linie aufgebaut. Die Sandsäcke lagen bereits in den dafür vorgesehenen Schalen.

»Vos parate!« rief der Reverend wieder. »Fugite!«

Zwei Sandsäcke wirbelten durch die Luft. Der dritte plumpste dicht vor dem Katapult auf den Boden.

»Oh, ich glaube, ich hab verloren«, sagte Brian enttäuscht und starrte auf seinen Sandsack, der etwa einen Meter von ihm entfernt lag

»Das macht gar nichts!« Sully war als erster bei dem Jungen und klopfte ihm auf die Schulter, als sei er der Sieger. »Du hast dir als einziger selbst ein Patent ausgedacht. Die anderen haben ihre Katapulte nur nachgebaut.«

»Gut gemacht, Brian!« Auch Matthew klopfte seinem Bruder auf die Schulter. »Rom ist auch nicht an einem Tag gebaut worden.«

»Wir können außerdem nicht alle Preise gewinnen«, tröstete auch Colleen den Verlierer.

»Ich habe dir ja vorher gesagt, daß es so nicht funktionieren würde.« Ethan Cooper kam mit seiner Frau Lillian näher und betrachtete geringschätzig die Konstruktion. »Der Schleuderarm ist außerdem viel zu kurz. Du hättest besser auf mich gehört.«

»Es ist immer besser, Erfahrungen selbst zu machen, als sie nur von anderen annehmen zu müssen«, erwiderte Sully.

»Sehen Sie, Mr. Sully, das unterscheidet uns. Als Vater möchte ich meinem Sohn natürlich Niederlagen ersparen«, antwortete Cooper.

»Alle großen Wissenschaftler haben Niederlagen hinnehmen müssen.« Michaela trat nun ebenfalls hinzu. Ihre Arme hatte sie vor der Brust verschränkt. Jetzt öffnete sie sie und drückte Brian an sich. »Und vielleicht ist das ja Brians erster Schritt zu einer großen wissenschaftlichen Karriere«, sagte sie und sah den Jungen aufmunternd an.

Brian strahlte, doch nur einen Augenblick. Denn dann fuhr sein Vater fort: »Wie dem auch sei, ich hatte den Kindern versprochen, daß wir bis zum Schulfest bleiben. Sie werden uns entschuldigen, wenn wir jetzt nach Hause gehen, um unsere Koffer zu packen.« Cooper setzte seinen Hut auf und warf Brian und Colleen einen Blick zu, der keinen Widerspruch duldete. »Wir reisen morgen früh nach San Francisco ab.«

Michaela sah Brian und Colleen an. Die Gesichter der Kinder waren schlagartig blaß geworden. Und auch die Ärztin fühlte sich auf einmal benommen. »Mr. Cooper«, begann sie, »ich bin sicher, daß Sie Ihr Vorhaben vor Ihrem eigenen Gewissen nicht verantworten können. Und Sie,

Lillian, Sie wissen doch, was es heißt, wenn eine Familie auseinandergerissen wird. Ich bitte Sie inständig, lassen Sie die Kinder hier, nicht um meinetwillen, sondern allein zum Besten von Colleen und Brian.«

Cooper hatte während Michaelas Worten demonstrativ desinteressiert in den Himmel geblickt. Jetzt hakte er Lillian unter. »Es wird wirklich Zeit, daß wir gehen. Kommt, Kinder!« Damit nahm er Colleens Hand, während seine Frau Brians Hand mit ihrer fest umschloß. Dann gingen sie gemeinsam davon.

Ohne auch nur einmal stehenzubleiben, lief Michaela im Wohnzimmer des kleinen Holzhauses auf und ab. Auf ihrem Bett lag ein halbgepackter Koffer. »Wir müssen sie da rausholen, noch heute nacht«, sagte sie. »Wir fliehen nach Boston. Uns bleibt keine andere Wahl.«

»Sehr richtig, das finde ich auch«, stimmte Matthew zu. »Ihr dürft ihnen Colleen und Brian nicht einfach überlassen. Ethan ist ein gemeingefährlicher Dieb. Warum habt ihr das dem Richter damals nicht gesagt? Und überhaupt, wir hätten ihn verjagen sollen, gleich in dem Moment, als er wieder hier auftauchte. Am liebsten würde ich ihn zusammen mit ein paar anderen ...«

»Wir werden nichts tun, was nicht dem Gesetz entspricht«, unterbrach Sully den aufgebrachten jungen Mann. »Wenn wir ihn verjagen, wird er Brian und Colleen mitnehmen, und wir werden sie vielleicht nie wiedersehen. Und wenn wir die Kinder aus seinem Haus entführen, werden wir an keinem Ort Amerikas mehr eine ruhige Minute haben.«

In diesem Moment wurde die Tür des kleinen Holzhauses gewaltsam aufgerissen. Ohne auch nur einen Augenblick zu zögern, stürmte Cooper in den Wohnraum. »Wo sind die Kinder?« herrschte er Michaela an. »Ich weiß, daß Sie sie vor mir verstecken!«

Die Ärztin warf Sully einen erschreckten Blick zu. »Was soll das heißen?« wandte sie sich dann an Cooper. »Sind sie nicht bei Ihnen?«

»Wir haben sie zu Bett gebracht und sind dann spazierengegangen. Als wir wiederkamen, waren sie weg«, erklärte Ethan und sah sich im Raum um. »Also hören Sie endlich auf mit dem Versteckspiel, Dr. Quinn. Das hat doch keinen Sinn!«

»Sie sind weggelaufen.« Es war fast, als stieße Michaela einen Seufzer der Erleichterung aus. »Wir müssen sie suchen! Sie dürfen bei diesen Temperaturen auf keinen Fall die Nacht im Freien verbringen«, setzte sie dann hinterher.

Matthew trat an Ethan heran. Sein Kinn berührte fast das seines Vaters. »Wenn ihnen irgend etwas passiert, mache ich dich dafür verantwortlich«, sagte er drohend.

»Wir haben jetzt keine Zeit zu verlieren«, rief Sully dazwischen. »Ich hole die Pferde, und dann reiten wir los. Und zwar alle!«

Etwa ein Dutzend Männer aus der Stadt schlossen sich der nächtlichen Suche nach den beiden verschwundenen Kindern an. Sie bildeten vier Gruppen, die in alle Himmelsrichtungen ausströmten.

Doch der Morgen graute bereits und sie hatten noch nicht einmal eine zuverlässige Spur von Colleen und Brian gefunden, geschweige denn, die Kinder selbst.

Mit Einbruch der Dämmerung beteiligte sich auch Loren Bray an der Suche. Nachdem sie Matthews Rinder nach Colorado Springs gebracht hatten, wo sie seitdem auf gemietetem Weideland von Matthew versorgt wurden, hatte er es tunlichst vermieden, sich in einen Sattel zu setzen. Doch das Verschwinden der Kinder ließ ihm keine Ruhe. »Brian! Brian, wo seid ihr? Ich bin's, Mr. Bray«, rief er unermüdlich. Doch er erhielt keine Antwort.

Keiner des Suchtrupps ahnte, wie nah Brian und Colleen zu diesem Zeitpunkt waren. Sie drückten sich noch ein wenig tiefer in die Böschung, die unterhalb des Weges lag, über den die Männer ritten.

»Der arme Mr. Bray«, sagte Brian bedauernd. »Sicher macht er sich Sorgen.«

»Genau wie Ma, Sully und Matthew«, ergänzte Colleen und fuhr sich mit der Hand über die Stirn. Sie war an diesem Morgen außergewöhnlich blaß. Nur auf ihren Wangen lag eine unnatürliche Röte. »Aber es dauert ja nur ein paar Tage. Dann wird Pa ohne uns abreisen, und wir können nach Hause gehen.« Ein heftiger Schauer schüttelte plötzlich den Körper des Mädchens.

Brian griff nach einem Zipfel von Colleens Kleid. »Sind deine Kleider immer noch nicht trocken?«

Das Mädchen schüttelte den Kopf. »Nein. Und mir ist eiskalt. Es war aber auch zu dumm von mir, ausgerechnet am Rand des Baches auszurutschen.«

»Du konntest überhaupt nichts dafür. Es war ja dunkel, und du konntest nichts sehen«, tröstete Brian seine Schwester.

Doch Colleen antwortete nicht. Statt dessen zog sie ihre feuchte Jacke so eng es ging um sich.

»Ich hab eine Idee! Was hältst du davon, wenn wir zu Sullys Unterstand gehen?« schlug Brian vor. »Dort sind Decken und Felle. Dann können wir erst einmal deine Kleider trocknen...«

»Aber da werden sie uns doch finden!« unterbrach Colleen ungeduldig.

»Bestimmt haben sie dort zuerst gesucht«, meinte Brian. »Bis zum Abend werden sie da sicher nicht mehr nachsehen.«

Colleen zögerte einen Moment. »Wenn du meinst«, stimmte sie schließlich zu. Sie erhob sich mühsam. Ihre Knie waren von der Kälte ganz steif, und auch das Stehen fiel ihr plötzlich schwer. Vielleicht hatte Brian recht. Sie mußte sich erst einmal richtig aufwärmen.

Während sich Brian und Colleen ihren Weg durch die Wildnis bahnten, waren auch Sully und Michaela gemeinsam unterwegs, um die Kinder zu suchen. Sullys Wolfshund lief dicht vor ihren Pferden her. Sie hatten ihn zuvor an einigen Kleidungsstücken der Kinder riechen lassen, und hofften nun, daß das Tier eine Fährte fand.

»Sully, ich weiß nicht, ob es sinnvoll ist, schon wieder dorthin zu reiten.« Dr. Mikes Stimme klang verzweifelt. Ihr war deutlich anzusehen, daß sie in dieser Nacht nicht geschlafen hatte. Sie wirkte erschöpft. Immer wieder warf sie ängstliche Blicke zum Himmel, an dem sich immer mehr bedrohlich dunkle Wolken ausbreiteten.

»Du unterschätzt die Kinder, Michaela. Wären sie gestern abend beim Unterstand gewesen, hätte man sie doch gleich gefunden und zu Ethan zurückgebracht«, entgegnete Sully. »Und das wollten sie vermeiden – genau wie wir«, setzte er mit einem aufmunternden Lächeln in Michaelas Richtung hinterher.

Dr. Mike erwiderte das Lächeln schwach. »Ich wünschte, du hättest recht. Vielleicht wollen sie sich wirklich nur verstecken und sind gar nicht weggelaufen. Hoffentlich fängt es nicht doch noch an zu regnen, sonst... Sieh mal, da vorne!« unterbrach sie sich plötzlich selbst und deutete auf einen kahlen Busch. An einem der Äste baumelte ein Stück rosafarbenen Stoffs. »Das ist eine Schleife von Colleen!«

»Also sind wir möglicherweise doch auf dem richtigen Weg«, stellte Sully fest und griff im Vorbeireiten nach der Schleife.

Nur kurze Zeit später erreichten sie den Unterstand. Nichts deutete hier auf die Anwesenheit eines Menschen hin.

»Vielleicht haben wir sie gerade verpaßt«, überlegte Sully.

Ein hüstelndes Geräusch, das offenbar unterdrückt wurde, drang aus einem Gebüsch. Kurz darauf hörten sie ein kurzes, glückliches Jaulen, das von Wolf stammen mußte.

Sully und Dr. Mike tauschten einen vielsagenden Blick, saßen eilig ab und liefen zu dem Gebüsch hinüber. Bereits durch das dichte Gestrüpp erkannten sie die Kinder. Colleen hatte sich eine von Sullys Decken umgeschlungen. Ihre Augen schimmerten verdächtig, während sie sich weiterhin bemühte, das Husten zu unterdrücken.

Brian hielt Wolf eng umschlungen und versuchte verzweifelt, die Schnauze zuzuhalten, damit es nicht bellen konnte.

»Brian! Colleen!« Michaela war überglücklich. »Da seid ihr ja.«

»Jetzt habt ihr uns doch gefunden«, sagte Brian. »Dabei haben wir uns extra noch versteckt.«

Sully klopfte ihm auf die Schulter. »Wolf hat euch gefunden, nicht wir. Ist alles in Ordnung?«

»Warum seid ihr weggelaufen?« Michaela war zu aufgeregt, um die Antwort auf die erste Frage abzuwarten.

»Wir dachten, wenn wir uns für ein paar Tage verstecken, verliert Pa irgendwann die Geduld und reist ohne uns nach San Francisco ab«, erklärte Brian.

»Wir wußten einfach keinen anderen Ausweg mehr«, brachte Colleen mühsam hervor, bevor sie von einem neuen Hustenanfall überwältigt wurde.

»Sie ist gestern ins Wasser gefallen«, erklärte Brian, als er Dr. Mikes kritischen Blick bemerkte. »Und seitdem sind ihre Kleider nicht mehr trocken geworden.«

»Du hast Fieber, Colleen, hohes Fieber. Du mußt sofort mit mir kommen«, sagte Michaela, während sie dem zitternden Mädchen eine Haarsträhne aus der glühendheißen Stirn strich.

»Aber wenn ich mitkomme, muß ich auch mit Pa nach San Francisco. Und das will ich nicht«, protestierte Colleen.

»Wir werden sicher eine andere Lösung finden«, antwortete Michaela und suchte in Sullys Augen nach Zustimmung. »Den Anordnungen einer Ärztin kann er sich wohl kaum widersetzen.«

Ethan Cooper stürzte aus dem Saloon, als er Dr. Mike, Sully und die Kinder entdeckte. »Colleen, Brian, da seid ihr ja endlich. Kommt mit, wir gehen sofort nach Hause.« Er faßte Colleen schon an einem Arm.

»Mr. Cooper, das werde ich nicht zulassen«, drängte sich Michaela dazwischen. »Colleen ist krank, sehr krank sogar. Es besteht Verdacht auf eine Lungenentzündung. Ich werde sie zunächst in meine Praxis bringen, um sie eingehend zu untersuchen.«

»Das kommt überhaupt nicht in Frage«, entgegnete Cooper und zog die Kinder mit Gewalt an sich.

»Ma«, brachte Colleen mühsam hervor. Dann sank sie plötzlich in sich zusammen.

Sully fing sie auf, bevor sie den Boden berühren konnte. Ohne Coopers Kommentar abzuwarten, bahnte er sich mit dem Mädchen auf dem Arm einen Weg durch die Menschenmenge, die sich inzwischen vor dem Saloon versammelt hatte.

»Brian kommt auch mit«, entschied Michaela und faßte den Jungen am Arm.

»Das kommt nicht in Frage. Er ist vollkommen gesund.« Cooper umschloß Brians Hand mit eisenhartem Griff, ohne sich um die Proteste des Jungen zu kümmern. »Los, Brian, wir gehen.«

»Aber ich will bei Colleen bleiben!« schrie Brian.

»Colleen kommt bald wieder zu uns«, antwortete Ethan gelassen, während er den Jungen mit sich zerrte.

Michaela sah ihm nach. Die Wut und die Verzweiflung trieben ihr die Tränen in die Augen. Trotzdem stemmte sie energisch die Arme in die Hüften. »Das werden wir noch sehen«, sagte sie leise, als wollte sie sich selbst Mut zusprechen. Dann folgte sie Sully und Colleen in die Praxis.

Zu Dr. Mikes großer Bestürzung fielen die Ergebnisse nach Colleens Untersuchung schlechter aus, als sie erwartet hatte. Zwar hatte sie Ethan gegenüber von einer Lungenentzündung gesprochen, insgeheim aber angenommen, daß es so schlimm nicht sein würde. Nun mußte sich die Ärztin eingestehen, daß die Diagnose tatsächlich »leichte beidseitige Entzündung der Lunge« lautete. Es blieb nur zu hoffen, daß sich das Krankheitsbild nicht weiter verschlimmerte. Die einzige mögliche Therapie bestand darin, das Fieber zu senken.

Während Matthew die Krankenwache übernahm, folgte

Sully Michaela aus dem Krankenzimmer hinunter ins Sprechzimmer. »Ist es ernst?« fragte er.

Michaela ordnete wie in Gedanken versunken einige Instrumente. »Die Entzündung muß ausheilen, das braucht eine Weile. In der Zwischenzeit...« Sie zuckte hilflos die Achseln.

Sully trat näher an sie heran. Er legte seine Arme um die bebenden Schultern der Ärztin.

In diesem Augenblick fiel alle Beherrschung von Michaela ab. Ihre Müdigkeit, ihr Zorn und ihre Angst um Colleen ergriffen wie ein Wirbelsturm Besitz von ihr, und sie drückte sich nur noch an Sullys Brust, als sei dies der einzige Ort, an dem sie sicher war.

Colleens Zustand blieb einige Tage lang kritisch, und keinen Moment lang wich Michaela von der Seite des Mädchens. Immer wieder wurde der junge Körper vom Fieber geschüttelt, obwohl die Ärztin neben dem Chinin auch den Weidenrindentee anwandte, mit dem Cloud Dancing ihr selbst schon einmal das Leben gerettet hatte.

Während dieser Zeit ließ sich Ethan Cooper nur wenige Male sehen. Er warf einen flüchtigen Blick auf seine Tochter, drückte ihr kurz die Hand und veschwand dann wieder mit der Entschuldigung, daß die Kranke sicher Ruhe benötigte. Lillian ließ er aus Furcht vor Ansteckung lieber ganz zu Hause, und auch Brian verbot er den Besuch bei seiner Schwester.

Dr. Mike hatte genügend Zeit, das blasse Mädchen zu betrachten. Je älter sie wurde, um so ähnlicher wurde Colleen ihrer Mutter Charlotte, der ersten Freundin, die Michaela in Colorado Springs gewonnen hatte. Aber auch Colleen selbst war der Ärztin mittlerweile zu einer jungen

Freundin geworden. Während der letzten Jahre hatte sich das Mädchen nach und nach in alle Aufgaben eingearbeitet, die sie als Assistentin eines Arztes beherrschen mußte, und Dr. Mike konnte sich kaum vorstellen, jemals wieder ohne ihre Hilfe eine Operation durchzuführen. Dessen ungeachtet hatte sie das Mädchen immer in seinem Wunsch bestärkt, eines Tages fortzugehen, um Medizin zu studieren. Ob Ethan seine Tochter bei ihrer Berufswahl ebenfalls unterstützen würde?

Michaela rieb ihre müden Augen. Einen Moment hielt sie inne, um ihre Tränen zurückzudrängen. Welchen Sinn hatte es, über Colleens ungewisse Zukunft nachzudenken, wenn sie im Moment mit einer tückischen Krankheit rang.

»Ma?«

Dr. Mike sah sich um. Sie mußte eingeschlafen sein, ob für Augenblicke oder für Stunden, wußte sie im Moment nicht zu sagen.

Colleen blinzelte ihre Pflegemutter müde an. »Habe ich lange geschlafen?«

Michaela sprang aus ihrem Lehnstuhl auf und ergriff die Hand des Mädchens. Sie fühlte sich warm an, aber nicht unnatürlich warm. Auch der glasige Schimmer in Colleens Augen war verschwunden.

»Ja, Colleen«, antwortete Michaela mit vor Freude heiserer Stimme. »Du hast sehr lange geschlafen. Und wenn du kannst, dann schlaf weiter.« Sie strich über Colleens Stirn, und als wäre es durch diese Berührung, fielen Colleens Augen wieder zu.

Dr. Mike richtete sich erleichtert auf. Dann verließ sie leise das Zimmer und lief die Treppe hinunter, wo Sully sie im Sprechzimmer der Klinik erwartete.

So erfreulich Colleens Genesung war, brachte sie doch eines unwiderruflich mit sich: Ethan Cooper beharrte auf der Abreise nach San Francisco. Und Michaelas Hoffnung, die Trennung von den Kindern durch das Berufungsverfahren unterbinden zu können, war dahin. Horace hatte ihr eines Morgens während Colleens Krankheit die telegraphische Nachricht überbracht, daß das Verfahren abgelehnt wurde. Nun blieb Dr. Mike nichts anderes übrig, als die Tage bis zur Abreise der Kinder zu zählen, während sie gleichzeitig wünschte, die Zeit anhalten zu können, um den gefürchteten Augenblick noch etwas herauszuzögern.

Doch die Zeit verstrich, so gleichmäßig wie unbarmherzig. An einem verregneten Morgen, den Ethan Cooper für die Abreise festgesetzt hatte, fand Michaela sich mit Matthew und Sully vor Loren Brays Laden ein. Hier, am Haltepunkt der Postkutsche, sollten Colleen und Brian von Colorado Springs Abschied nehmen.

Dr. Mike betrachtete den Platz, der sich unter dem Regen zu einem einzigen großen Schlammloch verwandelt hatte, und dachte an ihre eigene Ankunft in diesem Städtchen, das sie mittlerweile als ihre Heimat betrachtete. Der Boden sah fast so aus wie an jenem Tag vor mehr als zwei Jahren. Was hatte sie in dieser Zeit alles erlebt! Freud und Leid, die oftmals so nah beieinander lagen; vor allem aber hatte sie hier die Menschen gefunden, die sie liebte, und von denen sie geliebt und akzeptiert wurde, so wie sie war.

Sie war mit den Kindern zusammengewachsen, hatte versucht, ihnen eine gute Mutter und zugleich Freundin zu sein. Und sie hatte dieses Ziel erreicht. Wer hatte das Recht, diese Familie jetzt auseinanderzureißen? Michaela seufzte. Sie mußte heute ihre vorerst letzte Aufgabe als Mutter erfüllen: Sie durfte den Kindern nicht zeigen, wie nah ihr dieser Abschied ging, wie sehr er an ihr zehrte, so daß sie einfach glaubte, vergehen zu müssen. Sie sammelte sich und sah sich um. Überall auf den Holzveranden der Häuser erschienen jetzt Menschen. Sie alle wollten Colleen und Brian ein letztes Mal winken.

Auch Grace hatte sich mit Robert E. auf dem kleinen Platz eingefunden, um Abschied zu nehmen. Sie wickelte sich in ihr Wolltuch und lehnte sich an die breiten Schultern ihres Mannes. Michaela sah der einfühlsamen Frau an, daß sie geweint hatte.

Mr. Bray trat aus seinem Laden auf die Veranda heraus. Zum ersten Mal bemerkte die Ärztin, daß er vom Alter schon ein wenig gebeugt ging. Jetzt suchten seine Augen nach Coopers Wagen, der langsam auf den Platz von Colorado Springs fuhr und schließlich stehenblieb.

Ethan Cooper trug einen Reiseanzug aus edelstem Stoff. Auch seine Frau Lillian hatte ihre Reisekleider angelegt, die sicher von einem der ersten Schneider aus San Francisco stammten. Sie blieb in der Kutsche sitzen und sah Michaela mit einer undurchdringlichen Miene an.

»Dr. Quinn«, begann Cooper, der es ebenfalls nicht für nötig hielt, vom Kutschbock herabzusteigen. Seine Stimme klang herablassend. »Ich danke Ihnen dafür, daß Sie sich nach Charlottes Tod um meine Kinder gekümmert haben. Sollte Sie der Weg einmal nach San Francisco führen, schauen Sie doch auf einen Besuch bei uns vorbei.«

Michaela schenkte ihm nur einen wütenden Blick. Dann trat sie zu den Kindern, die im Fond des Wagens saßen.

»Sollen wir nicht doch noch schnell fliehen?« flüsterte Brian.

»Ma, ich will nicht nach San Francisco.« Colleen, die noch immer sehr blaß war, griff nach Dr. Mikes Hand.

Michaela mußte sich beherrschen. »Betrachtet es doch einfach als eine lange, schöne Reise«, riet sie. »Bedenkt mal, was ihr in San Francisco sehen werdet: die Oper, die vielen Segelschiffe...«

»Nirgendwo kann es so schön sein wie in Colorado Springs, bei dir, Sully und Matthew«, unterbrach Colleen sie mit Tränen in den Augen.

»Es sind nur noch ein paar Jahre«, versuchte Dr. Mike sie zu trösten. »Dann seid ihr erwachsen und dürft gehen, wohin ihr wollt.«

»Es wird Zeit!« Cooper drehte sich vom Kutschbock um. »Kinder, verabschiedet euch anständig!«

»Einen Augenblick noch, Ethan.« Der Kaufmann Loren Bray trat an den Wagen. In seinen Händen hielt er ein paar in Leder gebundene Bücher. »Die sind für dich, Colleen«, sagte er und reichte dem Mädchen sein Abschiedsgeschenk. »Und das hier, das ist für dich, Brian.« Er drückte dem Jungen eine bunte Papiertüte in die Hand. »Es sind deine Lieblingsbonbons. Sie sind so sauer wie der Onkel Bray manchmal geworden ist, wenn der kleine Brian seinen Laden in Unordnung gebracht hat.« Die Stimme des Kaufmanns wurde zunehmend zittriger. Er strich Brian noch einmal über die Wange, dann wandte er sich abrupt ab.

»Danke, Mr. Bray«, rief Brian ihm nach.

Auch Grace reichte den Kindern jetzt ein Paket in den Wagen. »Hier, ich habe ein Huhn für euch gebraten. Damit ihr während der Fahrt etwas zu essen habt. Essen ist gut gegen Langeweile«, sagte sie und lächelte unter Tränen.

»Und wenn ihr mal ein Telegramm senden wollt, schickt es an Horace Bing, Telegraphenamt Colorado Springs. Dann ist es kostenlos.« Trotz des freundlichen

Angebots drückte das Gesicht des Postbeamten größte Bekümmerung aus.

Michaela konnte überhaupt nichts mehr sagen. Sie kämpfte mit den Tränen. Sie drückte den Kindern noch einmal die Hand, bevor sie sich an Lillian wandte. »Mrs. Cooper, Colleen ist in einem Alter, in dem sie manchmal den Rat einer Frau braucht. Es wäre gut, wenn sie wüßte, daß sie sich bei diesen Fragen an Sie wenden kann.«

Lillian sah die Ärztin mit einem seltsamen, aber keineswegs feindlichen Gesichtsausdruck an. »Ich werde es zumindest versuchen«, versprach sie.

»Und Brian«, fuhr Michaela mühsam fort. »Brian hat manchmal nachts Angst. Wenn man ihm etwas vorliest, schläft er wieder ein. Er ist im Grunde ein unkompliziertes Kind...«

»Wir danken für Ihre Ratschläge, Dr. Quinn«, unterbrach Ethan Cooper sie. »Sie brauchen sich keine Sorgen zu machen. Die Kinder werden alles bekommen, was sie brauchen.«

Michaela nickte stumm und trat vom Wagen zurück. Lillians Gesicht, das jetzt eine Mischung aus Schrecken und Erstaunen widerspiegelte, war das letzte, was sie sah. In die Gesichter von Brian und Colleen zu sehen, während sich der Wagen in Bewegung setzte, hätte sie nicht ertragen.

Der Boden unter Michaela wankte, als sie mühsam einen Fuß vor den anderen setzte, um zu den anderen zurückzugehen. Ihr war, als blutete sie aus einer klaffenden Wunde. Diese Kinder waren ein Teil ihrer selbst, und man hatte sie ihr vom lebendigen Herzen gerissen. Mit letzter Kraft sank sie in Sullys Arme.

Wie durch einen Schleier registrierte Michaela das leiser werdende Geräusch des sich entfernenden Wagens. Sie wagte nicht, der Kutsche hinterherzusehen. Doch unwillkürlich verstummten das Rollen der Wagenräder und das Getrappel der Pferdehufe. Erstaunt wandte Michaela sich um.

Etwa hundert Meter entfernt war die Kutsche stehengeblieben. Lillian hatte sich zu ihnen umgewandt. Ihre Züge waren vollkommen aufgelöst. Sie sprach einige Worte zu Ethan.

Dann sprangen Colleen und Brian vor den erstaunten Augen von Dr. Mike und den versammelten Einwohner der Stadt vom Wagen. Wie der Wind liefen die Kinder auf die Menschen zu, die sie am meisten liebten und zu denen sie gehörten, und stürzten sich in ihre Arme.

»Was ist? Was ist geschehen?« stammelte Michaela und ließ endlich ihren Tränen freien Lauf. »Hat euer Vater gesagt, daß ihr hierbleiben könnt?«

»Nein«, antwortete Brian und drückte sich an Sully.

»Lillian«, erklärte Colleen und sah sich nach der jungen Frau im Wagen um. »Lillian hat es gesagt.«

Auch Michaela blickte nun zu Mrs. Cooper hinüber. Ganz leicht und fast verschämt nickte Lillian ihr zu, während Ethan sehr langsam begann, das Gepäck von Colleen und Brian aus der Kutsche zu laden.

12

Was ist Liebe?

Sooft Michaela während des folgenden Weihnachtsfests an jene Tage zurückdachte, in denen sie um das Fortbestehen ihrer Familie gebangt hatte, mußte sie mit den Tränen kämpfen. Sie kam sich fast albern vor, doch die Liebe, die Eintracht und der Frieden, die die Familie miteinander verbanden, schienen ihr das lebendige Abbild der weihnachtlichen Botschaft zu sein. Vom Kopf bis zu den Zehenspitzen war Michaela von Freude und Dankbarkeit erfüllt, und sie wagte es kaum, an das Weihnachtsfest im nächsten Jahr zu denken, das sie dann tatsächlich als eine »fast normale Familie« begehen würden, wie Brian es damals ausgedrückt hatte.

Colleen und Brian schienen die beängstigende Episode längst hinter sich gelassen zu haben – wie das Erwachen nach einem bösen Traum, dessen Erinnerung über den hellen Tag zunehmend verblaßt.

Die Jahreswende war ein weiteres Zeichen, nach vorn zu sehen, in die Zukunft. Und wie die erste Woche des neuen Jahrs noch unter dem weihnachtlichen Glanz stand, schien sich bald schon das Rad der Zeit wieder schneller zu drehen. Tag um Tag kehrte ein Stück Normalität in das kleine Städtchen zurück.

Dr. Mike blickte sinnend aus dem Fenster ihrer Praxis auf die Straße. So schnell vergingen bereits die Jahre, überlegte sie. Wie sollte es erst werden, wenn sie alt war? Würde sich das Rad der Zeit dann noch schneller drehen? So, wie es ihr ihre Mutter zum Jahreswechsel aus Boston geschrieben hatte?

Während sie noch aus dem Fenster sah, entdeckte sie Brian, der geradewegs aus der Schule auf die Praxis zu lief. Zu Michaelas Erstaunen führte ihn sein Weg heute als erstes zu ihr, anstatt zu seinen Freunden.

»Hallo, Ma«, begrüßte der Junge seine Pflegemutter.

»Hallo, Brian, gibt es was Besonderes? Wie war es denn in der Schule?«

»Es geht.« Brian runzelte die Stirn. »Reverend Johnson hat uns einen Aufsatz aufgegeben. Aber ich glaube, ich kann ihn nicht allein schreiben.«

»Wie lautet denn das Thema?« erkundigte sich die Ärztin.

»Was ist Liebe«, erklärte Brian.

»Was ist Liebe?« wiederholte Michaela erstaunt. »Wie kommt der Reverend denn darauf?«

Brian zuckte die Schultern. »Ich glaube, es hat mit diesem komischen Tag zu tun, mit dem Valentinstag. Und er hat gesagt, wir sollen ruhig unsere Eltern fragen, wenn wir es nicht allein können«, setzte er vorsorglich hinzu.

Dr. Mike überlegte einen Augenblick. »Weißt du, Brian, es gibt sehr viele Formen von Liebe. Jeder Mensch, den du danach fragst, wird dir darauf eine andere Antwort geben. Vielleicht solltest du nicht nur eine Person, sondern viele fragen, was sie unter Liebe verstehen. Und dann kannst du versuchen, selbst eine Antwort auf die Frage zu finden.«

Brian war mit dieser Lösung offenbar nicht hundertprozentig einverstanden. »Na gut«, quetschte er schließlich mühsam hervor. »Aber jetzt frage ich erstmal dich. Also, was ist Liebe?«

Michaela setzte sich in einen Stuhl und zog Brian an den

Schultern zu sich heran. »Liebe ist zum Beispiel, wenn ich immer daran denken muß, daß ich dich und Colleen fast verloren hätte«, erklärte sie. »Ich muß dann immer weinen, obwohl ich mich freuen sollte, daß ihr da seid. Das ist ganz schön dumm, nicht wahr? Aber ich bin einfach so glücklich, daß mir die Tränen kommen.«

Brian strahlte. »Ich bin auch froh, daß wir nicht nach San Francisco gehen mußten«, stellte er fest. »Und das ist Liebe?«

Michaela nickte. »Das zum Beispiel ist Liebe.«

Ein Klopfen störte die Unterhaltung zwischen den beiden. Aber es war ziemlich eindeutig, daß das Geräusch nicht von der Tür stammen konnte. Und tatsächlich kam unter dem Schreibtisch der Ärztin plötzlich ein Kopf zum Vorschein.

»Sully!« rief Brian überrascht. »Was machst du denn hier?«

»Ich stoße mir für Dr. Mike den Kopf«, antwortete Sully grinsend. »Und nebenbei repariere ich den Tisch, der schon seit Wochen wackelt.«

Michaela stand auf und strich zärtlich über Sullys Kopf, an der Stelle, wo er sich gestoßen hatte. »Du tust mir wirklich einen großen Gefallen«, sagte sie sanft. »Apropos Valentinstag: Wollen wir an diesem Tag ein Picknick im Wald machen? Wir beide ganz allein? Abends können wir uns dann die Aufführung von ›Romeo und Julia‹ ansehen, die Dorothy plant.«

»Ein Picknick im Wald? Mit dir allein?« fragte Sully nach. »Dafür nehme ich sogar die Ameisen auf der Butter in Kauf. Und im Theater war ich schon lange nicht mehr.«

Ein Klopfen an der Fensterscheibe zog die Aufmerksamkeit der drei auf sich. Es war Steven, der seinen Freund

Brian in der Praxis entdeckt hatte. Jetzt winkte er ihm zu, daß er herauskommen sollte.

Brian packte in Windeseile seine Sachen zusammen. »Steven wartet auf mich. Bis später!«

»Brian!« rief Dr. Mike dem Jungen hinterher, der bereits im Türrahmen stand. »Du weißt, daß ihr die Mädchen in Ruhe lassen sollt.«

Doch statt einer Antwort schloß Brian einfach die Tür hinter sich.

»Laß ihn doch«, sagte Sully und zog Michaela aus einer Albernheit heraus leicht an ihrem Zopf. »In seinem Alter ist das eben eine Form von Liebe.«

Dorothy Jennings hatte erst vor einigen Tagen die Idee gehabt, zum Valentinstag das Stück »Romeo und Julia« aufzuführen. Da solche Attraktionen in der Stadt selten waren, hatte sie auch gleich einige Frauen gefunden, die sich mit ihr zusammen für das Gelingen des Vorhabens einsetzen wollten. Für diesen Nachmittag hatte Dorothy eine Sitzung des Festkomitees einberufen, die in einem Winkel von Loren Brays Laden stattfinden sollte.

»Sie glauben nicht, wie aufgeregt ich bin«, sagte sie zu Grace, Myra und Michaela, die sich bereits eingefunden hatten. »Es ist ein so romantisches Stück. Ich habe es einmal als junges Mädchen gesehen. Und bis heute muß ich immerzu an dieses Erlebnis denken.«

»Romantisch?« Loren Bray hob den Kopf. Er stand hinter seinem Verkaufstresen und überprüfte die Auflistung seines Bestands. »Was ist daran romantisch, wenn sich zwei junge Menschen umbringen?«

»Es ist romantisch, weil sie sich nicht vorstellen können, ohne einander weiterzuleben«, erklärte Dorothy.

»Ich finde das eher makaber«, brummte der Kaufmann. »Liebeskummer! Deswegen stirbt man doch nicht.«

»Was bist du für ein gefühlloser Klotz, Loren!« Mrs. Jennings wandte sich beleidigt ab. »Es freut mich jedenfalls, daß Robert E. die Bühne für uns bauen will. Ich kann mich entsinnen, daß es damals im Theater rote Brokatvorhänge gab ...«

»Rote Brokatvorhänge«, mischte sich Loren wieder ein. »Unsere Stadt kann sich höchstens ein paar Bettlaken leisten.«

Dorothy wurde vor Ärger noch blasser, als sie es ohnehin schon war. »Wenn du mir den Spaß daran verderben willst, dann mach nur weiter so, Loren.«

»Wann beginnen wir mit dem Vorsprechen?« fragte Dr. Mike, um den Zwist zwischen den beiden zu entschärfen. »Wir haben nicht mehr viel Zeit.«

»Ich möchte den Termin für morgen nachmittag ansetzen«, antwortete Dorothy mit einem Blick auf Loren. »Dann macht mein Schwager nämlich Inventur und ist beschäftigt!«

»Romeo! Romeo! Romeo! Ich komme, Romeo! Dies trink ich dir!« Colleen setzte einen Becher an ihre Lippen, dann sank sie zu Boden.

Michaela und Sully applaudierten.

»Das war wunderbar, Colleen, du bist eine großartige Julia«, sagte Dr. Mike bewundernd.

Colleen rappelte sich vom Boden auf. »Es ist auch meine Traumrolle«, erklärte sie. »Ich hoffe so sehr, daß Mrs. Dorothy mich nimmt. Ich habe auch Becky überredet, mit mir gemeinsam vorzusprechen. Aber sie ist so schüchtern.«

»Vielleicht hilft es ihr, ihre Schüchternheit zu überwinden, wenn sie einmal eine solche Rolle gespielt hat«, bemerkte Michaela.

»Das habe ich ihr auch gesagt«, antwortete Colleen. »Und ich habe ihr sogar für morgen den Glücksstein geliehen, den mir Großmutter geschenkt hat.«

In diesem Moment wurde die Tür geöffnet und Matthew trat ein. Er wirkte ein wenig gehetzt. »Es tut mir leid, daß ich erst so spät komme. Ich habe Ingrid noch geholfen. Sie möchte morgen für das Theaterstück vorsprechen«, erklärte er.

»Ach, nur Ingrid? Ich dachte, du auch?« Colleen grinste Matthew breit an.

»Hör mal zu, kleine Schwester«, entgegnete Matthew ernst, »ich werde in den wenigen Stunden, die ich Ingrid sehen kann, wenn sie aus Denver herüberkommt, nicht auch noch gerne belauscht. Und glaub bitte nicht, ich hätte Beckys und dein albernes Gekicher nicht gehört, als ich Ingrid den Kuß gab, wie es in der Rolle steht.«

»Die Rolle scheint den Schauspielern ja einiges abzuverlangen«, bemerkte Sully ironisch, »wenn man seine Verlobte auch noch küssen muß, weil es da steht.«

»Ach, Unfug, natürlich hätte ich Ingrid sowieso geküßt.« Matthew war jetzt richtig aufgebracht.

»Schluß mit der Debatte, ich will so kurz vor dem Valentinstag keinen Streit in meinem Haus!« rief Michaela. »Und für Colleen und Brian ist es ohnedies Zeit, ins Bett zu gehen.«

Auch Matthew verstand den Wink. »Ich leg' mich ebenfalls hin. Theaterspielen macht müde.«

Nachdem sich die Kinder zurückgezogen hatten, waren Michaela und Sully endlich allein.

»Der Valentinstag bringt sie alle ganz schön durcheinander«, sagte Dr. Mike. »Ich freue mich aber auch schon. Wir werden den Tag ganz für uns allein haben.«

Sully drehte nervös seine Tasse in den Händen hin und her. »Michaela, ich muß dir etwas sagen.« Seine Stimme klang bedrückt. »Ich war heute im Reservat. In Denver findet eine Konferenz für indianische Angelegenheiten statt. Als Beauftragter muß ich daran teilnehmen.«

»Natürlich, wo ist das Problem?« fragte Michaela.

»Die Konferenz findet am Valentinstag statt«, erklärte er. »Ich könnte Cloud Dancing natürlich sagen, daß ich keine Zeit habe...«

»Das... das kommt nicht in Frage«, unterbrach ihn Michaela. »Es ist schließlich deine Aufgabe, die Cheyenne zu vertreten. Es gibt Dinge, die man nicht aufschieben kann. Aber das Picknick können wir auch an einem anderen Tag machen.« Sie lächelte mühsam. »Und eigentlich ist dieser Valentinstag ja auch nur ein Tag wie jeder andere«, setzte sie hinterher. Aber sie merkte selbst, daß sie nicht besonders überzeugend klang.

»Es ist aber der einzige Valentinstag, an dem wir miteinander verlobt sind«, sagte Sully schuldbewußt.

»Dann feiern wir eben nächstes Jahr den ersten Valentinstag, an dem wir miteinander verheiratet sind«, entgegnete Michaela tapfer.

»Du hast recht, die Konferenz kann ich nicht aufschieben«, sagte er seufzend. »Ich danke dir«, sagte er dann und küßte Michaela auf die Stirn. »Und die Cheyenne danken dir auch.«

Das Vorsprechen dauerte den ganzen folgenden Nachmittag. Dorothy hörte jedem aufmerksam zu und machte sich

Notizen. Dann zog sie sich für eine Weile zurück, um die Rollen zu besetzen.

Als sie schließlich die Schauspieler bekanntgab, sorgte sie damit für einige Aufregung. Während Ingrid die Rolle der Lady Montague zugeteilt wurde, bekam Matthew, der Ingrid nur einen Gefallen tun wollte, indem er beim Vorsprechen die Rolle des Romeo las, die Rolle des jungen Liebhabers zugewiesen.

»Oh, Matthew, ich bin sicher, du wirst großartig spielen«, sagte Michaela lachend und klopfte dem verdutzten Matthew auf die Schulter.

Colleens Gesicht aber wurde immer länger. Zum allgemeinen Erstaunen war Becky für die Rolle der Julia ausgesucht worden. Dorothy war der festen Überzeugung, daß es sich bei ihr um ein wahres Naturtalent handelte, wenn sie erst ihre Scheu abgelegt hatte. Für Colleen blieb damit nur noch eine Männerrolle übrig.

»Was ist denn?« fragte Michaela ihre Pflegetochter. »Freust du dich nicht für deine Freundin?« Aufmerksam betrachtete sie das Gesicht des Mädchens.

»Doch«, antwortete Colleen. »Sogar sehr. Schließlich habe ich ihr doch extra meinen Glücksstein fürs Vorsprechen geliehen, aber...« Sie unterbrach sich, als in diesem Moment Mrs. Jennings zu ihnen herüberkam.

»Es tut mir wirklich leid«, wandte sie sich an Michaela, »ich hätte Ihnen zu gerne die Rolle der Julia zugeteilt. Aber Sie wollten ja einfach nicht vorsprechen«, rief sie aufgekratzt und fiel ihrer Freundin um den Hals. Doch als sie Michaelas und Colleens Gesichter sah, wurde sie ernst. »Stimmt etwas nicht?«

Colleen druckste ein wenig herum. »Ich... äh... ich glaube, bevor ich eine Männerrolle spiele, verzichte ich lieber. Ich meine, eine Männerrolle, das paßt doch gar nicht zu mir«, erklärte sie.

Dorothy Jennings sah das Mädchen einen Moment betroffen an. »Du hast vollkommen recht, Colleen. Ich war sehr unachtsam. Becky hat mich so begeistert, daß ich einfach nicht mehr weiter nachgedacht habe. Aber was hältst du davon, wenn du als Zweitbesetzung der Julia eingeteilt wirst? Eine so wichtige Rolle wird im Theater immer doppelt besetzt.«

Colleens Gesicht erhellte sich ein wenig. »Das wäre mir jedenfalls lieber als eine Männerrolle.«

»Colleen kann auf keinen Fall die Julia spielen«, bemerkte Matthew, der nur ein wenig abseits stand. »Dann muß ich sie ja küssen.«

»Dagegen gibt es einen ganz einfachen Trick«, entgegnete Colleen. »Stell dir vor, ich sei Ingrid. Und dann mußt du mich einfach küssen. Du weißt doch, der Kuß steht in der Rolle!«

Die Proben zum Theaterstück nahmen ihren Lauf. Da nur noch wenig Zeit bis zum Valentinstag verblieb, wurde jede freie Minute genutzt. Zwischendurch mußten die Schauspieler immer wieder ihre Kostüme anprobieren, und auch Robert E. gönnte sich kaum eine Pause, während er die Freilichtbühne aufbaute.

Matthew hatte bereits seine Kleider zur ersten Kostümprobe angelegt und wartete auf seinen Einsatz, als Ingrid auf ihn zukam.

»Matthew, ich habe hier noch etwas für dich.« In ihrer Hand hielt sie ein Paar Stiefel. »Die kannst du anziehen. Sie passen gut zu deinem Kostüm.«

Matthew hob die Stiefel hoch und betrachtete sie eingehend. »Was sind das denn für Dinger? Solche Stiefel habe ich ja noch nie gesehen. Nein, tut mir leid, Ingrid, aber die werde ich nicht anziehen. Damit mache ich mich ja lächerlich.«

Mit jeder Silbe Matthews war Ingrids zartes Gesicht trauriger geworden. »Aber das sind die Stiefel meines Vaters. Sie sind das einzige, was mir von ihm geblieben ist.«

»Es... es tut mir leid, Ingrid«, entgegnete Matthew beschämt, »aber ich glaube wirklich, daß sie mir nicht stehen.« Von der Bühne wurde sein Name gerufen. »Das ist mein Einsatz«, entschuldigte er sich und beeilte sich, um sein Stichwort nicht zu verpassen.

Kurze Zeit später schon mußte die Probe unterbrochen werden. Beckys Stimme war zunehmend heiserer geworden. Und jetzt bekam sie fast kein Wort mehr heraus. Als auch ein Schluck Wasser keine Linderung brachte, schickte man das Mädchen kurzerhand in Michaelas Praxis, damit die Ärztin Abhilfe schaffte.

»Das sieht aber nicht gut aus«, stellte Dr. Mike bedauernd fest. »Ich befürchte, du hast dich etwas überanstrengt. Du wirst die nächsten Tage kaum sprechen können, und ich würde dir empfehlen, dich ins Bett zu legen, um Komplikationen zu vermeiden. Mit einer Entzündung des Kehlkopfes und der Stimmbänder ist nicht zu spaßen.«

Becky riß erschreckt die Augen auf. »Aber was wird dann aus den Proben und aus meiner Rolle?« brachte sie flüsternd hervor.

Der Ärztin war bewußt, welcher Konflikt sich nun zwischen den beiden Bewerberinnen um die Rolle der Julia entspinnen mußte. Sie drehte sich zu Colleen um. »Dafür gibt es doch eine Zweitbesetzung. Besprecht das unter euch, ich rede inzwischen mit Dorothy«, sagte sie dann und ließ die Mädchen vorsichtshalber allein. Unter der Tür drehte sie sich noch einmal kurz um und sah, daß Becky Colleen etwas reichte. Soweit Michaela erkennen konnte, war es ein glatter, fast rund geschliffener Stein.

Dorothy hatte in der Zwischenzeit mit den anderen weitergeprobt. »Becky fällt aus?« rief sie, als Michaela ihr alles berichtet hatte. »Gut, dann wird eben Colleen für sie spielen.«

»Horace hat auch schon Halsschmerzen«, warf Loren Bray ein. »Am besten, du sagst gleich die ganze Aufführung ab.«

»Loren, wie häßlich von dir!« rief Dorothy empört. »Man könnte glatt meinen, du würdest es mir wünschen! Hör endlich einmal auf, dich in meine Angelegenheiten zu mischen! Die Vorstellung findet statt! Dafür werde ich schon sorgen!«

Colleen bereitete sich mit Feuereifer auf ihre Rolle vor. Michaela hatte den Eindruck, daß das Mädchen auch nachts noch auswendig lernte. Aber sie beschloß, darüber hinwegzusehen. Dieser Auftritt war für Colleen enorm wichtig. Im stillen überlegte Dr. Mike jedoch, was geschehen sollte, wenn Becky bis zur Aufführung wieder gesund war.

Drei Tage vor dem Valentinstag mußte Sully zur Konferenz nach Denver aufbrechen.

»Es tut mir so leid, daß du das Stück nicht sehen kannst«, sagte Michaela, als Sully sich in der Praxis verabschiedete.

»Mir tut es leid, daß ich am Valentinstag nicht bei dir sein kann«, antwortete Sully.

»So eine Arbeit hat eben auch unangenehme Aspekte«, sagte Michaela, »nicht nur angenehme. Aber wir werden alles nachholen, wenn du wieder da bist.«

Sully nickte. Er küßte Michaela noch ein letztes Mal, dann verließ er schweren Herzens die Praxis.

Sully war noch nicht ganz zur Tür raus, als Dr. Mike bereits von der nächsten Patientin aufgesucht wurde. Es war Becky, die wie verabredet zur Untersuchung erschien.

»Meiner Meinung nach könntest du gleich wieder mit dem Proben anfangen«, stellte die Ärztin fest, nachdem sie das Mädchen untersucht hatte. »Du wirst dich nur mit Colleen absprechen müssen, wer von euch beiden nun die Rolle der Julia spielt.«

»Nein, nein.« Becky schüttelte den Kopf. »Colleen soll es machen. Sie freut sich doch schon so darauf.«

»Und du?« fragte Michaela. »Hast du dich etwa nicht gefreut, als Mrs. Dorothy dich für die Rolle einteilte?«

Becky sah zu Boden. »Doch, schon.«

»Dann müßt ihr darüber sprechen«, wiederholte die Ärztin. »Und am besten wartest du damit nicht mehr lange. Es sind schließlich nur noch drei Tage bis zur Aufführung.«

Obwohl Michaela ihre Neugier kaum zügeln konnte, wagte sie es nicht, Colleen nach dem Stand der Dinge zu fragen. Allerdings deutete nichts darauf hin, daß ein erneuter Rollentausch vorgenommen worden war, denn wo Colleen ging und stand, hielt sie das Textbuch in ihren Händen. Anscheinend hatte Becky zum Wohl ihrer Freundin verzichtet.

Der Valentinstag versetzte ganz Colorado Springs in hektische Betriebsamkeit. An der Bühne wurden unter der

Leitung von Robert E. letzte Arbeiten vorgenommen, während Dorothy alle Hände voll zu tun hatte, mit den Schauspielern zum letzten Mal die Rollen durchzugehen.

Genaugenommen hatte an diesem Tag, dem Tag der Liebenden, niemand Gelegenheit, die Zeit allein mit seiner Liebsten oder seinem Liebsten zu verbringen, denn alle waren mit den Vorbereitungen zu »Romeo und Julia« beschäftigt. Dr. Mike war darüber sehr froh, denn auf diese Weise vermißte sie Sully ein bißchen weniger. Sie mischte sich so gut es ging unter die übrigen, obwohl sie zur Aufführung des Stückes nichts mehr beizutragen hatte.

Mrs. Dorothy erschien mit einem Exemplar des Textes, aus dem viele verschiedene Lesezeichen herausragten, auf dem Platz, wo die Aufführung stattfinden sollte. Sie wirkte überaus nervös. »Ich habe überhaupt keinen Überblick mehr«, jammerte sie. »Wenn ich doch nur wüßte, wo die Notizen zur zweiten Szene geblieben sind...«

»Hier sind sie, meine Liebe«, rief eine Stimme vom anderen Ende des Platzes herüber.

Dorothy wandte sich der Stimme zu und schrie überrascht auf. Mitten auf der Bühne stand zwischen roten Brokatvorhängen Loren Bray in einem Gewand, das ohne weiteres in das Theaterstück gepaßt hätte.

Jetzt sprang er behende von den Brettern und nahm Dorothy in die Arme. »Ich wollte dir sagen, daß es mir leid tut, wenn wir uns manchmal nicht gut verstehen«, sagte er. »Ich lebe mehr mit den Zahlen, und du mit den Worten. Ich bin Kaufmann, und du...«, er zögerte und wußte offenbar nicht, wie er sich ausdrücken sollte, »...du bist eine Frau. Weil ich aber will, daß dieser Tag so schön für dich wird wie die Theateraufführung in deiner Jugend, habe ich dir diese roten Brokatvorhänge aus Denver kommen lassen.«

»Oh, Loren«, Dorothy konnte es kaum fassen. »Das hast du wirklich für mich getan?« Sie fiel dem Kaufmann um den Hals. »Und ich habe gedacht, am liebsten wäre dir, wenn ich mit dem ganzen Theater gar nicht erst angefangen hätte.«

»Vielleicht war ich ein bißchen eifersüchtig, weil ich ja wußte, daß du viel Zeit damit verbringen würdest«, gab der Kaufmann zu.

»Oh, du bist und bleibst ein alter Narr!« schimpfte Dorothy lachend. Dann küßte sie Loren lang und innig. »Aber ich glaube, ich liebe alte Narren!«

Kurze Zeit später war alles soweit, das Schauspiel konnte beginnen.

Brian hatte einen Platz in der ersten Reihe ergattert. Anläßlich des Stückes, das sie jetzt erwartete, fiel Michaela in diesem Moment ein, daß sie es vollkommen versäumt hatte, sich noch einmal nach Brians Aufsatz über die Liebe zu erkundigen. Nun war es wohl zu spät. Wahrscheinlich hatte Brian seinen Aufsatz schon abgegeben. Jetzt konnte er sich nur noch ansehen, was Shakespeare unter Liebe verstanden hatte.

Michaela zog es vor, in der letzten Reihe zu sitzen. Von hier aus konnte sie sich leichter entfernen, wenn sie lieber an ihren eigenen Geliebten als an Romeo denken wollte.

Noch bevor sich der Vorhang öffnete, erschien Colleen auf der Bühne. Zu Dr. Mikes großem Erstaunen trug sie kein Kostüm. Statt dessen hatte Becky, die jetzt hinter Colleen sichtbar wurde, das Gewand der Julia angelegt. Colleen sprang von dem Podest, setzte sich neben Brian und schlug auf ihren Knien den Text auf. Becky winkte ihr noch einmal zu und deutete auf ihre rechte Hand. In ihr lag ein kleiner runder Stein.

Dann hob sich der schwere rote Brokatvorhang majestätisch in die Höhe, und das Spiel begann. Gleich in der ersten Szene trat Matthew auf. Zu seinem Kostüm trug er ein paar Stiefel, die Michaela noch nie bei ihm gesehen hatte.

Das Schauspiel dauerte sehr lange. Gebannt verfolgte Dr. Mike Szene um Szene, und sie konnte nicht umhin, bei all der innigen Liebe, die dort auf der Bühne gezeigt wurde, das eine oder andere Mal an Sully zu denken.

Es dämmerte bereits, als der Vorhang zum letzten Mal fiel. Das Publikum applaudierte begeistert, und während auch Michaela in die Hände klatschte, drängte sich plötzlich jemand neben sie auf die Zuschauerbank.

»Sully, ich denke, du bist bei der Konferenz!« rief Michaela überrascht und lächelte ihren Verlobten strahlend an.

»Die Konferenz konnte ich nicht verschieben. Aber es gibt noch andere Dinge, die keinen Aufschub mehr dulden.« Er nahm Michaelas Hand. Als er sie wieder losließ, funkelte an ihrem Finger ein wunderbarer Goldring.

»Oh, Sully, ein Verlobungsring«, sagte Michaela atemlos.

»Psst!« machte Sully und sah zur Bühne, auf der in diesem Moment der Reverend erschien.

»Ich möchte Ihnen zum Abschluß dieses wunderschönen Abends etwas vorlesen. Ich habe meinen Schülern zur Aufgabe gestellt, zum Valentinstag einen Aufsatz zu schreiben, mit dem Titel ›Was ist Liebe?‹. Und Brian Coopers Aufsatz ist das Schönste, was ich je zu diesem Thema gelesen habe. Wie er selbst sagt, hat er ihn erst kurz vor der Aufführung des Stücks beendet.« Reverend Johnson wartete den Applaus des Publikums ab, dann begann er zu lesen:

»Was ist Liebe? Liebe ist, wenn man dumm ist, weil man weinen muß, obwohl man sich doch freut. Liebe ist, wenn man sich den Kopf stößt, um jemanden einen Gefallen zu tun, und wenn man bei einem Picknick Ameisen auf der Butter in Kauf nimmt. Liebe ist auch, wenn Matthew Ingrid küßt, weil es so im Buch steht. Dafür zieht Matthew sogar ein paar alte Stiefel an. Liebe ist, wenn Mr. Bray einen großen roten Vorhang kauft, und Mrs. Dorothy ihn dafür einen alten Narren nennt. Und wahrscheinlich ist es Liebe, wenn Colleen Becky die Rolle vorsagt und ihr ihren Glücksstein leiht, den sie von ihrer Großmutter bekommen hat. Liebe ist etwas, über das man sich von Mann zu Mann unterhalten muß. Weil die Männer sie nämlich brauchen, ungefähr jeden Tag, und die Frauen diejenigen sind, die sie in ihren Herzen tragen und den Männern geben können. Das ist das große Geheimnis der Liebe.«

Während der Reverend sprach, hatte Michaela Sullys Hand ergriffen. »Ist das die Erklärung, die Loren Brian gegeben hat?« fragte sie lächelnd. »Daß die Frauen den Männern ihre Liebe geben?«

Sully nickte. »Was hast du gedacht?«

»Nun, auch Frauen brauchen Liebe. Und auch Männer können Frauen ihre Liebe geben. Ansonsten habe ich gegen diese Erklärung nichts einzuwenden«, antwortete Michaela leise. »Aber ich weiß noch etwas, was Liebe ist: Liebe ist, wenn Sully Michaela so unendlich glücklich macht.«

Sully schloß sie in seine Arme. In Michaelas Augen spiegelte sich der bereits aufgehende Mond und das Licht des Abendsterns. »Und ich weiß auch etwas«, flüsterte Sully, dessen Gesicht sich in der Dämmerung nur mehr als dunkle Silhouette abzeichnete. »Liebe ist, wenn Sully und Michaela wissen, daß sie sich nie mehr trennen wollen.«

Michaela schmiegte sich an Sullys Brust und schloß die Augen. Nah wollte sie Sully sein, so unendlich nah. Sie fühlte seinen Atem auf ihrem Nacken und seinen Herzschlag, der mit dem ihren schlug, als wären sie eins – jetzt und für immer.

Was bisher geschah . . .

Dorothy Laudan

Dr. Quinn
Ärztin aus Leidenschaft

Roman

Nachdem seine Frau vier Töchter zur Welt gebracht und abermals schwanger wird, hofft Dr. Quinn, der angesehene Mediziner aus Boston, inständig, daß nun endlich der langersehnte Sohn kommt! Aber das Schicksal läßt sich nicht erzwingen... Doch Michaela soll nicht das im 19. Jahrhundert typische Frauenschicksal teilen: Ihr Vater ermöglicht ihr das Medizinstudium und läßt sie anschließend in seiner Praxis mitarbeiten. Als Dr. Quinn stirbt, ist jedoch alles vorbei, denn die Bostoner Bürger würden nie eine Ärztin akzeptieren. In dieser Situation erfährt Michaela Quinn, daß im fernen Colorado, an der äußersten Grenze der »Zivilisation«, ein Arzt gesucht wird – und findet sich unversehens in einer völlig fremden Welt wieder: die Straßen sind Schlammlöcher, jenseits der Häuser beginnt das Indianergebiet, die einzigen unverheirateten Frauen in dieser Gegend sind Prostituierte... Doch die »Ärztin aus Leidenschaft« stellt sich der großen Herausforderung.

vgs verlagsgesellschaft, Köln

Dorothy Laudan

Dr. Quinn
Ärztin aus Leidenschaft

Sprache des Herzens

Roman

Michaela Quinn lebt mittlerweile seit fast einem Jahr in Colorado Springs. Immer wieder muß die junge Ärztin miterleben, wie überkommene Traditionen und Vorurteile ein friedvolles Nebeneinander von Weißen und Indianern untergraben. Als Michaelas Gegenspieler, der Barbier Jake Slicker, einen kleinen Indianerjungen erschießt, müssen Michaela und Sully all ihre Kräfte einsetzen, um blutige Ausschreitungen zu verhindern. Der gemeinsame Einsatz für den Frieden schweißt die beiden noch enger zusammen und führt der Ärztin vor Augen, daß sie bald eine Entscheidung treffen muß – für oder gegen Sully. Michaela scheut davor zurück und tritt fluchtartig eine Reise nach Boston zu ihrer Mutter an, um sich über ihre Gefühle klarzuwerden. Sully folgt ihr...

vgs verlagsgesellschaft, Köln

Dorothy Laudan

Dr. Quinn
Ärztin aus Leidenschaft

Zwischen zwei Welten

Roman

Das Leben in Colorado Springs geht seinen gewohnten Gang... Doch als General Custer einen heimtückischen Anschlag auf die Cheyenne verübt, bricht der alte Konflikt zwischen Indianern und Siedlern wieder auf. Zu ihrem großen Entsetzen muß Michaela Quinn erkennen, daß diese Untat durch ihren Rat überhaupt erst möglich wurde. Zu allem Überfluß gestaltet sich auch Dr. Mikes Beziehung zu Sully zunehmend komplizierter. Und als dann noch völlig unerwartet ein Mann in ihrem Leben auftaucht, den sie seit langem für tot gehalten hatte, verlangt das Schicksal folgenschwere Entscheidungen von ihr...

vgs verlagsgesellschaft, Köln